Monsieur Butterfly

Du même auteur

AUX MÊMES ÉDITIONS

Quand j'avais cinq ans, je m'ai tué
coll. « Point-Virgule », 1981

Le Cœur sous le rouleau compresseur
coll. « Point-Virgule », 1984

Monsieur Butterfly
1987

Il faudra bien te couvrir
1989

Howard Buten

Monsieur Butterfly

roman

TRADUIT DE L'ANGLAIS
PAR JEAN-PIERRE CARASSO

Éditions du Seuil

COLLECTION DIRIGÉE PAR NICOLE VIMARD
AVEC EDMOND BLANC ET CLAUDE DUNETON

EN COUVERTURE : dessin Nicole Levallois

Titre original : *Mr. Butterfly*
© 1987, Howard Buten

ISBN 2-02-010889-5
(ISBN 2-02-009603-X, 1re publication)

© Avril 1987, Éditions du Seuil
pour la traduction française

La loi du 11 mars 1957 interdit les copies ou reproductions destinées à une utilisation collective. Toute représentation ou reproduction intégrale ou partielle faite par quelque procédé que ce soit, sans le consentement de l'auteur ou de ses ayants cause, est illicite et constitue une contrefaçon sanctionnée par les articles 425 et suivants du Code pénal.

pour mes parents
pour Barna Ostertag

Only the secret heart survives
Only the dreamer stays alive.

(Seul survit le cœur secret
Seul reste en vie le rêveur.)

Alan Day.

1

Harold peut bien dire ce qu'il veut, mon corps ne mérite pas d'être criblé de coups de poignard. Ça a été la première chose qu'il m'ait jamais dite, ce tout premier jour où je l'ai amené de l'hôpital à la maison. Évidemment, je savais qu'il ne fallait pas prendre en mauvaise part les choses qu'il disait. Il est fou. L'infirmière à l'hôpital m'a dit de ne pas prendre en mauvaise part ce que pourrait bien dire Harold parce qu'il souffre d'une psychose paranoïde aiguë et qu'on ne peut donc s'attendre à ce qu'il pense ce qu'il dit encore que j'aie connu bien des gens au cours de ma brève mais tumultueuse existence qui ne pensent pas ce qu'ils disent et que moi-même d'ailleurs je dise bien des choses que je ne pense pas, sans que ce soit la raison pour laquelle certains me croient fou. Ils me croient fou pour d'autres raisons.

Je suis allé chercher Harold à l'Hôpital des Enfants où il vivait déjà depuis quelques années, pour l'emmener chez moi dans le cadre du Programme d'Aide au Reclassement Résidentiel des Handicapés Mentaux auquel j'avais récemment accepté de participer, Harold étant l'un des quatre enfants que j'allais chercher pour les emmener vivre chez moi.

Oh, j'avais d'abord eu un entretien bien sûr ! L'infirmière responsable de l'aile Cinq-Ouest de l'Hôpital des Enfants, assistée de plusieurs travailleurs sociaux et d'une psychiatre pour enfants du nom de Mrs. Marie — ils portaient tous des cartes de plastique avec leur nom écrit dessus —, m'avait posé des tas de questions concernant le présent et l'avenir et j'avais répondu à toutes sans même avoir besoin de consulter mes notes. Je me connais assez bien et toutes les questions portaient sur moi. Ça fait un certain temps maintenant que je me connais, peut-être depuis la naissance et en tout cas depuis l'enfance, cette période où les hommes se connaissent le mieux, et j'ai survécu avec aplomb à cette autre période, celle qui suit l'enfance, et où la plupart des gens s'oublient complètement — la période qui commence plus ou moins à la fac et se poursuit dans l'âge adulte, culminant avec la vieillesse pour se terminer progressivement à l'approche de la mort, quand on se rend compte qu'on avait raison quand on était petit et qu'il ne reste plus que quelques mois, bien courts, pour refaire connaissance avec soi-même avant de mourir. C'est pour ça que personne ne prend les vieux au sérieux. C'est pour ça que personne ne prend les enfants au sérieux, mais je prends les enfants au sérieux. J'en ai été un. C'est une des raisons pour lesquelles certains me croient fou.

Certains me croient fou et certains croient que je blague. Quand j'ai dit à Mrs. Marie que la seule personne qui m'ait dit grand-chose récemment était Pogo, le personnage de BD, et que ce n'était même pas une personne mais un opossum, elle s'est mise à rire et m'a dit :

— Par moments, Mr. Sears, je ne sais plus si vous blaguez ou pas.

Je lui ai dit :
— Je vous en prie, appelez-moi Hoover, j'aime mieux que l'on m'appelle par mon prénom.
— Fort bien, m'a-t-elle dit. De toute manière, ce que nous désirons au fond, c'est que vous partagiez vos sentiments avec nous. Que vous vous ouvriez. Pour établir le contact. Par moments, il est difficile de dire si vous blaguez ou pas, Mr. Sears.
Je lui ai dit :
— Mrs. Marie, je ne blague pas. C'est rieux ce que je vous dis.
Elle a ri en se rendant compte que je blaguais.
— Merci, Mr. Sears, a-t-elle dit, merci de bien vouloir nous faire partager.
Son rire avait quelque chose d'un chant, quelque chose comme les vocalises de la soprano dans *Madame Butterfly*, bien que l'Hôpital des Enfants ne soit pas un opéra, Mrs. Marie pas une soprano et bien que je ne fusse pas alors et que je ne sois pas encore aujourd'hui d'humeur à blaguer.

Quand j'ai entendu parler pour la première fois du Programme d'Aide au Reclassement Résidentiel des Handicapés Mentaux, j'ai su immédiatement que c'était la réponse.
Après tout, ma carrière ne menait nulle part. Au bout d'un certain temps, tous les anniversaires se ressemblent : des enfants hurleurs qui essaient de m'arracher le nez, et ça je ne peux pas le permettre.
Je suis l'inventeur du nez de clown autocouinant. Il m'a fallu des mois pour le mettre au point. Il est fait de mince

caoutchouc rouge avec de minuscules trous pour les narines qui me permettent de l'écraser sans le toucher en dilatant simplement mes propres narines à l'intérieur et en prenant une brusque inspiration ; à cet instant précis, je presse la poire en caoutchouc du petit avertisseur à bicyclette que je serre en secret dans mon pantalon de clown, donnant ainsi l'impression que mon nez couine tout seul et de lui-même.

Le nez de clown autocouinant est la raison pour laquelle j'ai réussi à arracher tant de contrats à mon concurrent direct, le clown Blimpo, dont le principal argument de vente sont les lunettes à essuie-glaces alors que chacun sait qu'on peut les acheter dans tous les magasins de farces et attrapes. Le titre de gloire de Blimpo, c'est la petite poire à eau qu'il a dissimulée dans le front de sa perruque de clown et qui lui permet d'asperger d'eau ses lunettes à essuie-glaces. « Tiens, v'là la pluie ! » dit Blimpo. Mais moi, franchement, on dirait qu'il pisse par les sourcils.

Seulement les affaires allaient mal. L'avènement des jeux vidéo, de la télévision et de la nouvelle musique a rendu ma profession obsolète. Les enfants changeaient. Les engagements se faisaient de plus en plus rares. Mon propriétaire venait de m'envoyer mon troisième avis d'expulsion et il ne blaguait pas.

Le troisième avis d'expulsion est arrivé à l'instant même où je terminais de me maquiller pour ce qui allait se révéler ma dernière apparition en public. Je devais me rendre à l'Hôpital des Enfants pour une visite aux petits patients financée par une association de bienfaisance de Ferndale.

J'aime les hôpitaux. Ce que je déteste, c'est de conduire ma voiture en ville habillé en clown, de la garer, de pénétrer dans des halls, de monter en ascenseur et de parler au téléphone dans des cabines téléphoniques, habillé en clown. Enfant, je me demandais comment ce serait d'avoir un ami qui soit clown, mais un vrai clown, né avec un nez rouge, la peau blanche et de gigantesques pieds plats qui font flip-flop. Un clown solitaire dans ce monde de pas-clowns, une blague ambulante au beau milieu d'un paragraphe ennuyeux. Je le cherchais toujours quand le cirque s'installait dans notre ville, lorgnant dans la manche de tous les paillasses pour découvrir seulement qu'ils avaient les bras poilus et couleur chair, pas blancs, et je voyais toujours l'élastique qui maintenait en place leur faux nez. C'étaient pas des vrais clowns, simplement des hommes maquillés. Et maintenant j'en suis un.

J'en suis un maintenant, songeais-je en traversant le hall de l'Hôpital des Enfants accompagné par le directeur des relations publiques qui m'entraînait à travers des salles et des couloirs et encore des salles.

Corps allongés sur des tables roulantes, bardés de tubes et de gaze comme de la plomberie rafistolée, abandonnés dans des halls ou poussés dans des ascenseurs. C'est ici que les gens viennent pour aller mieux.

Mon premier arrêt fut dans une petite salle réservée aux enfants dont on venait d'enlever les amygdales. J'ai gonflé mes longs ballons multicolores et les ai tortillés pour en faire des chapeaux, des hélicoptères et des bêtes. J'ai tiré la fleur qui orne la boutonnière de mon revers à pois et je me suis arrosé la figure. Je faisais de mon mieux pour n'être qu'à moitié drôle parce que je savais qu'en riant ils se feraient mal à la gorge. C'est facile pour moi d'être à moitié drôle. La moitié pas drôle est facile, c'est la drôle de moitié.

Je suis passé dans une salle du troisième étage où tous les

enfants portaient des plâtres, des gouttières, des bandages et un appareil en aluminium compliqué qui soutenait la tête d'un petit garçon aux cheveux en brosse là où sa nuque avait été cassée quand quelqu'un l'avait fait tomber de la balançoire pour rire. Je lui ai fait un petit caniche avec un ballon bleu dont j'ai sucé l'extrémité jusqu'à faire apparaître une petite boule au bout de la queue comme quand on les toilette « à la lion » : toiletteur de chiens en caoutchouc, coiffeur pour chiens avec ma gueule blanche. J'ai raconté aux enfants l'histoire du vilain petit canard qui était si vilain qu'il avait l'air d'un ver vert en me servant d'un ballon vert dégonflé pour illustrer ; pour finir je l'ai gonflé et l'ai tortillé pour en faire un cygne vert au cou gracieusement arqué qui m'a pété dans les mains d'un seul coup, boum !

Au quatrième étage, j'ai fait mon numéro du chapeau pour les enfants atteints de maladies incurables. C'est eux qui ont le plus ri. D'un seul coup, dans ma tête, j'ai vu ces deux masques, la comédie et la tragédie, qui recouvrent tous les visages de tous les gens du monde en même temps et je voulais les arracher pour voir ce qu'il y a en dessous et je les arrachais et en dessous il y avait d'autres masques.

Mon dernier arrêt était au cinquième étage où ils gardent les patients atteints de maladies mentales. Dans l'ascenseur, le directeur des relations publiques m'apprit que ce service n'allait pas tarder à changer de politique : les patients n'y passeraient plus qu'un maximum de trois mois, le temps d'un diagnostic ou d'un bilan approfondi. Il allait bientôt leur falloir trouver des logements pour tous ces enfants.

La porte fermée à clé faisait un bruit de sirène en s'ouvrant sur un panorama de difformités, d'odeurs, de bruits et de chaleur tandis que vingt-six petites personnes se faisaient du mal contre les murs dans un embrouillamini d'yeux mal assortis et de têtes qui battaient la mesure contre le ciment jusqu'à ce que quelqu'un vienne les emmener. C'est là que les gens vont pour aller mieux.

Les enfants furent rassemblés comme un troupeau en tas sur le plancher devant moi et se mirent à regarder dans toutes les directions en faisant beaucoup de bruit pendant que je gonflais mes ballons, humais ma fleur arroseuse et jonglais avec mon chapeau. Je me suis senti tout con. Je me suis senti tout con à cause d'eux, les enfants qui je ne sais pourquoi ne voyaient pas mon maquillage mais le visage en dessous et puis le visage en dessous de celui-là et puis encore le visage en dessous de celui-là, avec leurs yeux qui regardaient partout sauf moi, et qui voyaient mon squelette et la moelle à l'intérieur et les cellules à l'intérieur de la moelle et les atomes à l'intérieur des cellules et l'endroit où il y a seulement rien du tout et où personne ne peut se cacher nulle part.

Au fond de la salle, une petite fille avec des taches de rousseur et les yeux louches s'est mise à se cogner la tête en arrière contre une corbeille à papier en aluminium, symbole de cymbale, jusqu'à ce qu'un aide-soignant balèze vienne la faire tenir tranquille, les bras croisés et comme enroulée autour d'elle-même. Sur ma gauche, un garçon a ouvert les jambes et s'est mis à griffer le plancher entre elles avec ses doigts, grattant fébrilement quelque tesson invisible, excavant peut-être des fossiles qui prouveraient peut-être quelque chose à quelqu'un, peut-être à moi.

Je ne savais pas quoi faire.

Alors, sous mes yeux, du milieu de l'assistance, un grand

garçon décharné s'est levé pour venir lentement vers moi, les yeux fixés sur les miens, les mains pendant à ses côtés comme s'il était en transe. Et brusquement, quelque chose s'est passé en moi. Au milieu de tout ce bruit et sous les longues lampes accrochées au plafond et pleines d'une électricité dont j'eus soudain l'impression de percevoir l'odeur, quelque chose en moi s'arrêta. J'ai regardé le visage du garçon qui s'approchait, ses yeux sur mon nez, et le maquillage m'est tombé du visage comme la mue d'un serpent, me laissant avec le seul masque qui me restait, ma propre figure, et il s'est planté là devant cette assistance de cerveaux tous différents, mais je ne sais pas pourquoi pour une fois je n'étais pas mal à l'aise. Et puis, quand on ne sait pas quoi faire on fait ce pour quoi on était venu. Comme le représentant en aspirateurs qui voit soudain la ménagère se dévêtir devant lui en dansant le meringué dans ses mules à talons hauts bordées de fourrure et qui parvient tout juste à articuler : « J'attire votre attention sur la grande diversité des accessoires... » Moi, j'étais planté là incapable de tordre un seul ballon de plus.

Le jeune homme a tendu la main et l'a plongée dans ma poche dont il a retiré un ballon jaune. Il l'a porté à ses lèvres et l'a gonflé puis s'est mis à le tortiller frénétiquement pour lui donner une forme absolument pas reconnaissable. Il me l'a tendu.

— C'est chouette, j'ai dit. Et qu'est-ce que c'est censé représenter ?

— Toi, il a dit.

C'est à ce moment que j'ai renoncé philosophiquement au métier de clown, que j'ai décidé spirituellement d'abandonner la vie frivole pour devenir c'est rieux.

Dans le hall, une fois refranchies les portes fermées à clé du service du cinquième étage, une des infirmières m'a trouvé la tête dans les mains sur un banc et s'est assise à côté de moi.

— Une honte, m'a-t-elle dit. Mais on manque tellement de personnel ici. Il y a tellement d'enfants ! Et où vont-ils aller quand le nouveau programme va démarrer le mois prochain ? C'est quand même étonnant quand on pense que l'État est prêt à payer sept cent cinquante dollars par mois pour que chacun de ces enfants ait un foyer.

Quelque part dans ce monde, une caisse enregistreuse tintait et les cœurs étaient légers, dans cette terre promise où les nez ne couinent pas et où le ciel n'est pas nuageux à couvert toute la journée.

— Combien ? ai-je demandé.

— Sept cent cinquante dollars par mois.

J'y ai réfléchi quelques secondes en comptant sur mes doigts.

— Vous m'en mettrez quatre, j'ai dit.

MICKEY

Mickey a onze ans. Il est grand, maigre et dégingandé et latino, avec d'épais cheveux noirs et frisés, de grands yeux et des pieds chaussés de chaussures sans lacets. Il mange les lacets et il mange les petits jouets de plastique et puis aussi, à l'occasion, de la terre de bruyère et des plantes en pot. Il se parle en utilisant plusieurs voix. Une voix aiguë et perçante qui dit : « Non, arrête de me faire ça ! » et « Je suis fatigué » et une grosse voix de gorge pour dire « Mon cul, que je veux ! ». Il se sert d'une voix très basse, un chuchotement, pour répondre par monosyllabes aux questions qu'on lui pose et se masturbe constamment sans cesser de tourner dans la pièce d'une démarche agitée. Il est schizophrène. Il ne chie pas dans ses chaussures.

RALPH

Ralph chie dans ses chaussures. Il est blond avec des yeux très bleus et une trisomie 21, c'est-à-dire que c'est un retardé mental, un mongolien, qui a l'air asiatique alors qu'il ne l'est pas, mais avec une peau pâle et translucide — des veines bleues apparentes — et, dans le cas de Ralph, le ciel dans les yeux. Ralph fait voleter ses chaussettes comme des papillons devant sa figure et cogne parfois sa tête contre le mur très doucement, refusant souvent de bouger ou de se laisser déplacer mais bougeant parfois de lui-même. Il parle d'une espèce de voix liquide et gutturale qui est incompréhensible à tout autre que moi. Je le comprends très bien. C'est encore une raison pour laquelle certains me croient fou. Ralph souffre aussi d'une forme de désintégration de la personnalité qui le rend parfois agressif et le pousse à refuser de coopérer des semaines durant. A d'autres moments, il est adorable comme un petit animal familier.

TINA

Tina, c'est la fille. Elle est née avec les deux jambes tournées vers l'arrière, résultat d'une grossesse anormale aggravée du fait que la mère a pris un jour des médicaments par erreur. Ses jambes ne fonctionnent pas. Si elles fonctionnaient, elle serait capable de marcher à reculons sans avoir à se retourner, comme une espèce de rétroviseur ambulant. Mais, au lieu de ça, elle est coincée sur sa chaise roulante qu'elle n'a pas quittée depuis sa naissance. Elle a des cheveux blonds bouclés et parle avec beaucoup de clarté. Elle a douze ans et elle est vachement plus intelligente que moi.

HAROLD

Harold a douze ans aussi. Il est grand et maigre avec des cheveux bruns tout raides et des yeux affolés qui lui sortent de la tête quand il aspire d'épouvantables goulées d'air, la tête tremblant de peur, la peur de choses que nul autre que lui ne peut discerner. On l'a découvert attaché au pied d'un lit de fer dans le sous-sol de sa maison, où il avait été méchamment battu avec des bouts de tuyau d'arrosage tout au long des dix ans qu'il avait alors. Quand il parle, c'est pour dire les choses que lui disait l'homme aux bouts de tuyau. Son père.

Quatre fois sept cent cinquante dollars et quatre-vingts cents font trois mille onze dollars et vingt cents. Avec ça, je loue désormais une grande maison dans un petit quartier avec un perron à colonnes délabré, quatre chambres et une porte qui refuse de rester fermée. Le loyer est de mille dollars par mois. Cela me laisse deux mille onze dollars et vingt cents pour acheter à manger et tout ça et payer Miss Pistol.

J'ai engagé Miss Pistol pour surveiller les enfants quand je sors. Elle est vieille et gentille. Les enfants lui font une frousse bleue. Sa chambre à coucher est à côté de la buanderie en bas, pour qu'elle puisse être à l'abri. Sauf qu'elle n'est pas à l'abri.

Le premier jour qu'elle a pris son travail, Mickey lui a fait des avances de nature sexuelle — en tout cas, c'est ce qu'elle dit. Si j'ai bien compris, il avait réussi à la coincer dans la buanderie où elle était en train de décharger sa première cargaison de chaussettes du séchoir électrique et, pressant son corps contre celui de la vieille dame tout en se massant l'entrejambe, il avait rigolé — la salive lui fait des bulles comme ça au coin de la bouche on dirait de la bière — puis lui avait pris le visage entre les mains et d'une voix aiguë de soprano avait dit : « Vous êtes si migno-o-o-onne ! » l'emplissant de répulsion et d'angoisse au point qu'elle avait pris la fuite, fait sa valise au passage et s'était précipitée dans le vestibule en direction de la porte d'entrée restée ouverte à l'instant même où je faisais personnellement mon entrée par ladite, furieux moi-même à la vue d'une maison ouverte aux quatre vents, si pleine de rien du tout qui vaille la peine d'être volé mais, tout de même, une atteinte à la sécurité quant aux enfants, leur sécurité à eux.

— Miss Pistol, pourquoi avez-vous laissé ouverte la porte d'entrée ? Les enfants pourraient courir dans la rue et se faire du mal, ou quelqu'un pourrait entrer en courant dans la maison et leur faire du mal. On pourrait nous voler comme dans un bois. C'est une négligence, Miss Pistol.

— Ah, vous pouvez parler, vous ! a hurlé Miss Pistol. Me laisser seule ici avec ces enfants-là ! Vous êtes responsable vous aussi, vous savez. Et ne venez pas me parler de négligence quand celui-là a essayé de me violer.

Et d'un doigt vengeur et plein de haine, elle a désigné Mickey dont le sourire a disparu tandis qu'un visage consterné venait occuper le devant de sa tête.

Mais la haine, c'est seulement la peur retournée comme une chaussette et j'ai voulu dire à Miss Pistol qu'il n'y avait aucune raison d'avoir peur. La peur, ça me connaît. Il n'y a rien de tel pour vous paralyser quand elle vous arrive par-derrière sous la forme de quelque chose que vous ne comprenez pas, et il y a des tas de choses que je n'ai jamais comprises jusqu'à aujourd'hui.

— Écoutez, Miss Pistol, il vous aime bien, c'est tout.
— Pas du tout. Il se frottait contre moi.
— Comment ça frotter, Miss Pistol ?
— Eh ben frotter, vous savez bien.
— Pas du tout, Miss Pistol. Des tas de gens se frottent comme ça contre les gens qu'ils aiment bien. Les oiseaux le font, les abeilles...
— Oui, ben il se frottait, et moi je m'en vais, dit-elle. Je ne reste pas dans cette maison de dingues une minute de plus. Ils sont tous fous.
— C'est plus ou moins l'idée générale de la chose, Miss Pistol.

Voilà ce que j'ai dit, et je crois bien que ma main est descendue à mon propre entrejambe où je devais avoir ressenti une démangeaison pour le frotter délicatement jusqu'à ce qu'elle disparaisse. J'ai ajouté :

— J'aime mieux que vous ne vous serviez pas du mot fou, Miss Pistol. Il y a des mots plus sympathiques et compréhensifs. Plus humains.

Elle, elle regardait ma main, les yeux fixes.

— Je m'en vais. Vous êtes fou vous aussi, qu'elle a dit.

Et elle est sortie en courant et elle a claqué la porte derrière elle, mais elle s'est rouverte toute seule et c'est alors que j'ai compris que j'avais accusé Miss Pistol de négligence à tort, que j'avais perdu la boule, commis une folie et que, désormais, j'allais devoir me défendre.

Les enfants s'étaient réunis dans le vestibule, tous les quatre en cercle autour de moi, et me regardaient m'arracher les cheveux à pleines mains. Mickey s'est approché et a appuyé son ventre contre moi en rigolant.

— Un peu de classe, Mickey, lui ai-je dit en le repoussant doucement.

Et puis alors, d'un peu plus loin dans le vestibule, une voix a crié :

— Tu as un corps qui mérite d'être criblé de coups de poignard.

— Merci, Harold, que j'ai dit. Merci de bien vouloir partager avec nous.

2

J'ai attribué à Tina la chambre du rez-de-chaussée qui donne dans le grand vestibule tout à côté du grand escalier à l'*Autant en emporte le vent* qui conduit aux trois autres à l'étage et dont le tapis est tout effrangé sur les bords. Avant son arrivée, j'ai installé des rampes pour sa chaise roulante en me servant de feuilles de contre-plaqué que j'avais trouvées dans le garage où on les avait employées autrefois pour boire l'huile des fuites sous les voitures.

La maison était à louer meublée. Dans le style vieux monde, bref : vieux. Avant son départ, Miss Pistol m'avait aidé à installer les enfants, et leurs affaires sur les rares étagères qu'il y avait dans les chambres. Pas d'importance. Les enfants n'avaient pas grand-chose. A l'Hôpital des Enfants, chaque enfant se voyait attribuer seulement deux tiroirs que la plupart d'entre eux avaient d'ailleurs du mal à remplir. En défaisant leurs bagages (Harold était arrivé avec un sac en papier seulement), j'ai compris en lisant les étiquettes portant les noms que la plupart de leurs vêtements appartenaient à d'autres de toute manière, égarés ou déplacés par quelque infirmière négligente ou peut-être par les enfants eux-mêmes qui semblaient un peu se moquer de ce qu'ils portaient, arborant des pantalons qui leur arrivaient au genou, des vestes de pyjamas, des robes pour les garçons ou des caleçons pour les filles, des chaussettes dépareillées et des chaussures sans lacets. Seule Tina semblait se soucier de ce qu'elle portait et pas qu'un peu. Ses vêtements étaient tous farouchement à elle, soigneusement pliés et bien entretenus, un truc pour lequel elle avait certainement dû se battre à l'Hôpital des Enfants. C'était mentionné dans son dossier, ainsi que le fait qu'elle aimait les chants de cow-boy.

Tina n'a guère parlé ce premier soir. Son visage figé en une expression boudeuse, stoïcisme trahi seulement par les mouvements de ses yeux qui se déplaçaient sans cesse dans toutes les directions pour tout enregistrer, apportant des renseignements à son cerveau, la petite machine grise qu'elle avait sous ses boucles et que j'entendais presque cliqueter en la regardant me regarder.

Elle était polie. Quand je l'ai eu prise dans mes bras pour la sortir de la voiture et que j'offris de lui faire franchir le seuil en la poussant, elle répondit simplement :

— Non, merci beaucoup.

Et elle enclencha une espèce de manette. Ce fut alors que je me rendis compte que sa chaise roulante était motorisée, un ronronnement aigu émanant d'en dessous le siège entre les roues, un ronronnement que j'allais désormais entendre bien souvent et à toute heure du jour et de la nuit tandis qu'elle se voiturait à travers mes vestibules au sol ivoire en quête d'un verre d'eau ou d'une fenêtre plus grande. Tina aimait regarder par la fenêtre. J'ai remarqué qu'elle avait toujours une canne passée à un des accoudoirs de sa chaise roulante. Je conclus que c'était la trace d'un rêve au terme duquel une canne lui suffirait un jour pour marcher. On lui avait dit à l'hôpital que c'était impossible mais elle l'avait gardée quand même.

Elle n'était pas comme les autres. Son dossier de l'Hôpital des Enfants et la moindre conversation avec elle prouvaient qu'elle était d'une intelligence supérieure à la normale, mais que le traumatisme de son invalidité lui avait déformé l'esprit, à cause surtout de l'attitude de ses parents, qui ayant espéré une danseuse s'étaient retrouvés avec une estropiée — leur propre mot — ce qui en dit plus long sur eux que sur elle. Et comme on apprend à dire ce qu'on nous dit, Tina a acquis un vocabulaire plein des aménités qui transpirent entre convives à l'heure du thé, surprises depuis sa chambre à l'étage où on la pressait de demeurer, ou appris auprès des infirmières de l'Hôpital des Enfants, c'est-à-dire les mieux embouchés des porteurs d'uniforme, en dehors bien sûr des militaires.

Quand j'étais enfant, j'aimais bien imposer aux gens l'épreuve du silence qui consiste à croiser les bras sans rien dire en attendant que les autres comprennent ce qu'ils ont bien pu faire de mal. Ce qui m'a permis d'apprendre que si la parole ne vaut pas grand-chose, les mimiques sont tout aussi mal comprises des masses, et m'a donc apporté surtout l'isolement et la solitude — que je recherchais d'ailleurs, étant dès cette époque en porte à faux avec la plupart des gens et cherchant sans succès un autre moi-même pour devenir copain avec lui.

Ce n'est que beaucoup plus tard que j'ai appris que la communication n'a rien à voir avec les mots et se produit seulement quand deux personnes, équipées par hasard d'un émetteur et d'un récepteur de la même marque — des trucs que ne révèle aucune radiographie, aucun électroencéphalo —, parviennent on ne sait comment à se rencontrer dans ce pauvre monde où tout un chacun se trimbale seulement avec du matériel bricolé sur mesure, ou les grandes marques, incompatibles avec la mienne et où la parole n'est vraiment qu'un des accessoires les moins importants. Mais c'est bien quelque chose de différent qui s'est passé avec Tina ce premier soir.

Le père de Tina était dans la pub. Le toubib était un ami personnel et, quand vint l'heure de l'accouchement, le père se débrouilla pour être dans la pièce au milieu des contractions des poussées des forceps du sang et de l'avenir. Tina s'est présentée par la tête.

— C'est un garçon ? a demandé le père ; mais c'était trop tôt.

Le toubib a encore sorti un ou deux centimètres, et le père a demandé :

— C'est un garçon ?

Le toubib a tiré un peu plus, et le petit cou est sorti et puis les épaules minuscules.

— Regardez un peu les épaules de mon fils, a dit le père.

Il y a eu un torse et un cordon ombilical tout entortillé plein de sang qui se balançait dans tous les sens. Le toubib a dit :

— On ne va pas tarder à savoir.

Il a tiré et c'était une fille.

— Bah, ça ne fait rien, a dit le père.

Et il a essayé de sourire, mais il a vite arrêté quand le toubib a tiré une dernière fois et que les jambes du bébé sont apparues tordues comme des vieux cintres déformées et sanguinolentes. Le toubib a travaillé en silence pour démêler l'embrouillamini, des petits pieds émergeaient dans de drôles de directions et l'un des deux, malformé, ressemblait plutôt à une pomme de terre, avec les orteils de différents côtés, tandis que l'autre, normal, terminait une jambe fixée exactement à l'envers à la hanche. Dégoûté, le père a quitté la salle.

Pendant des années, ils se sont disputés. Elle aurait mieux fait de rester couchée, non ? Elle s'était trompée de médicament oui ou non ? Et puis après ? Elle répétait Je-ne-sais-plus-je-n'en-sais-rien-je-ne-sais-plus-c'est-tout pendant que dans son berceau la petite Tina demeurait tout à fait immobile les jambes à l'envers aussi mortes que deux bouts de ficelle.

Ils ne lui parlaient jamais ; alors comment aurait-elle parlé ? Les bébés disent ce qu'on leur dit. Quand Tina eut six ans, elle ne savait dire qu'une chose : « Tsk, tsk. »

Pour finir, ils divorcèrent. Ils ne voulaient la garde ni l'un ni l'autre. Ils ne l'eurent ni l'un ni l'autre.

Tina passa deux ans dans un foyer adoptif, mais l'homme et la femme buvaient. A l'âge de neuf ans, elle se retrouva à l'Hôpital des Enfants. Là elle se mit à parler couramment. Il s'avéra qu'elle avait le QI d'un génie. Et maintenant, elle m'avait, moi.

Ce premier jour, je l'ai simplement observée. J'ai observé ses yeux qui suivaient Miss Pistol quand elle franchit le seuil et s'éloigna lentement dans la rue pendant que nous autres nous agitions confusément dans le vestibule. Elle fit rouler sa chaise jusqu'à la fenêtre du vestibule et regarda la silhouette courroucée de Miss Pistol disparaître dans le crépuscule, puis elle resta là à regarder très longtemps.

Je la rejoignis et, debout à côté d'elle, me mis à regarder moi aussi, surtout dehors. La ville s'étendait au-delà des maisons qui bordaient la rue, pleine d'êtres humains, un million de petites lumières qui brillaient comme de petites surprises dans le lointain. Tina savait que j'étais là. Son oreille gauche avait rougi presque imperceptiblement, signal universel de la reconnaissance involontaire, signe qu'elle me voyait sans me regarder. Parce que après tout les yeux ne sont qu'un instrument : une clarinette n'est pas la *Rhapsody in Blue*. On dit que voir c'est croire, mais ça n'est pas vrai non plus. Seulement je croyais très fort à Tina à cet instant-là et, pour m'assurer que ce n'était pas de la blague, j'ai posé ma main sur son accoudoir.

Et puis je suis allé chercher un fauteuil, un du salon avec un dossier droit et des bras, pour m'asseoir près d'elle le menton dans mon poing, près de Tina qui avait le menton dans son poing. Je me suis mis à chanter une petite chanson.

— Arrêtez, je vous en prie, a dit Tina, je n'entends rien.

Dans *Madame Butterfly*, l'héroïne Cio-Cio-San chante un air assise devant la fenêtre en attendant le retour de son bien-aimé parti au-delà de l'océan — « Sur la mer calmée... ». Et puis quoi, ça valait bien un océan la rue qui passe devant notre maison toute noire sans éclairage, la silhouette des immeubles clignotant dans le lointain comme les lumières d'un port sur quelque rive inaccessible.

J'ai dit :
— Vous avez raison. Ça m'empêche de vous entendre chanter. Rien que des chanteurs et pas de public, ce n'est pas bon.

Une voiture s'est rangée devant une des maisons de l'autre côté de la rue et trois personnes en sont descendues, deux enfants et une maman. Tous trois ont franchi leur porte d'entrée et bientôt plusieurs lampes se sont allumées à l'intérieur.

— Pourquoi écoutons-nous au juste ? ai-je demandé.

D'abord Tina n'a pas répondu. Et puis elle a fini par dire :

— Il n'y a pas de pourquoi. Ce n'est pas pourquoi nous écoutons mais ce que nous écoutons. Ce que j'écoute.

J'ai fait oui avec la tête.

— Mais vous écoutez quoi ?

— Moi-même, a-t-elle dit avec un peu d'irritation. Je vous remercie, je m'écoute moi-même.

De l'autre côté de la rue, la lumière s'est allumée à une fenêtre du premier étage et j'ai vu la maman étaler un pyjama sur le lit. Deux pyjamas, bleus tous les deux.

— Mais alors seriez-vous en train de faire une espèce de bruit ? Je vous demande si vous êtes bruyante parce que, moi, il me semble que je n'entends rien.

Et puis, je me suis tu une seconde avant d'ajouter :

— Évidemment, ça pourrait être le brouillard. Ça me porte sur les sinus.

— Il n'y a pas de brouillard, a dit Tina en me regardant directement pour la première fois.

— Bien sûr, pas là-dehors, ai-je dit en montrant mes yeux du doigt, mais là-dedans.

J'imagine que j'ai dû la rendre perplexe parce qu'elle est devenue tout à fait silencieuse à côté de moi et moi je me suis tu aussi. Mais c'est vrai que cela arrive, ce brouillard qui brouille ma vue. C'est depuis Paula que ça s'est mis à m'arriver de temps en temps. J'ai d'abord cru que c'était la cataracte, mais ça vient et ça repart trop complètement. Alors j'ai pensé que c'était peut-être une tumeur au cerveau, mais ça n'empire jamais. Aujourd'hui, je me dis que je ne sais pas ce que c'est, sauf que parfois nous ne voyons pas ce que nous ne voulons pas voir. Quand j'avais vingt-six ans je suis devenu complètement aveugle pendant soixante-sept heures. On m'a emmené à l'hôpital mais on n'a rien décelé. Rien du tout. Ça, c'était juste après que Paula m'eut quitté.

— Je chantais, a alors dit Tina. Je chantais pour moi-même quand vous vous êtes mis à chanter et alors je ne m'entendais plus.

— Oh, ai-je fait, je vous demande pardon. Je ne vous avais pas entendue.

— J'ai dit pour moi-même, dit-elle.

Et, bien sûr, elle avait raison, mais pas tout à fait. Il est possible de chanter pour soi-même sans que les autres entendent. Ce qui est impossible, c'est de chanter pour quelqu'un d'autre sans entendre soi-même. Mais peut-être que c'était moi qui me trompais. Peut-être que la chanson de Tina n'arrivait pas jusqu'à ses cordes vocales ou peut-être que ses cordes vocales n'arrivaient pas jusqu'à mes oreilles. Et puis c'étaient peut-être mes oreilles.

On s'est tous les deux arrêtés de parler alors. A la fenêtre de l'étage de l'autre côté de la rue, la maman a embrassé deux jeunes fronts et éteint la lumière. J'ai observé la fenêtre obscure pendant quelques instants tandis qu'à côté de moi Tina appuyait son menton sur le rebord de la fenêtre et soufflait de petits beignets aux pommes de buée sur la vitre. Et c'est là que quelque chose s'est passé. Je ne sais comment dans le silence j'ai entendu de la musique. Je l'ai entendue aussi nettement que si elle était jouée sur un piano mécanique, alors que les lèvres de Tina ne remuaient pas le moins du monde et, très très doucement pour le cas où je me serais trompé, je me mis à chanter.

Singing aye aye yippee yippee hey
Singing aye aye yippee yippee hey
Singing aye aye yippee
Aye aye yippee
Aye aye yippee yippee hey

Quand je me suis retourné, Tina me faisait face.
— Comment le saviez-vous ? qu'elle a dit.
— Quoi ? Comment je savais quoi ?
— Cette chanson.
— Ah, cette chanson ? Eh ben, je l'ai entendue y a pas très longtemps. Enfin, vaguement entendue, c'est vous qui la chantiez, je crois. Vous vous la chantiez à vous-même.

Et, de l'autre côté de la rue, la maman est apparue à la seule fenêtre qui restait allumée au rez-de-chaussée, de profil, les yeux dans le vague. Elle était assise là. Peut-être que maintenant que ses enfants dormaient elle n'avait plus rien à faire. Elle vivait pour eux. Elle est restée très longtemps avant que la lumière s'éteigne et puis il n'y a plus eu que le noir. Silence et le bruit d'une respiration à côté de moi, marquant une cadence.
— Bienvenue au Far West, j'ai dit.

Et puis je lui ai posé un baiser sur le front et je suis monté.

Le lendemain matin, je me suis éveillé d'un sommeil agité et intermittent et j'ai senti une odeur de matière fécale dans la maison. J'étais en train de rêver à la belle fille de mon cours de danse classique, seulement chaque fois que je m'approchais d'elle elle se transformait en Ralph.

Une espèce de gémissement montait à travers le plancher de la salle commune en dessous de mon lit. Je me suis flanqué la tête sous l'oreiller mais ça n'empêchait rien du tout. J'entendais encore, je sentais encore.

Debout. J'ai balancé l'oreiller contre la fenêtre. Et tout ce qu'il y avait dehors. J'ai poussé un juron. Je me suis agenouillé près du lit pour donner des coups de poing sur le plancher.

— La ferme la ferme la ferme!

J'ai enfilé ma robe de chambre et me suis précipité dans l'escalier l'esprit tombant en vrille comme un avion en feu.

Il était assis par terre, me tournait le dos et se balançait recroquevillé sur lui-même comme un bossu. Il ne m'a pas entendu entrer. Empoigne-le donc par ses cheveux crasseux comme il te l'a fait si souvent à toi, que je me suis pensé dans ma tête, et arrache-lui sa calotte crânienne de retardé. Plonge les mains dedans et débranche! Arrache-le à son malheur et toi au tien du même coup. Un crime sans criminel sinon sans victime. Cette saleté de crime contre la nature par la nature elle-même.

Il émettait des espèces de borborygmes parfaitement étrangers à la parole des hommes. Des bruits de morve et puis des glapissements. Il y avait des excréments sur ses jambes et dans ses chaussures.

— A pade.

Recroquevillé sur lui-même à se balancer lentement. Je l'ai contourné pour lui faire face. Il était accroupi tassé sur lui-même, ses chaussures dans les mains serrées contre sa poitrine, il regardait à l'intérieur et pleurait en silence, ses yeux de mongolien bordés de rouge, la bave lui dégoulinant sur le menton. Il parlait à ses chaussures.

— A pade, il disait.

J'allais les lui arracher des mains et lui flanquer des baffes à l'en rendre plus con qu'il n'était. Le faire taire. J'ai rejeté la main en arrière.

Quand il m'a vu, il s'est arrêté. Il tremblait légèrement et puis il a détourné les yeux serrant ses chaussures sous son menton.

Il a encore répété :
— A pade.

Et j'ai bien vu que cette fois c'était à moi qu'il parlait. Il s'est arrêté. Lentement, il a levé son visage à la rencontre du mien. Sa peau était d'une pâleur translucide.

Je me suis assis par terre à côté de lui. Il a porté ses chaussures à ses yeux et y a enfoui son visage pour se cacher de moi. Alors, je l'ai vu. Alors, je l'ai entendu, un petit garçon de six ans doté de l'esprit d'un petit garçon de deux ans qui disait : « pardon, pardon » à ses chaussures.

Doucement, je les lui ai prises. Je les ai serrées dans mon giron toutes souillées de merde, usées, petites et rondes. Quand je l'ai regardé, il avait les yeux grands ouverts braqués sur mon visage. Je l'ai regardé. Il m'a regardé. J'ai porté ses chaussures à mes lèvres et je les ai embrassées. Et puis je les lui ai rendues.

Il les a prises et il s'est détourné. J'ai posé les mains sur mes genoux. Par la fenêtre, deux nuages qui passaient, rien d'autre. Je suis resté assis longtemps jusqu'à sentir quelque chose de chaud contre mon épaule, quelqu'un, et ses larmes dans mon cou. Je l'ai aidé à s'asseoir sur mes genoux. Je l'ai entouré de mes bras, sa tête contre ma poitrine.

— Ouah, ouah, ouah, ouah, qu'il murmurait tout doucement.
Alors, moi :
— A pade...

3

Le lendemain matin, j'ai été réveillé par des coups sourds dans ma tête, qui se répercutaient à l'intérieur de moi, graves et creux, presque palpables. Le bruit m'avait arraché à un rêve.

Dans mon rêve, j'étais dans la salle de danse avec la belle fille à laquelle je ne parle jamais mais à qui je pense sans arrêt. Rien que nous deux sur le plancher de la salle, elle une jambe légèrement accrochée derrière l'autre et pliant ses genoux dans le miroir et moi à l'autre bout de la salle regardant par la fenêtre, sentant que l'air à l'extérieur était tiède alors qu'on était en plein hiver et que la neige mettait partout de lentes collines de sucre blanc.

Dans le rêve, je me mettais à faire de petits pas en rond, me préparant à bondir, les orteils toujours pointés et les jambes tournées vers l'extérieur des hanches, puis je faisais de petits sauts, quittant le sol comme un doux javelot lancé très bas, atterrissant sans bruit pour recommencer aussitôt. Puis, je pivotais pour faire face à la salle dans laquelle personne n'était assis et je me mettais à bondir plus haut, battant de mes jambes tendues dans les airs, deux ou trois fois avant de retoucher le sol, les bras en arc au-dessus de la tête comme une cathédrale. Quatre, cinq battements, je bondissais de plus en plus haut et, soudain, je bondissais si haut que je m'approchais du plafond et me mettais à planer, redescendant très lentement, parfaitement droit et battant des jambes dix, douze fois, au point qu'elles se brouillent comme des ailes de papillon de nuit avant de me reposer de nouveau et d'exécuter une profonde révérence. Je n'étais même pas en nage. Je me tournais alors dans la direction de la belle fille. Elle n'était plus là

Ce bruit de martèlement résonnait sourdement, faisant vibrer tous les murs de ma maison. Ce n'était pas une quelconque équipe d'ouvriers des Ponts et Chaussées dehors dans la rue ni le fracas de tuyaux raidis par la vapeur. C'était autre chose.

Cela devint plus fort quand je sortis sur le palier pour regarder par-dessus la rampe de l'escalier. Les yeux me brûlaient. Ils étaient restés fermés toute la nuit et pourtant je les sentais irrités et comme recouverts d'une pellicule dans mes orbites. Je suis allé dans la salle de bains prendre le petit flacon de collyre. J'ai mis deux gouttes dans chaque œil et puis j'ai jeté le flacon qui était vide.

J'ai traversé le vestibule jusqu'à la chambre de Ralph, la plus petite des trois à l'étage. Par terre au milieu, il y avait le tapis que j'avais acheté pour lui, petit et rond, avec des personnages de dessins animés dessus. C'était dit dans son dossier qu'il aimait les dessins animés. Il y avait des draps assortis aussi. J'avais acheté le tout au Gros Bazar des Soldes Hébraïques pour six dollars.

Ralph n'était pas là. Au centre de son oreiller creusé d'un coup de poing il y avait trois poupées, les trois qu'il avait emmenées avec lui de l'Hôpital des Enfants, face à face, un petit tas de morceaux de papier devant chacune et un autre, plus gros, au milieu. Il y avait Joey, un garçon brun à la tête de plastique dont le visage était presque entièrement absent et dont le bras gauche pendait, mort, vide de tout rembourrage et recousu. Il y avait Jimmy, un rouquin à taches de rousseur chaussé de bottes de cow-boy. Ralph l'avait enfilé dans une paire de chaussettes blanches tirées jusqu'à son menton comme un sac de couchage de coton et qui lui tire-bouchonnait à la ceinture comme de la neige tassée. Et puis, il y avait Steve, qui est une souris. J'ai contemplé le tableau plusieurs instants avant de comprendre qu'ils étaient censés jouer aux cartes. J'ai ôté les chaussettes de Jimmy pour les mettre à Steve. Les poupées représentant des petits garçons ont des chaussures, tandis que les souris ont vraiment besoin d'être protégées.

Les coups sourds ont recommencé, plus fort qu'avant, et m'ont arraché à mes pensées. J'avais plutôt tendance à me perdre dedans depuis peu, ces deux derniers jours depuis que les enfants étaient arrivés, l'esprit à des millions de kilomètres, c'est-à-dire des millions de kilomètres à l'intérieur de moi, parce que la distance jusqu'à l'âme est plus grande que toutes les années-lumière et qu'il n'y a pas de carte pour y arriver. C'est dur de trouver son chemin jusque-là. Et c'est encore plus dur d'en revenir.

La chambre du fond avait deux lits à angle droit, celui de Mickey et celui de Harold respectivement. Je n'avais pas la moindre idée de la décoration qu'il convenait de donner à leur chambre avant leur arrivée et je m'étais donc rabattu sur un rouleau de papier peint que j'avais trouvé au garage. Il y avait des chiens dessus. Mais j'éprouve une aversion à l'encontre de l'odeur de la colle à papier peint depuis le jour où Paula et moi avons tapissé son appartement, celui dans lequel on devait s'installer ensemble après notre mariage, celui qu'elle a quitté une semaine plus tard. De toute manière, il s'avéra que je n'avais pas assez de papier à chiens pour couvrir tous les murs, de sorte que j'en collai un lé en diagonale sur chaque mur à l'aide de ruban adhésif, terminant par un petit morceau pendant du plafond parce que je n'avais pas non plus assez de ruban adhésif pour finir.

Le lit de Mickey était un bordel. Des draps dans tous les sens, des couvertures par terre, l'oreiller sous le lit. Toute une nuit de soubresauts déchaînés. Ce que voyant, je me rappelai que j'avais oublié de lui donner son Haldall la veille au soir. Ils m'avaient parlé des soins et des médicaments à l'hôpital, des diverses drogues qui sont destinées à neutraliser ce vague espace entre les personnalités. Personne ne sait au juste comment le Haldall fonctionne, mais je devais en donner à Mickey une dose avant le coucher et une dose le matin. On était justement le matin. Il devait être dans les onze heures apparemment, mais je ne porte pas de montre parce que ça coupe la circulation.

Le lit de Harold était tout le contraire. Fait à la perfection, le drap du dessus exactement rabattu, et au carré les coins comme à l'armée — comme à l'hôpital. Je remarquai toutefois qu'il n'y avait pas d'oreiller. Je ne l'ai pas trouvé tout de suite. Et puis je l'ai vu. Il était par terre au pied du lit, debout tout droit attaché au cadre du lit avec des lacets de souliers très serrés, si fortement qu'il en était comme étranglé et que le rembourrage en sortait. Je compris que j'avais sous les yeux l'autoportrait de Harold attaché au pied du lit comme à un chevalet de torture. Mon estomac se serra. Je vis les liens mordant dans la chair, je le vis prisonnier de lui-même. Je restai là à regarder une minute et puis je suis allé jusqu'au lit, j'ai défait les lacets, et l'oreiller s'est affaissé sur le sol. J'ai ouvert les draps et les ai lissés de la main. Puis j'ai ramassé l'oreiller par terre et je l'ai doucement couché dans le lit avant de le border gentiment avec les draps et les couvertures, tout doucement. J'ai encore monté la garde une minute et puis je suis descendu.

Les coups sourds sont redevenus forts quand je suis passé devant la chambre de Tina, plus faibles dans le salon, plus forts quand j'ai traversé la salle commune et encore plus forts dans la cuisine. Je me suis rendu compte que ça venait de la buanderie.

Ils y étaient tous. Tina dans sa chaise tout près de la porte. A l'autre bout de la pièce, les trois autres dont on ne voyait que la tête et le torse émergeant de la machine à laver dans laquelle ils se tenaient tous les trois. Harold enfonça les deux autres dans le tambour et referma le couvercle, ce qui mit automatiquement le moteur en marche et produisit ces coups sourds que j'avais entendus jusqu'à ce que le déséquilibre de la charge l'arrête toujours aussi automatiquement.

— C'est Ralph qui a commencé, a dit Tina d'un ton neutre.

J'ai regardé Ralph dont les yeux bleus me regardaient craintivement par-dessus le rebord de la machine. J'y suis allé et je l'en ai sorti.

Mickey s'est mis à rire et s'est laissé aller tout mou à l'intérieur du tambour et quand j'ai tendu les bras pour le prendre, Harold m'a griffé la main et laissé un sillon blanc sur l'avant-bras. J'ai reculé. Harold était là, les yeux exorbités, avalant de grosses goulées d'air comme un taureau, et j'ai tendu ma main vers lui d'assez loin avant de m'approcher lentement, mais il l'a frappée de nouveau me faisant tourner sur moi-même cette fois-ci, ce qui lui a permis de m'assener une claque sur la tempe. J'ai repris mon équilibre et je suis resté sur place, sans me préoccuper du liquide tiède que je sentais couler dans mon oreille.

— Va te faire enculer ! a crié Harold.

La seule entrée était apparemment ses yeux écarquillés, comme des hublots, alors j'ai regardé dedans, essayant désespérément de voir ce qu'il y avait, tous les pourquoi, et bientôt ma vision périphérique a commencé à s'estomper et je n'ai plus vu que lui. J'avais l'impression que nous nous croisions quelque part entre nous au milieu des airs. Ça pourrait n'avoir duré qu'une minute. Je crois qu'en fait ça a bien duré une demi-heure, mais j'ai de nouveau tendu la main vers lui lentement et il m'a laissé prendre ses mains dans les miennes. Elles étaient glacées. Alors, je les ai prises en sandwich entre les miennes, les étreignant comme deux petits bébés.

Et la peur ça me connaît, et le pire ennemi c'est l'ennemi de l'intérieur parce qu'on ne le voit pas alors qu'il est tout près tout près tout le temps tout le temps. Mes propres yeux s'écarquillaient sous la force des peurs de Harold, s'exorbitaient eux aussi, et quand j'ai enfin réussi à lui faire quitter la machine, en plus j'étais fatigué et les autres avaient depuis longtemps retraversé le vestibule pour gagner la salle commune. J'ai suivi le même chemin. En route, j'ai entendu un ronronnement aigu s'approcher puis m'accompagner.

— C'est Ralph qui a commencé, dit Tina en changeant de vitesse. Il a mis ses chaussettes dans la figure de Harold et s'est mis à l'embrasser avec elles. Alors Harold s'est fichu en rogne et l'a mis dans la machine à laver.

Elle me rapportait simplement les nouvelles, les derniers événements, d'une voix ennuyée, pour me tenir au courant.

— Merci, ai-je dit.

Elle a tourné derrière moi et est repartie dans sa chambre avec un bref arrêt dans le vestibule pour regarder par la fenêtre.

Je suis entré dans la salle commune.

Mickey l'arpentait furieusement en décrivant un grand cercle en marchant très vite, un pan de sa chemise roulé comme un cigare et fourré dans sa bouche, tout détrempé de salive. Ralph était assis devant le sofa, une chaussette pendillant de chaque main, babillant d'une voix suraiguë que je compris être celle des deux chaussettes qui bavardaient ensemble. Harold était tapi par terre derrière le sofa, cherchant à s'éloigner le plus possible, dans sa terreur, de quelque chose qui, croyait-il, l'attaquait, le plaquant contre le mur tandis qu'il donnait des coups de pied dans le tapis de toutes ses forces pour tenter de s'échapper.

Je ne savais pas quoi faire. A l'hôpital, on m'avait brièvement mis au fait des techniques de modification du comportement que l'on y pratiquait et qui consistaient principalement à mettre les enfants au coin pour avoir chahuté ou fait preuve de psychopathologie, à les enfermer à l'occasion dans des salles d'isolement ou à les priver de certains aliments, le tout assaisonné de force vociférations. Lorsque ces techniques ne donnaient aucun résultat, ils avaient recours à des drogues, à toute une chimie psychotrope qui modifiait mystérieusement les réactions chimiques des différents cas. Il y avait des diagrammes et des graphiques, des dossiers, des fiches et des listes. Le personnel de jour écoutait les cassettes laissées par le personnel de nuit sur lesquelles chacun enregistrait sa petite histoire pour gagner du temps.

Mais là, en pensant à l'hôpital, je n'ai pu retrouver qu'une seule chose : l'impression que tout y va par deux, tout. Docteurs et patients, adultes et enfants, professeurs et élèves. Les moi et les vous, praticiens et pratique, s'attachant à noter des différences dans ce monde de blouses blanches où tout est noir et blanc et où rien n'est clair, flottant au-dessus des plateaux aseptiques où il est si facile de dire qui est qui en se fiant aux étiquettes de poitrine.

Et pourtant, quand j'étais jeune, je voulais être un malossol, un de ces petits concombres à la russe qui ressemblent à de grosses grenouilles vertes. Je les aimais tant que j'en suçais d'abord tout l'intérieur avant d'avaler la carapace, les lèvres gourdes, l'haleine chargée d'ail. J'avais toujours pensé que quand on aimait quelque chose autant que ça il était tout naturel de vouloir être cette chose. Je voulais être un malossol, mais quand je le disais aux gens ils se moquaient tous de moi parce qu'ils croyaient que je plaisantais et qu'ils n'y comprenaient rien. Et quand le fils des voisins a triché pendant un combat au revolver à eau en se servant soudain du tuyau d'arrosage de son jardin et que du coup j'ai entièrement inondé sa cuisine, ils n'ont pas compris non plus — œil pour œil — ce qu'ils n'avaient jamais cessé de me dire. Ils ont pensé que j'étais fou. J'ai été mis au coin pendant une heure et j'ai entendu mon père dire qu'ils exagéraient vraiment et qu'ils allaient finir par faire tomber le prix du mètre carré dans le quartier. Et puis aussi qu'ils mettaient du fluor dans l'eau désormais et qu'ils ne tarderaient pas à marcher sur la lune. Et moi, je me demandais qui ça pouvait bien être que ce Ils ; un jour j'ai même regardé dans l'annuaire et il y en avait un seul : Roger Gérard Ils, de Church Street. Je lui ai même téléphoné et lui aussi a cru que j'étais fou, et je n'arrivais pas à comprendre comment un bonhomme aussi minable pouvait être aussi puissant. Et puis brusquement, je suis devenu un adolescent, un moins de vingt ans et ils ont changé le Ils en Nous, j'ai appris ça. Je me suis rendu compte que je n'étais pas comme les autres, et la raison que j'ignorais alors c'est que je n'étais pas Nous. Je ne le suis toujours pas. Mais à l'Hôpital des Enfants l'autre jour, j'ai senti une vague silencieuse me tomber dessus, tiède et aussi légère qu'un petit garçon, et comme le spectacle de la rue qu'on habite après un long voyage à l'étranger, comme la première nuit où l'on est de retour dans son propre lit, je me suis senti chez moi avec ceux-là, avec ces enfants-là, mon Nous à moi, mon seul Nous, et plus jamais je ne serai sans eux, les gens de la Commission peuvent bien dire ce qu'ils veulent.

J'étais donc debout au milieu de la salle commune, et bientôt les cercles que Mickey décrivait sont devenus plus petits et moi je me suis assis par terre. Ralph est grimpé dans mon giron de lui-même, m'a tendu une chaussette et a fait danser l'autre devant mes yeux en faisant des bruits d'écureuil ; et Harold fuyant son démon que personne ne connaissait a couru jusqu'à moi et s'est pressé contre moi pendant que le brouillard se levait derrière mes yeux, tiède et humide comme une vapeur amie, comme la perte d'un manteau d'hiver qui m'eût laissé plus chaud après sa disparition et je suis resté là avec eux. J'y suis resté longtemps, longtemps. J'y étais et j'y restais.

4

Il était temps de leur préparer à manger.

J'ai décidé de leur faire des brocolis, du rosbif et de la purée de pommes de terre. Heureusement, Miss Pistol avait fait les courses avant de partir. On disait que Ralph mangeait bien. Alors qu'on le servait généralement dans un bol, il appartenait au club des nettoyeurs d'assiettes. Il adore les légumes, ce qui n'est pas habituel pour un enfant. Je me souviens que, quand j'étais petit, et sans en avoir jamais goûté pour de bon, j'étais complètement fasciné par les épinards parce que je m'étais amouraché de Popeye, ce matelot au corps bizarre avec son légume mascotte qu'il avalait comme des pilules en le faisant jaillir de la boîte d'une simple pression de la main. Tout cela était bel et bon en dessin animé. Et puis un jour avec mon copain Joe on a réussi à convaincre ma mère de nous servir des épinards. Je n'ai pas arrêté de gerber pendant six heures. C'est la raison pour laquelle je n'ai pas trop confiance dans les gens animés. D'ailleurs, tous les mercredis, Mickey Mouse s'amenait à la télé pour me raconter que c'était le Jour où Tout Peut Arriver alors que précisément il n'arrive jamais rien le mercredi.

Ralph a un bol spécial. Je l'ai acheté pour lui le jour de

mon entretien à l'Hôpital des Enfants. Je rentrais à la maison en voiture quand je suis passé devant les magasins, en réfléchissant à ce qu'on m'avait dit sur mes futurs enfants, et la propension qu'avait Ralph à renverser les verres de lait, les bols et les assiettes pendant les repas. J'ai été pris d'une de ces idées dont risquent de s'offusquer les âmes sensibles mais qui sont nécessaires devant des circonstances particulières. Je crois que les problèmes inhabituels exigent des solutions inhabituelles — à fièvre de cheval remède de cheval. Je suis donc entré dans une animalerie et j'ai acheté pour Ralph une écuelle de chien. C'était en plastique jaune à fond plat et lesté, absolument impossible à renverser quelles que soient les circonstances. Mon idée me satisfaisait tellement que j'en ai acheté une série entière de six, toutes jaunes, pour l'ensemble de la famille.

Malheureusement, cela ne résolvait pas le problème des verres de lait de Ralph qui se renversaient eux aussi et toujours à des moments inopportuns pendant les repas. Je suis resté près de lui aussi longtemps que possible pendant ce premier repas, montant une garde qui risquait d'exclure les autres enfants et je n'ai pas sitôt détourné la tête une seconde pour regarder les doigts de Mickey que vlan ! des flaques blanches.

Ralph souriait, un morceau de brocoli lui pendant entre les lèvres. Il adore les brocolis. Il les appelle arpes, ce qui veut dire arbre, parce que c'est vrai — je l'ai toujours pensé moi aussi — ils ressemblent à des arbres en miniature, et un jour que j'étais beaucoup plus jeune, j'ai réussi à me désintéresser d'un repas désagréable en me servant de brocolis, de purée et de rosbif pour fabriquer un très joli jardin japonais — j'ai été puni pour « m'apprendre à jouer avec ma nourriture ». Mes parents n'avaient pas saisi.

J'avais bien essayé de dresser une table séduisante pour les enfants, mais je n'ai pas l'habitude de recevoir, je ne l'ai jamais eue et les délicatesses de l'art culinaire m'ont toujours échappé sauf pendant la brève période où j'ai vécu avec Paula qui m'a ouvert les yeux sur certaines aménités. Quand elle est partie, je les ai refermés. Je n'avais pas de serviette et j'ai donc décidé de découper la taie d'oreiller de Ralph en quartiers que j'ai disposés en couronne dans les écuelles de chien sur la table. (J'ai donné ma taie d'oreiller à Ralph et me suis servi d'un ticheurte pour me faire une taie d'oreiller.) Je voulais des fleurs pour décorer le centre de la table ; n'en ayant pas sous la main, j'ai décidé d'en fabriquer avec des mouchoirs en papier et des épingles à grosse tête de couleur — comme je ne possédais ni l'un ni l'autre, il m'a bien fallu me rabattre sur du papier hygiénique et des élastiques ; j'ai disposé le résultat dans une boîte à chaussures au centre de la table avec les écuelles et les quarts de taie d'oreiller couverts de personnages de dessins animés.

Mickey mangeait avec ses mains. A l'Hôpital des Enfants, on l'invitait deux fois oralement à se servir des couverts puis on les lui plaçait entre les mains et enfin on l'envoyait au coin pendant deux minutes afin de punir ses mauvaises manières de table et son manque de docilité.

Le menu que j'avais préparé était particulièrement mal adapté à l'usage des doigts. A l'hôpital, Mickey était autorisé à se servir de ses mains pour certains aliments particuliers comme le poulet, les biscuits, les fruits. J'avais évidemment du mal à surveiller son comportement tout en montant la garde sur le verre de lait de Ralph.

Harold se servait de ses couverts mais mal ou trop bien,

c'est-à-dire qu'il les utilisait tout autant pour menacer les autres enfants que pour manger avec, leur décochant des coups de fourchette sans avoir été provoqué comme une espèce de cobra qu'on aurait invité à dîner. Tina poussait des hurlements de peur et de protestation et voulant se défendre avec sa canne elle renversa le verre de lait de Ralph malgré ce dernier et moi-même et Harold la piqua avec sa fourchette pendant qu'elle essayait de m'aider à réparer les dégâts.

— Hoover, faites-le arrêter ! vociférait-elle.

Je voulais bien, moi, j'essayais, mais j'avais déjà fort à faire de mettre des cuillers dans les mains de Mickey tout en essayant d'empêcher Ralph de se vautrer dans le lait renversé.

Comme dessert, j'avais choisi quelque chose de facile et de propre : des lanières de réglisse. J'avais acheté cette friandise qui ressemble à de longs tuyaux de caoutchouc noir en solde à l'épicerie : douze pour vingt cents. Je les ai posées sur la table, et tout le monde s'est jeté dessus et s'est mis à mâcher, les langues virant au noir. Tout le monde sauf Harold.

Harold qui les regardait les yeux écarquillés, comme en transe, tandis que sa respiration accélérait pour devenir un halètement, puis qui quitta la table en marchant à reculons sans cesser de les regarder, se laissa tomber à quatre pattes et détala en proie à une terreur mortelle jusqu'au mur qui l'empêcha d'aller plus loin. Il y appuya son visage, le plâtre aplatissant sa joue et en chassant le sang, sa bouche se tordit sur le côté pour former un cri tandis que le sang refluait dans son cou et que ses yeux lui sortaient de la tête, près d'exploser, déments.

Je ne savais pas quoi faire.

Il essayait de traverser le mur pour aller n'importe où, n'importe où où il échapperait à ça, ses chaussures claquant contre le sol, une poussière blanche tombant du mur là où s'enfonçaient ses ongles et se déposant comme neige sur sa chevelure. Et du fond de sa gorge sortait un gémissement comme celui d'une bête hurlant à la lune. Les larmes pleuvaient sur son col.

— Emmenez Ralph et Mickey, ai-je dit à Tina qui a réagi aussitôt, manifestement troublée par le spectacle de Harold.

Accrochant sa canne autour du bras de Mickey, elle les a emmenés tous les deux dans la salle commune. Jamais encore je n'avais vu un sentiment d'horreur capable de tuer, mais j'avais l'impression que c'était bien ça que j'avais sous les yeux, la poitrine de Harold se soulevant violemment à chaque inspiration.

— Qu'est-ce qu'il y a?

J'allai prendre une lanière de réglisse sur la table et la lui offris.

— Prends, Harold, lui dis-je. C'est des bonbons.

Alors, il a tourné son corps tout entier contre le mur et il a essayé de grimper au plafond. Il est retombé et s'est roulé en boule sur lui-même en direction de l'évier, tout recroquevillé de terreur et poussant des vociférations de plus en plus fortes, de plus en plus stridentes, une terrible caricature, une version démentielle du souvenir :

— J'vais t'apprendre moi — plein la gueule — une bonne fois pour — un corps qui mérite — jamais plus tu m'entends — encore? — tiens et puis tiens et puis tiens!

Les lanières de réglisse. Comme du caoutchouc noir. Un père. Un sous-sol.

Du coup, je suis tombé à genoux près de lui par terre sous l'évier. En levant la main, j'ai jeté le morceau de friandise noire dans la poubelle et j'ai voulu toucher Harold pour arrêter ses tremblements. J'ai passé mon bras autour de ses épaules, autour de ses bras. Il aspirait l'air comme un furieux, toujours plus fort toujours plus vite. Alors, j'ai serré les dents moi aussi et je me suis empli les poumons d'air qui est entré en faisant du bruit entre mes dents. Je le regardais dans les yeux. J'ai pris une nouvelle inspiration. Quand il a respiré, j'étais avec lui, en rythme, partageant le même air que lui en même temps que lui par terre. J'ai tendu la main. Face à face, nous tremblions tous les deux et je suis resté comme ça, je suis resté comme ça et puis très lentement sa main pâle a glissé à travers le carrelage vers la mienne et je l'ai attiré contre moi et j'ai posé ma bouche contre son oreille et j'ai chuchoté du fin fond de mes os là là tout va bien, là là tout va bien.

Tina a crié mon nom. J'ai bondi et me suis précipité dans la salle commune.

Mickey était étendu sur le plancher au milieu de la pièce, les mains et les pieds s'agitant en tous sens comme les pattes d'un insecte agonisant sur le dos et il faisait de drôles de bruits de gorge. J'ai d'abord cru qu'il avait avalé une lanière de réglisse de travers, mais non, elle était tout entière à côté de sa tête sur le tapis. Je me suis penché sur lui et j'ai pris ses deux pieds dans la figure. Vlan! J'ai reculé. Je saignais du nez.

— Que se passe-t-il? ai-je demandé à Tina en criant.

— Comment le saurais-je? m'a-t-elle répondu, partagée entre la colère et la panique.

J'étais là à regarder comme un spectateur imbécile, un

badaud qui sait qui se passe quelque chose mais se demande ce que ça peut bien être, et puis lentement je me suis approché de son corps en éruption et j'ai tenté de me mettre à cheval sur lui pour l'empêcher de gigoter. Mais je n'ai pas pu. Il était trop fort et trop déchaîné.

— Faites donc quelque chose ! criait Tina.
— Mais qu'est-ce que je peux faire, pauvre idiote !
— Ne me traitez pas d'idiote !
— Alors, fermez-la !

Mais bien sûr, c'était à moi-même que je parlais. La tête de Mickey a soubresauté trois fois très violemment, heurtant chaque fois le plancher avec un bruit de tambour, mortel. J'ai tendu les mains et sa salive m'a ruisselé sur les poignets.

— Appelez une ambulance !

En criant ça, j'ai jeté un coussin vers la tête de Mickey qui s'était mis à rouler vers la table basse et j'ai réussi à l'empêcher de se cogner trop fort et il s'est mis à rouler dans l'autre sens. Je courais tout autour, déplaçant les meubles pour dégager son chemin tout en essayant de me rappeler les trois chiffres qu'il faut composer pour les urgences. Mais je n'y arrivais pas. Son pied s'est pris dans le fil électrique d'une lampe qui s'est écrasée sur le sol et s'est éteinte dans une gerbe d'étincelles. Toutes les lumières se sont éteintes en même temps. Je n'arrivais toujours pas à me rappeler les trois chiffres. J'ai pris tous les coussins du sofa pour essayer d'en entourer Mickey, mais il a encore roulé, dans mes jambes, et je suis tombé sur lui. C'est alors que j'ai entendu Tina au téléphone dans la pièce d'à côté, elle connaissait les trois chiffres.

Les médecins m'ont permis de m'asseoir avec lui à l'arrière. Ils ont pris leur stéthoscope pour écouter son cœur, mais j'aurais pu leur dire qu'il était là. Tina était restée à la maison pour surveiller les autres. Pourquoi fallait-il que Miss Pistol fût partie ?

A l'hôpital, on nous a fait traverser des foules de gens assis sur leur quant-à-soi qui attendaient pendant qu'on roulait Mickey sous une couverture rouge. Ils lui ont pris du sang pendant que je m'asseyais. Ils lui ont fait franchir une porte à double battant de verre dépoli. Un haut-parleur a retenti pour appeler un certain docteur Bienheureux.

Au bout d'une heure, on m'a autorisé à le voir. Les médecins disaient qu'ils ne savaient pas très bien ce qui avait pu causer la crise. Épilepsie ou tumeur au cerveau ? On m'a laissé m'asseoir dans la chambre près de Mickey pendant qu'ils allaient chercher tous les formulaires que je devais remplir pour leur donner la permission de procéder à toute sorte d'examens. J'étais seul avec Mickey dans la chambre. Il était calme maintenant, les yeux ouverts. Il avait peur. Il regardait les instruments tout autour sur les murs et les étagères de flacons et il y avait l'odeur chimique. Je crois qu'il avait l'impression d'être de retour à l'Hôpital des Enfants, et je suis resté assis à l'observer un moment. Alors ses yeux ont rencontré les miens. C'étaient des yeux doux maintenant, des yeux sombres pleins de frayeur et de faiblesse. J'ai regardé autour de nous dans la chambre. De l'autre côté de la porte, on entendait glousser des infirmières qui faisaient des mots croisés et plus loin dans le corridor les claquements d'une machine à radiographier sur la poitrine de quelqu'un là où le cœur est niché. Il y a comme ça des gens qui ont besoin de machines pour voir les choses. J'ai pris Mickey dans mes bras et j'ai décidé tout seul de l'emporter loin de l'hôpital.

De retour à la maison, j'ai trouvé la salle commune vide. Les chambres vides. J'ai mis Mickey au lit, je l'ai bordé, et c'est en redescendant vers la cuisine que l'odeur m'a heurté les narines.

Ils dormaient tous par terre dans la cuisine, sauf Tina affaissée sur sa chaise roulante, parmi les pommes écrasées qui jonchaient le sol et les oranges fendues et la purée de pommes de terre, les brocolis, le bœuf, du ketchup partout et de la crème au chocolat. La porte du réfrigérateur était grande ouverte, jetant une lumière fantomatique sur le tableau.

Je me suis laissé tomber sur une chaise. J'ai pensé où est donc Miss Pistol ? Revenez Miss Pistol que j'ai pensé, mais quand j'ai fini par le dire à haute voix, c'est Paula que j'ai dit.

Je n'allais pas survivre sans Paula, ou quelqu'un d'autre. Il fallait faire quelque chose. Il fallait trouver quelqu'un.

J'avais eu une brève aventure avec la cousine d'une fille de mon cours de danse classique. La fille s'appelait Myrna. Sa cousine Geneviève. Elle chantait dans une boîte où elle avait volé mon cœur par-dessus les feux de la rampe un soir que j'y étais allé boire un Pepsi en compagnie de sa cousine après la danse.

On est sortis quelques fois. A la fin, Geneviève est devenue dure à avaler. Elle tenait beaucoup à ce que je lui parle de mes sentiments. Quand je lui ai parlé de mes sentiments elle m'a remercié, et j'ai cessé de lui parler de mes sentiments. En définitive, elle m'a quitté pour un photographe avec lequel elle avait le projet de s'installer à Hollywood.

Parfois, la nuit, dans mon lit, je pense à Geneviève. Je me la représente sur scène avec le projecteur dans les yeux. Je la revois chanter *When you Wish upon a Star*, mais chaque fois, avant le dernier couplet, elle se transforme en Paula.

5

Ce qui a bien pu me décider à faire concourir les enfants aux championnats de tennis de table de l'État, je ne le saurai jamais. Ça paraissait une solution logique. Ça fait toujours du bien de changer un peu d'air, surtout après les deux mois qu'on venait de passer tous ensemble, et je suis évidemment convaincu que la compétition est bonne pour la santé.

Les bagages n'ont pas posé de problème. Je suis expert en la matière qu'il s'agisse de faire tenir quarante clowns dans une petite voiture ou soixante étudiants dans une cabine téléphonique, tout ça pour moi c'est du pareil au même. J'ai même réussi à faire tenir quatre ans de vie environ à l'intérieur de trente années d'existence, alors... mais on dit que le temps est une illusion de toute manière. C'est une deuxième raison pour ne jamais porter de montre.

J'ai pris une grande valise pour chacun. Ralph refuse de se séparer de ses chaussettes, ce qui m'a fait gagner de la place en l'occurrence. J'imagine qu'elles doivent être un peu faisandées à force, et c'est la raison pour laquelle je les lui ôte parfois pendant qu'il dort, subrepticement, mais enfin elles se lavent plus ou moins quand Harold l'enferme dans la machine à laver. Tina a tenu à emporter une robe au cas où il y aurait un bal. J'ai fait remarquer que le ping-pong exige une hygiène de vie très stricte et que ce genre de frivolité ne serait pas tolérée par l'entraîneur — moi, quoi — mais évidemment, elle a fini par m'embobiner. J'ai un faible pour Tina.

Je suis allé au magasin de sport et j'ai acheté quatre sacs orange vif avec des bandes noires et j'ai fait broder « Lésions cérébrales » sur les côtés. Sans trop savoir pourquoi, j'avais le sentiment que la vue de mon équipe portant des sacs de même couleur avec « Lésions cérébrales » écrit dessus nous conférerait à coup sûr l'avantage psychologique qui est si nécessaire dans les compétitions d'État.

Je ne m'étais pas encore procuré le nouveau minibus. Tant de temps et si peu de chose à faire. Je voulais un minibus Volkswagen entièrement équipé, mais pour le moment nous avons dû nous contenter du break. On ne peut pas dire qu'il était en très bon état. Il roulait très près du sol de manière à atténuer les espèces de décollages spontanés que donnent les bonnes suspensions quand on arrive sur un cassis, et l'aile arrière gauche était de travers assurant une certaine correction aérodynamique qui rendait nettement plus faciles à négocier ces désagréables virages à gauche. Le clignotant droit était cassé ce qui fait que théoriquement je pouvais tourner seulement à gauche, raison pour laquelle je devais toujours partir très tôt. Dans la boîte à gants, j'avais un stock de sacs en papier étanches qui devait permettre toute sorte d'évacuations sans arrêts au bord de la route.

Ralph et Harold étaient sur le siège arrière et Tina occupait la place qui allait lui devenir habituelle sur le strapontin de l'arrière à contresens de la marche. Mickey était devant avec moi.

La première chose que j'avais remarquée quand j'avais rencontré la mère de Mickey à l'Hôpital des Enfants, c'est qu'elle était de type latin et très belle. Mickey a des boucles noires, mais il est pâle et sa façon de parler, pour bizarre qu'elle soit, ne trahit aucun accent.

— D'habitude, il me reconnaît, je crois, me dit sa mère pendant que j'étais occupé à rassembler ses affaires pour l'emmener à la maison, ce jour qui semble maintenant si lointain. Mais avec Mickey, c'est difficile à dire.

Mickey ne pouvait plus rester à la maison, c'est pour ça qu'on l'avait mis à l'Hôpital des Enfants qui maintenant me le confiait. Il avait deux cadets et désormais, avec son mètre soixante, il devenait un danger.

— Ne vous méprenez pas sur le sens de mes paroles, disait Mrs. Gomez. Il ne se montre pas violent très souvent. Seulement quand il est fatigué.

L'infirmière me montra comment lui donner son Haldall. Depuis peu, Mickey préférait les comprimés au sirop. Il refusait de prendre le sirop. Ils avaient d'abord essayé de le cacher dans le dessert, dans un fruit, voire dans du beurre de cacahuète. Ensuite, ils avaient essayé de le lui administrer avec une seringue dans la bouche en le maintenant immobile sur un lit, mais Mickey était devenu si violent qu'il avait renversé les infirmières. Six aides-soignants du genre balèze étaient bientôt venus l'immobiliser. Ils lui avaient enfoncé une serviette dans la bouche pour l'empêcher de leur cracher le Haldall à la figure. Quand ils l'avaient relâché, son visage n'était plus qu'un masque de fureur, et il distribuait des coups de poing sans but dans toutes les directions. Ils lui dirent :

— T'es fou ou quoi ?

Et il répondit :
— Non.
— Le schizophrène classique, avait dit l'infirmière pendant que je faisais les bagages. Fracture répressive de la personnalité.
— Quoi ?
— Il n'est pas capable de faire face à sa propre colère. Il lui faut créer une deuxième personnalité pour lui venir en aide.
— Jekyll et Hyde ?
— Non. Dans le cas de Mickey, on ne peut pas les distinguer aussi nettement. C'est plutôt comme deux aspects d'une même personne. Cela s'entend dans sa façon de parler. Il utilise des voix différentes pour dire différentes choses.
J'ai marmonné :
— C'est peut-être le canard qui est ventriloque.
— Je vous demande pardon ?
— Avec un peu de chance, il finira par l'exprimer, ai-je dit. Sa colère, c'est-à-dire.
— Mon cul, que je veux, a dit Mickey en passant devant sa mère et moi comme si nous n'existions ni l'un ni l'autre.
— Et puis peut-être qu'il ne veut pas après tout, ai-je dit.

Mes premières tentatives pour faire chanter tout le monde ne furent pas couronnées de succès. J'ai pourtant essayé des vieilles ritournelles et même des airs d'opéra. Les garçons, semblait-il, se préparaient au tournoi et n'étaient pas d'humeur à chanter, tandis que Tina ne voulait entendre parler que de son propre répertoire de chansons de cow-boys. C'est une vraie chanteuse, Tina. Je vais l'inscrire à des cours de chant dès que j'y penserai parce que les cours de danse sont évidemment exclus.

Quelques minutes après le départ, j'ai distribué les raquettes. J'estime que les joueurs devraient ne faire qu'un avec leur équipement, apprendre à bien sentir la poignée dans la main. J'ai voulu faire la démonstration de la technique appropriée pour renvoyer un coup droit smashé mais personne n'a eu l'air de s'y intéresser.

— C'est exactement ce genre de dilettantisme qui a perdu l'équipe japonaise aux championnats du monde de 56, dis-je. Il n'y a aucune énergie positive dans cette voiture.

Mais je savais que Ralph avait encore fait dans son froc et Mickey se regardait dans sa raquette comme si c'était un miroir en disant « salut Mickey, salut Mickey ». J'ai donc conduit le break au-delà des limites de notre ville jusque sur la grand-route. La campagne s'étalait, vautrée devant nous, paradis au-delà du pare-brise. Étendue sans fin de terres cultivées et de clairières feuillues.

Je n'ai jamais connu de clairière feuillue. Oh! on peut lire des tas de trucs là-dessus, les clairières feuillues, celles de tous les autres dans leurs années d'innocence, deux adolescents la main dans la main les yeux dans les yeux près du ruisseau gazouillant, se demandant si les pensées qu'ils pensent sont vraiment si laides, et si c'est mal pourquoi est-ce si agréable. Promenade clandestine dans la campagne, loin derrière les oncles et les tantes et les papas et les mamans, tous réunis pour un pique-nique par cette journée ensoleillée, mais ces deux-là s'écartant de plus en plus, seuls, interdit, et maintenant ils se prennent parmi les feuilles trempées de rosée et vertes. (Elle l'a déjà fait, une fois, mais il était beaucoup plus vieux. Il ne l'a jamais fait.) Il lui demande « Est-ce que c'est mal ? » et elle répond « Rien de vrai n'est jamais mal » et elle lui montre à l'embrasser en se servant de la langue et ils sont allongés sous une branche et le ruisseau continue son babil et rien ni personne ne sera plus jamais pareil.

Moi, j'ai pas connu de clairière feuillue. Moi, tout et tout le monde est toujours pareil. Moi, je suis toujours pareil. Ma clairière feuillue, c'était un salon confiné et trop chaud devant une télé brûlante. C'est elle qui avait tout combiné. Je voulais attendre qu'on soit plus vieux mais elle m'avait fait fixer une date. Et quand la date était arrivée, elle n'était manifestement plus d'humeur à discuter. Ses parents passaient la soirée dehors, sa petite sœur était couchée, nous on était censés la garder. Elle était toute couverte de parfum mais c'était soporifique. Elle s'était poudrée, elle ne portait qu'un léger chandail et un short. D'accord, elle se rongeait les ongles, mais qui avait les moyens d'être regardant dans ce temps-là ? Elle a ôté son soutien-gorge sous son chandail et puis toute chaude et toute molle elle m'a attiré contre elle. Sur le divan, un divan étroit je me rappelle, ou si c'était elle qui était étroite, nos bras et nos jambes qu'arrêtaient pas de tomber sur les côtés. J'ai demandé « Est-ce que c'est mal ? » et elle a dit « Rien de vrai n'est jamais mal ». Et que je te monte et que je te descends et que je te monte et que je te descends, mais pour entrer, jamais. J'ai cru entendre une clé dans la serrure. J'ai cru entendre sa sœur pleurer. C'est comme ci ou c'est comme ça ? Est-ce que c'est mal ? Qui est-ce qui se met dessus ? Et que je te monte et que je te descends. Et moi, j'ai jamais pu la faire marcher.

C'était mal. Le sexe sans joie. C'était mal ce jour-là et c'est encore mal aujourd'hui. Pas de clairière pour moi. Des sièges de voiture, oui. Des chambres de bonne, des balancelles, des sols de cave, oui. Avec capote, sans capote, avec musique, avec pinard. Des partenaires, des ustensiles, de la vaseline et des traités, oui. Mais j'ai jamais pu la faire marcher parce que c'était mal, et j'en suis fier. Parce qu'on a moins de regret à la fin quand on a obéi à une règle d'or dès le début. Et des règles, on peut dire que je m'en serai doré un certain nombre, le long de ma vie.

C'est alors que j'ai entendu la sirène.

Soyons francs, la police me fout la trouille, surtout quand les flics s'amènent tout près derrière vous avec leur sirène à tout berzingue et les lampes qui lancent des éclairs. (Ça peut pas être pour moi. Est-ce que c'est pour moi ? Ça peut pas être pour moi. C'est pour moi.)

— Qu'est-ce qu'il y a pour votre service, monsieur l'agent ?
— Présentez les papiers du véhicule.
— Mais comment donc.
— Permis.
— Évidemment.

Il montre le siège arrière d'un geste.

— C'est à vous tout ça ?
— Les sacs de sport ?
— Les mômes.
— Ah, bah, oui et non.
— Qu'est-ce que ça veut dire, ça ?
— Ça dépend.
— Ça dépend de quoi ?
— De votre définition.

— De ma définition de « c'est à vous » ?
— Non, de votre définition de « mômes ».
— Très bien, descendez.

Il a pris un petit carnet et a tenu son stylo bille appuyé dessus.

— Pour moi ce sera un malossol, j'ai dit.
— Quoi ?
— Rien, rien.

Il a écrit quelque chose. Sans doute pas malossol. Des voitures passaient à grand bruit, à l'intérieur tous yeux écarquillés. Encore un trafiquant de drogue qu'on devait se dire, mais on se trompait bien sûr. Tina était la seule héroïne que j'avais dans la voiture.

— Est-ce que vous vous rendez compte que vous vous baladiez d'un côté à l'autre de la route ? a demandé le flic.

J'ai haussé les épaules.

— Je ne vous entends pas très bien.

Je les ai haussées plus fort. Mais les flics n'ont pas l'air clients pour le mime. Et si j'étais sourd-muet alors ?

Le flic m'a regardé droit dans les yeux. Ils étaient sales, ça j'en suis sûr. Avec les bagages, tout ça, pas le temps de faire le ménage moi ce matin. Et puis il m'a demandé de marcher droit en mettant un pied devant l'autre sur une ligne idéale.

— Ça ira pour cette fois mon gars, mais vous feriez mieux d'apprendre à ne pas rêvasser quand vous êtes au volant. Pensez aux enfants si vous ne pensez pas à vous-même.

Et bien sûr, il avait raison. Ce n'est pas parce que je n'ai rien de mieux à faire que de me tuer qu'il faut tuer les enfants aussi. Ils sont parfaitement capables de le faire eux-mêmes. J'avais le sentiment d'avoir appris quelque chose d'important. J'étais plein de reconnaissance. C'est pourquoi ça m'a surpris de lui faire un bras d'honneur pendant qu'il s'éloignait, et d'ailleurs il ne s'en serait pas aperçu non plus, si Harold n'avait baissé sa vitre pour lui dire : « J'aimerais t'arracher l'œil avec une fourchette à huîtres », au moment où il passait.

Le flic a pivoté sur lui-même.

— Qui a dit ça ?

Mais j'ai répondu :

— Personne, c'est le canard qui est ventriloque.

Et j'ai démarré en trombe.

C'est un type qui rentre chez un agent théâtral avec un chien sous un bras et un canard sous l'autre.

— Je présente un numéro formidable, dit le type. Il faut que vous voyiez ça.

— Si vous voulez, dit l'agent. Mais faites vite, j'ai du travail.

Le type se plante devant l'agent, fait un signe de tête au chien qui ouvre la bouche et se met à chanter *Only you* mieux que les Platters.

L'agent manque d'en avaler son cigare.

— Un chien qui chante, s'écrie-t-il, c'est fantastique !

— Pas du tout, répond l'homme. Le chien ne chante pas. C'est le canard qui est ventriloque.

Dans bien des cas, j'ai le sentiment que le canard est ventriloque. Il suffit d'allumer la télévision, toutes les émissions où des gens discutent, toutes les pubs et la plupart des bulletins d'information. Mais la question qui se pose : où est-il donc ce canard et qu'est-ce qu'il essaie de nous dire ?

Je fonçais sur la route. A l'arrière, Tina chantait : « Je veux qu'on m'enterre avec ma selle et mes bottes... » Ralph s'était endormi. A côté de moi, Mickey mâchonnait en silence un morceau de la garniture de portière et Harold regardait le paysage. Le break avalait les kilomètres en ronronnant, dépassant de petites villes et des arbres. Je me concentrais sur ma conduite. Ça m'avait servi de leçon. Une fois seulement, la circulation s'étant clairsemée et les bas-côtés étant très larges et accueillants, je me suis permis de rêvasser de nouveau. C'est un rêve éveillé que je fais assez souvent :

Quand j'ai rencontré Paula, elle jouait à la marchande de ballons. Perdue dans le vent, elle essayait de faire entrer un bouquet de ballons gonflés à l'hélium dans sa voiture, trente ballons orange, et elle avait fini par tomber le cul par terre et par rire aux larmes toute seule. Elle croyait que personne ne la voyait, mais je la regardais.

C'était pendant l'hiver de mon insatisfaction, j'habitais avec mon frère l'avocat dans un appartement du premier étage en banlieue au-dessus d'une boutique de signaux d'alarme contre les cambrioleurs, rien à faire et nulle part où aller, je passais des jours et des jours devant la télé à m'imprégner du poison cathodique, mes cellules se réorganisant en escadrons de kystes autour de mes os. De temps à autre, je mettais mon maquillage de clown et je faisais le tour du pâté de maisons pour voir si ça marchait encore. J'eus toujours la chance de tomber sur quelqu'un que ça faisait marrer.

J'étais moi-même venu me refournir en ballons. Pendant les mois d'hiver, les mamans organisent des goûters d'anniversaire, et la neige voit augmenter mes rentrées. Au moment où je passais le coin pour gagner l'entrée de la boutique, je l'ai vue assise sur le trottoir à côté de sa voiture, noyée parmi les gros ballons orange.

— Oh là là! s'est-elle écriée quand elle m'a vu les yeux écarquillés.

C'est le premier réflexe bien humain quand on tombe : s'assurer que personne ne nous a vus.

Ses cheveux noirs cachaient un de ses yeux tandis que l'autre était si immense qu'on aurait dit un téléviseur. Elle a laissé échapper les ballons, et ils ont commencé à grimper dans le ciel comme des anges en fuite. Elle a martelé le trottoir dans sa rage et puis d'un seul coup elle s'est remise à rire.

Je n'ai rien dit. Je n'en avais pas envie. A cette époque, il m'arrivait de passer des semaines sans parler. Mon frère avait des horaires parfaitement normaux et moi exactement inverses. Je ne parlais jamais je ne chantais jamais — c'était avant d'avoir appris *Madame Butterfly*. Je ne voyais jamais mon frère je ne quittais jamais l'appartement je ne me servais jamais du téléphone. Je sortais seulement quand les affaires m'appelaient à l'extérieur pour me fournir ou pour travailler, le plus souvent le visage recouvert de fond de teint blanc.

Un jour, je faisais le tour du pâté de maisons, quand je suis tombé sur un adolescent qui battait un petit enfant. Ma seule vue suffit à susciter chez le plus grand un tel accès de rire hystérique que le plus petit put s'enfuir avant qu'il lui eût fait mal. A la suite de quoi, je n'ôtais presque plus jamais mon maquillage. Je me voyais comme une espèce de super-héros, clownman surgissant d'une cabine téléphonique avec son nez rouge et sa veste trop grande pour amener à résipiscence les criminels assez malheureux pour s'aventurer sur mon territoire — incarnation de la justice tarte à la crème.

Mais il se trouve que je ne portais pas mon maquillage cet après-midi-là quand j'ai rencontré Paula sur le trottoir et que je l'ai vue souffler sur ses cheveux noirs pour les écarter de son front. Elle lança un long soupir gémissant comme un cri de sirène à ses ballons qui s'éloignaient puis, sans même reprendre haleine, elle en fit une chanson qu'elle se mit à chanter en claquant des doigts.

Tu pleurerais aussi
Si ça t'arrivait à toi.

Et elle s'étala sur le dos dans la neige tellement elle riait et s'interrompit soudain pour me regarder en disant :

— Vous savez à quoi ils ressemblent vus d'ici ? On dirait des œufs de saumon.

Debout au-dessus d'elle, je regardais ses lèvres se détendre et se refermer doucement et ses yeux s'agrandir vers le haut. Ce qu'ils pouvaient être immenses, les cils noirs formant comme des pétales autour d'eux. Elle regarda ses ballons devenir de plus en plus petits et devint elle-même de plus en plus triste aurait-on dit de leur départ. Elle est restée à regarder longtemps encore après qu'ils eurent disparu, et une larme a jailli sur le côté puis a roulé le long de sa joue avant d'aller faire une tache grise sur la neige. Elle a cligné des yeux une fois et elle s'est levée.

Elle m'a dit :

— Ils étaient pour mon père. C'est son anniversaire de mariage. A lui et à sa femme.

Elle a ouvert son portefeuille et secoué la tête en constatant son contenu.

— Bah, tant pis. Peut-être l'an prochain.

Elle a brossé son manteau pour en faire tomber la neige et ouvert la portière de sa petite voiture dans laquelle j'avais remarqué une mallette et des piles de dossiers. La voiture était rouge. Elle a farfouillé dans son sac incapable de retrouver ses clés puis l'a retourné tout entier, répandant son contenu sur le siège avant à côté d'elle puis le faisant retomber dans le sac en le balayant avec un éventail de soie du Japon. Elle est demeurée immobile un moment regardant par son pare-brise les mains sur le volant les yeux écarquillés sur quelque chose que je ne voyais pas, et alors moi sans trop savoir pourquoi, j'ai dit :

— J'ai un compte.

— Pardon ? a-t-elle dit avant de se pencher pour baisser la vitre côté passager.

— Eh bien oui, j'ai un compte dans ce magasin.

Non mais la grimace qu'elle a faite alors, les lèvres avancées en une grosse moue de bébé, le front tout ridé comme celui d'une vieille femme et des yeux qui me regardaient par en dessous et qui étaient si gigantesques qu'on aurait cru qu'ils passaient un programme de télévision en couleur. Elle m'a fait sourire alors que je déployais vraiment de gros efforts pour avoir l'air ennuyé.

— Ce que je veux dire, c'est que je pourrais prendre vos ballons à crédit, lui ai-je dit. Vous en prendre de nouveaux, pour votre père.

Elle est ressortie de la voiture et est venue jusqu'à moi. Elle regardait mon visage de très près et, soudain, elle s'est remise à rire.

— Qu'est-ce qu'il y a ? Qu'est-ce qu'il y a de drôle ?

— Rien, a-t-elle dit en portant la main à sa bouche et en me touchant le bras. C'est que vous avez tellement l'air d'un petit garçon debout là les mains dans les poches l'air si triste alors que c'est moi qui ai perdu mes ballons après tout.

Je n'ai rien dit. Tendant les mains, elle a resserré mes revers autour de mon cou.

— Mais vous êtes gelé, a-t-elle dit en me saisissant le bras et en m'entraînant jusqu'à la boutique.

J'ai acheté ses ballons à crédit. J'ai aussi acheté à crédit une bouteille d'hélium et quelques fournitures dont j'avais besoin. Pendant que les employés s'en occupaient, j'ai observé son visage quand elle ne savait pas que je l'observais, et c'était absolument celui d'un enfant pendant qu'elle tripotait les ballons orange tout mous et dégonflés dans le sac, un visage plein d'émerveillement.

— On dirait des poissons rouges qui attendent de naître, qu'elle a dit.

Et c'est là que mon cœur a hurlé. Le premier hurlement depuis si longtemps parmi tant de murmures désemparés, le vrai cri après toutes ces années, et j'ai posé ma main là parce que j'ai pensé que je risquais de mourir. J'ai voulu l'écraser, le faire taire.

Mais elle a pris mon bras quand nous sommes sortis et elle m'a regardé en ouvrant la portière et elle a souri quand j'ai baissé les yeux pour remarquer que lorsqu'elle était allongée sur le trottoir elle avait laissé l'empreinte d'un ange.

6

Mickey et Harold partageaient une chambre à l'hôtel, Ralph et moi la chambre voisine. Tina en avait une de l'autre côté du couloir parce que c'était la seule fille. L'hôtel n'était pas vraiment le Ritz, mais pour moi tous les hôtels sont bons parce que j'adore les hôtels. J'adore la bande de papier blanc autour de la cuvette des toilettes et les verres enveloppés de cellophane. J'adore les matelas masseurs — un quart d'heure pour un quarter — et j'adore qu'on fasse le ménage pour moi et les savonnettes gratuites que je pique et les serviettes que je ne pique pas. Par-dessus tout, bien sûr, j'adore les machines à glace qui ronronnent dans les vestibules et fabriquent de petits glaçons gratuits qui sont d'une forme qu'on n'obtient pas avec les réfrigérateurs domestiques.

J'ai décidé en arrivant de prendre une douche pour me dégraisser du long trajet en voiture. J'ai laissé Ralph assis par terre entre les lits et parlant à ses poupées dans ses drôles de langues, grinçant des dents et reniflant. Comme beaucoup de petits mongoliens, Ralph possède une langue très longue parce qu'elle a passé la plupart du temps à lui pendre hors de la bouche et s'est étirée sous l'effet de son propre poids. Au nombre des symptômes de cette même déficience génétique, on compte la zone plate à l'arrière du crâne, les traits mongoloïdes du visage, la peau translucide, les orteils palmés et la douceur. Pour un enfant retardé, Ralph est très rusé. Sa décision la plus rusée fut d'être un enfant retardé. Cela lui permet de se tirer à bon compte de bien des situations, car on lui passe à peu près tout, même le meurtre. Et Ralph tue. Ralph vole aussi les serviettes, ce qui explique que je n'ai rien trouvé pour me sécher quand je suis sorti tout dégouttant de la douche. Je les ai aperçues sur le lit, son lit à lui où étaient couchées les trois poupées, Joey, Jimmy et Steve, chacun couvert de serviettes, bien bordés, prêts pour la nuit, trois petits lits sur un lit. Je n'ai pas eu le cœur de les déranger et je me suis donc séché avec le couvre-lit de mon lit, que j'ai ensuite étalé par-dessus la table sous laquelle Ralph est alors allé se cacher.

J'adore les douches. Celle de l'hôtel était particulièrement forte, ce qui me plaît par-dessus tout parce que ça me donne le sentiment de vivre dangereusement. En règle générale, les choses dangereuses ne me plaisent pas, même les femmes, bien que je pense le contraire. Une des choses que j'aime par-dessus tout dans les douches, c'est l'acoustique. Dans toutes les douches, je chante. Je chante des airs de ténor alors qu'en fait je suis plutôt baryton lyrique. Je suis épouvantable. Je connais bien quelques paroles en italien, mais pour la plupart je les invente. Ralph m'est une grande source d'inspiration pour cela parce qu'il invente son anglais et aussi parce qu'il aime chanter. Quand il chante, Ralph, on dirait les litanies d'un sorcier navajo. « Hoyo, hoyo, hoyo ! » Mais je lui ai appris l'intérêt qu'il y a à se servir du vibrato dans sa technique vocale. Désormais, on dirait un sorcier navajo qui essaierait de chanter *Madame Butterfly*.

Mon air favori est extrait de *Turandot*. C'est un air de

ténor. Les ténors sont des héros, et sous ma douche je peux être un héros si ça me chante. Ce que je ne peux pas être, c'est un ténor, et c'est pour ça que je suis épouvantable. Mon air préféré s'intitule *Nessun dorma* et c'est mon préféré parce qu'il se termine par le mot *« vincero! »* qui signifie : je gagnerai! Peut-être que même à l'opéra on prend ses désirs pour des réalités.

Je venais de finir de m'habiller quand on a frappé à la porte, et je l'ai ouverte pour découvrir un garçon d'étage poussant une table roulante à l'entrée de laquelle dans ma chambre j'ai opposé la plus vive résistance, mais il était plus fort que moi. La table roulante portait manifestement un dîner à trente-cinq dollars, un gros steak complété par un pâté et toute sorte de légumes de luxe, le tout arrosé de champagne et que je n'avais jamais commandé.

— Je n'ai pas commandé ça, dis-je au garçon d'étage.
— C'est bien la chambre 315 ?
— Oui, mais je n'ai pas commandé ça.
— Signez ici.

Ce n'était pas une question d'argent. Je n'en manquais pas depuis peu s'il faut aller par là. Mais l'idée de signer quelque chose que je n'avais pas commandé était contre mes principes, alors même que j'ai toujours imaginé qu'un des trucs les plus chouettes avec les hôtels c'est qu'on pourrait simplement signer pour une commande et ensuite ne jamais payer en partant subrepticement la nuit à condition d'avoir signé le registre d'un nom comme Serge Rachmaninov. J'ai fermé la porte sur la main du garçon d'étage tendue vers moi paume ouverte et j'ai entrepris d'examiner les mets. Ralph est sorti de sa cachette sous la table, ses chaussettes lui pendant de la bouche.

— A manger, Ralph, que j'ai dit.

Brusquement, la porte s'est ouverte à la volée.

— C'est arrivé ? C'est arrivé ? s'est écriée Tina en pénétrant en trombe dans la chambre d'où collision avec la table roulante et chute des flûtes à champagne en mille éclats à travers la pièce. Quoi, pas de crème fraîche ?

J'ai fourré un billet de cinquante dollars tout neuf dans la main du garçon d'étage.

— Poussez-la jusque dans ma chambre, Hoover, dit Tina. Je meurs de faim.

— Vous ne pourrez jamais manger tout ça, voyons.

Et j'étais parfaitement sérieux. Il y a vraiment trop de gâchis partout.

Mais j'ai un plan. Il faut fonder un organisme qui distribuera dans tous les restaurants des États-Unis trois grosses boîtes d'acier inoxydable dans lesquelles les plongeurs desdits restaurants seront tenus par la loi de jeter tous les restes de viande, de légumes verts et de féculents respectivement. Chaque jour, des camions viendront charger les boîtes pleines et les remplacer par des vides et les restes seront conduits dans des usines de retraitement où les aliments seront stérilisés et retraités pour donner des tablettes nutritives qui pourront être distribuées à bas prix à tous les affamés.

Ça, c'est un plan pour l'avenir. Pour l'heure, mon plan était d'avaler la plus grande partie possible de ce dîner avant que Tina ne referme dessus ses pattes griffues. Je lui jetai donc un oreiller dans les rayons et emportai le plat principal dans un coin.

— C'est pas juste ! s'écria Tina.

— Mange de la brioche ! que je lui hurlai.

Ce qui, en dehors de la référence historique, constitue l'insulte suprême pour Tina qui fait très attention à sa ligne et possède d'assez jolies jambes pour une fille de neuf ans, compte tenu du fait qu'elles sont montées devant derrière.

Pour finir, j'ai évidemment été contraint de partager. Le partage est une vertu, et j'ai besoin, dans ce monde bien réel, de toutes les vertus que je suis capable de feindre. J'ai donc commandé un autre service pour les enfants, et quand il est arrivé, je suis entré dans la chambre de Mickey et de Harold par la porte de communication pour découvrir qu'ils étaient partis.

Leurs sacs de sport étaient encore là. Mais je fus pris de panique à l'idée de voir ces deux-là se passer d'un dîner que j'avais déjà commandé et payé. Je me précipitai dans le corridor et entrepris d'inspecter à la hâte les lits des autres chambres.

Parce que Harold avait l'habitude de se coucher dans le lit des autres. A ses yeux, un hôtel devait être une espèce de tout compris avec lits à volonté. Et qui sait combien de pénis Mickey devait avoir déjà attrapés en se promenant au long de ces corridors surpeuplés. Sa propension à sauter à la braguette de tous ceux qu'il rencontrait ne laissant pas de m'inquiéter.

Surtout, ne pas crier leurs noms. C'est une idée fausse qui semble bien ancrée dans la tête de ceux qui ont perdu quelque chose de croire que les objets perdus répondent à leur nom à condition de le hurler assez fort. C'est un fait que les chiens ne le font pas. Et je n'avais aucune raison de croire que Mickey ou Harold le ferait non plus, pour ne rien dire de ma gêne si je tirais de leurs activités clandestines — on était à l'hôtel après tout — tous les gens répondant au prénom de Mickey ou de Harold qui étaient à l'instant même occupés à faire Dieu sait quoi à Dieu sait qui.

Je descendis l'escalier menant au grand hall que je traversai pour parvenir devant une double porte plaquée de vinyle décoré de rivets de fer à laquelle était accrochée l'enseigne : 2001 KUNG FU DISCO.

L'orchestre maison sur scène pour vous tous les danseurs et les rêveurs, éclairage stroboscopique palpitant, pulsations de musique bandante, forte en décibels et fausse en notes. Heureusement, j'avais la tenue qui convient. Falzar de toile et chemisette de sport ouverte sur la poitrine. J'avais l'air de n'importe qui d'autre. C'est important l'anonymat. Pas juste que quiconque sache qui vous êtes avant que vous ne l'ayez découvert vous-même. Aux pieds, j'avais mes chaussures marron crotte qui, de ce fait, n'ont jamais l'air crottées.

Il y avait foule. Des amateurs de tous les horizons. Des maniaques du tout dernier pas à la mode, des garçons et des filles s'agitant en tous sens en proie à une même excitation enthousiaste. Ayant remarqué le bar et un tabouret vide, je chaussai mes lunettes de soleil.

A côté de moi au bar, je remarquai une chevelure blonde. Dans l'attente de nouveaux détails, je commandai un alcool de pêche. Quand elle s'est tournée pour me regarder en face, mon cœur s'est arrêté. Des yeux d'azur, un sourire de diamant, de grandes lèvres humides. Elle avait un petit bristol épinglé à la bretelle de sa robe sur lequel on pouvait lire :

SALUT !
JE M'APPELLE : Sandra
ET VOUS ?

Toujours ces étiquettes avec des noms écrits dessus, comme mon entretien à l'Hôpital des Enfants, et comme pendant cet entretien pour moi, cette fois, je ne savais pas si elle parlait sérieusement.

— Alors ? qu'elle a dit.

Je l'ai regardée d'un air perplexe derrière mes lunettes de soleil.

— Vous n'avez pas répondu à ma question, a-t-elle insisté.

C'est un truc, ça, des lunettes de soleil qu'on peut regarder par terre sans que l'autre le sache. Dommage, j'ai pensé, que je n'aie pas le genre qui fait miroir vers l'extérieur, elle pourrait faire des retouches à son rouge à lèvres en attendant ma réponse. Elle a incliné sa tête adorable dans la direction de l'étiquette qui portait son nom et j'ai compris de quoi elle voulait parler. Alors, je me suis présenté.

— Clerow, a-t-elle répété en enroulant ses lèvres tout autour des voyelles. Voulez-vous me faire danser, Clerow ?

J'ai baissé la tête.

— Hélas, je ne peux pas, ai-je dit.

— Ah non, pourquoi ?

Je ne sais trop comment au milieu de tous ces corps et de toutes ces brises qui semblaient enfler puis se contracter en tourbillonnant gaiement au rythme de la musique si forte qu'on ne l'entendait plus mais qu'on la supportait simplement, je ne sais trop comment je me suis débrouillé pour humer un peu de son parfum et, à l'intérieur de cette cacophonie, des violons se sont mis à jouer. Existerait-elle ? me suis-je demandé.

— Parce que je suis aveugle.

C'est sans doute à cause des lunettes. Stanislavski nous apprend qu'il faut intérioriser sur scène, partir du costume pour aller vers l'intérieur — heureusement que je ne portais pas mon costume de gorille.

Sandra a baissé les yeux, réellement émue.

— Ah, pas de pitié, je vous en prie. C'est quelque chose que je ne supporte pas. Pas de paternalisme. Ce n'est pas parce que je suis non voyant qu'il faut me traiter comme une espèce d'épave misérable. Je suis parfaitement capable de me faire une existence. Pourquoi faut-il que tout le monde se croie obligé de s'apitoyer sur moi ?

Elle a levé les yeux ayant revêtu le visage d'un petit enfant, l'innocence même.

— Est-ce que ça veut dire que vous ne pouvez pas baiser non plus ?

Il n'en a pas fallu plus pour que je me retrouve instantanément sur la piste de danse. Je naviguais aux instruments. C'est extraordinaire ce qu'on arrive à faire de nos jours avec le radar. A vrai dire, ma cécité a évidemment constitué une véritable bénédiction par certains côtés. Elle m'a permis d'aiguiser mes autres sens, ce qui a enrichi ma vie.

— Il m'arrive même de m'en réjouir franchement, ai-je dit à Sandra. Ça m'occupe, ça m'aide à penser à autre chose... à autre chose qu'au sort de ma famille tout entière, qui est en train de mourir du cancer. Moi-même je n'en ai plus que pour six mois. Vous dansez divinement.

Et bien sûr, c'était un mensonge : elle ne dansait pas divinement. Mais je m'arrangeai tout de même pour faire le vide autour de nous en exécutant mon célèbre saut-avec-grand-écart-et-retour que mon agilité de lynx a rendu légendaire — quoique dans un cercle assez restreint. Il s'agit de faire un tour complet sur soi-même dans les airs, d'atterrir en position de grand écart, puis de se relever jambes tendues pour se retrouver dans sa position de départ. Ce pas requiert des testicules d'acier que je me trouve fort heureusement posséder, ce qui n'est pas un secret. Deux, en fait.

Je crois que Sandra était ivre. Les paupières lourdes sur des yeux un peu vitreux qui peuvent être si provocants dans certaines conditions étaient en l'occurrence un signe immanquable. Cependant, l'étiquette montrait qu'elle avait de l'esprit, et l'esprit et le culot sont mes deux qualités préférées chez les femmes, en même temps que les deux dont je suis le plus fier chez moi alors que je ne possède ni l'un ni l'autre.

Mais sa chevelure bougeait au ralenti chaque fois qu'elle tournait, comme dans une pub pour un shampooing miracle, et ses lèvres étaient roses et son nez petit et ses seins cachés et ses jambes droites. De quoi se poser des questions. Tout en me rendant compte que l'éclairage du 2001 KUNG FU DISCO n'était pas particulièrement fidèle à la réalité, j'eus alors le sentiment que jamais plus je n'aurais l'occasion de me tenir si près de quelqu'un d'aussi joli. Des couples s'arrêtaient sur la piste pour s'embrasser et aucun d'entre eux n'était moi. Depuis Paula, la solitude ne m'est pas inconnue et je cherche les choses bien souvent là où elles ne sont pas mais pourraient être, dans un clin d'œil, dans le lent coussinet d'une belle bouche qui immobilise toute chose. Sandra ne me quittait pas des yeux. J'aurais pu dire qu'elle me couvait des yeux. Mais il y avait dans son regard quelque chose de désespéré. Peut-être me protégeait-elle tout simplement, subrogée chien d'aveugle, s'assurant que personne ne me danserait dessus. Quand la musique s'interrompit, je m'immobilisai, pantelant, le visage tout ruisselant de transpiration. Elle s'approcha de moi et cueillit une perle de sueur sur ma poitrine du bout du doigt pour la mettre dans sa bouche avant de me guider jusqu'à mon tabouret au bar. Je remarquai qu'elle avait un joli dos, ce qui est fréquent chez les femmes que l'on a trouvées jolies par-devant. Alors que l'inverse n'est pas toujours vrai. Un dos tendu et lisse avec tout juste un soupçon de vertèbres comme un petit escalier montant jusqu'à sa nuque.

— Je vais toucher votre visage, a-t-elle dit pour éviter de me faire sursauter.

Ses doigts ont couru le long de mes joues, puis ont touché mes lunettes.

— Clerow ?
— Oui ?
— Est-ce que...
— Quoi ?
— Est-ce que je peux voir vos yeux ?
— Euh...
— Est-ce qu'ils sont... — elle eut un mouvement de recul tout juste perceptible — bizarres ?
— Bizarres ?
— Oui. Vous savez bien. Il y a des aveugles dont les yeux... enfin...

— C'est le cas des miens, Sandra, j'en ai peur.
Elle s'est mordu la lèvre.
— Bah, ça ne fait rien...
Et, très lentement, elle a de nouveau touché mes lunettes puis elle me les a ôtées.
Un autre de mes talents, qui m'a permis de chiper des contrats de clown à Blimpo, c'est cette faculté que j'ai de diriger séparément mes globes oculaires dans n'importe quelle direction tout en les faisant vibrer très vite. C'est quelque chose que je réserve pour les grandes occasions.
Sandra a sursauté et s'est écartée, écœurée. J'ai mis les mains sur ma figure et je me suis plié en deux.
— Alors, vous avez vu? que j'ai hurlé. Vous êtes contente maintenant? Pourquoi faut-il que je sois né comme ça? Pourquoi faut-il que je sois né tout court?
Je me suis effondré en larmes. Sandra a posé sa main sur mes cheveux et les a caressés doucement.
— Clerow...
J'ai repoussé sauvagement sa main.
— Salope! j'ai hurlé. Je vous ai dit que je n'avais pas besoin de votre pitié! Allez vous chercher un autre invalide à aimer!
— Vous ne comprenez pas, a-t-elle dit.
— Je comprends des tas de choses, ai-je dit. Je vois bien ce qui se passe! Je ne suis pas aveugle, vous savez! Oh merde!
Car j'estime que, dans cette vie, mieux vaut être honnête, même si cela oblige à quelque casuisme. J'avais fait pivoter mon tabouret pour être face à la salle, laissant à Sandra le temps de prendre contact avec ses propres sentiments, quand je vis une image prendre lentement forme par-

dessus le rebord supérieur de mes lunettes de soleil. Sur le fond des pulsations de la lumière stroboscopique, comme dans un rêve, noyée dans les bancs de fumée qui s'éloignaient du sol et dans le boucan incroyable de la foule, comme un cœur humain palpitant douloureusement au rythme de la musique : la silhouette d'un garçon bouclé lancé dans des soubresauts spasmodiques dansant à mort au cœur du tohu-bohu. Mickey.

Quand je parvins à lui, il avait déjà été transporté à mi-chemin de la salle par le mouvement de la foule, et tout ce que je pus faire en me débattant furieusement fut de me maintenir à sa hauteur dans cet océan déchaîné. Il dansait en face d'une fille aux cheveux bleus. En ce bas monde, chacun obtient ce qu'il demande, encore que la commande de Mickey doit être bien différente de celle de la plupart d'entre nous. Et telle doit être aussi celle de la fille aux cheveux bleus, et de toute manière ce n'est jamais qu'une question de style. Je me demandais si Sandra se demandait comment je pouvais connaître son nom.

— Mon cul, que je veux, a marmonné Mickey.
— Ouais ! a dit la fille.

Au même instant, Mickey a agrippé le pénis de l'homme qui dansait à côté de lui, mais la foule a encore bougé et le temps que l'homme se retourne il s'est retrouvé nez à nez avec la fille aux cheveux bleus. Ils ont eu l'air de tomber d'accord sans avoir à parler ces deux-là et ils sont partis ensemble, ce qui prouve bien la validité de ce que je viens de dire. L'orchestre continuait à jouer *I can't get no... I can't get no...*

J'ai entraîné Mickey à l'extérieur, puis à travers le hall d'entrée grouillant de touristes portant chacun quatre valises jusque dans l'ascenseur, dont les portes commençaient à se fermer quand j'ai aperçu Harold qui pressait la pointe d'un coupe-papier contre la jugulaire du réceptionniste. Je me suis précipité entre les portes à demi fermées et, en me retournant, j'ai tout juste eu le temps de voir Mickey disparaître derrière.

— Il dit que mon corps mérite d'être criblé de coups de poignard, a balbutié le réceptionniste en sanglotant et en tremblant de tous ses membres.

— C'est inepte, ai-je répondu.

Mais j'ai cogné le poignet de Harold contre ma jambe et il a laissé tomber le coupe-papier, les films de cow-boys servant enfin à quelque chose.

Nous sommes passés par l'escalier. Haletant, j'ai poussé Harold dans sa chambre dont j'ai fermé la porte à clé, le temps d'un coup d'œil à Ralph toujours assis entre les lits et jonglant avec la tête de Joey tout en mâchonnant un os et j'ai couru de l'autre côté du couloir chez Tina, qui était devant la télévision, une serviette nouée autour du cou. Tout allait bien. J'ai donc couru jusqu'au bout du corridor pour chercher Mickey, mais à l'instant où j'atteignais la tête de l'escalier, les portes de l'ascenseur se sont ouvertes, livrant passage à Mickey porteur d'une valise Sansonite, de deux sacs de voyage écossais et d'un baise-en-ville en croco. Il a laissé tomber tous les bagages sur le sol et s'en est éloigné comme si ce n'était qu'une boulette de papier froissé, les deux mains dans son pantalon allant et venant tandis qu'il gagnait la porte de sa chambre, découvrait qu'elle était verrouillée et passait par la mienne. Je lui ai emboîté le pas portant les bagages. J'ai remarqué que Ralph avait posé une pomme de terre sur le bout de son nez et la pressait en disant « bip, bip ». A cet instant précis, une des valises s'est ouverte par accident et a déversé un assortiment complet de dessous féminins. A la bretelle d'une des combinaisons était épinglée une carte qui proclamait :

SALUT !
JE M'APPELLE : Sandra
ET VOUS ?

Bizarre. Où Mickey s'était-il procuré les sous-vêtements de Sandra ? Je me suis assis pour y réfléchir, tandis que de l'autre côté du corridor nous parvenait la voix manifestement ivre de Tina chantant le refrain : *Je veux qu'on m'enterre avec ma selle et mes bottes...*

J'ai mangé le nez en patate de Ralph. Lentement, les événements de la journée ont fini par prendre leur dîme sur moi et je me suis enfermé dans les toilettes dont j'ai fermé la porte à clé. Je me suis assis sur le siège des toilettes et j'ai enfoui ma tête entre mes mains, le parfum des sous-vêtements de Sandra résonnant encore à mes narines. J'ai senti que je n'en pouvais plus. J'ai bien songé à ne plus jamais sortir de la salle de bains et me suis regardé dans le miroir avant de me passer le visage à l'eau froide et de prendre une profonde inspiration. Je me sentais seul et j'avais une sensation de creux à l'estomac — mais venait-elle du fait que je n'avais rien mangé ? J'ai pensé aux couples qui s'arrêtaient sur la piste de danse pour s'embrasser et dont aucun n'était moi. Il m'arrive de jouer au chat et à la souris avec moi-même, mais c'est toujours la souris qui gagne. Existerait-elle ? ai-je songé. A l'heure qu'il est, elle a dû en suivre un autre plus riche en sous-vêtements et mieux pourvu en pénis. Dans cette salle de bains de la chambre 315 où tout a disparu jusqu'à la musique, voilà que brusquement j'ai vu Paula.

Ouvrant la porte, je suis rentré dans la chambre. Silence. Ralph était allongé par terre, les joues constellées de miettes de pomme de terre, un Joey décapité serré contre son cœur. Je l'ai porté jusqu'à son lit, lui ai essuyé la bouche, avant de traverser le corridor.

Tina s'était endormie sur sa chaise. J'ai éteint la télé, je me suis débrouillé pour sortir ses jambes de sa chaise afin de la porter jusqu'à son lit sans l'éveiller. Je l'ai déposée tout doucement entre les draps, mes bras sous elle avant d'essayer de les retirer sans la déranger. Elle s'est tendue vers moi en disant :

— Bonne nuit, Hoover.

Il était tard. J'ai retraversé le couloir pour passer dans ma chambre, puis par la porte de communication dans celle de Harold et de Mickey. Ils étaient tous les deux au lit vêtus du pyjama l'un de l'autre. Leur respiration était légère et rythmique. Voilà que j'ai été surpris de nouveau. Il y a des choses auxquelles on ne s'habitue jamais. Je les ai regardés dormir, la pièce étant plongée dans l'obscurité à l'exception de la lumière rouge qui clignotait par la fenêtre, brillant à travers les volets, un néon de l'hôtel qui annonçait : o plet — la première et la troisième lettre ayant grillé. Une phrase me tournait dans l'esprit : le cœur secret survit seul.

Si j'étais surpris, c'était qu'ils avaient l'air de deux enfants. Au milieu de tous ces spasmes de tous ces excréments de tous ces neuroleptiques, je l'avais oublié. Quand leurs yeux ne sont pas symétriques dans les orbites, et qu'ils voient qui sait quoi, et que leurs langues ne fonctionnent pas comme la nôtre, j'oublie qu'ils sont de vrais enfants qui dorment en pyjama la couverture à pougnougnousses bien ramenée sous le menton pour les protéger des monstres et des bêtes de la nuit qui guettent les autres enfants tapis dans leurs rêves. Sauf qu'ils ne rêvent pas, ces enfants-là. Ils n'échappent aux monstres que dans le sommeil, quand agrippés à un animal en peluche sous les couvertures ils partent pour un ailleurs qui est la patrie des gens comme eux.

Je restais près du seuil à regarder. o plet. Puis je suis allé au chevet de chacun et je me suis penché sur eux. O plaies! Je vais veiller sur eux tandis qu'ils voyagent loin d'ici. Loin de ce monde, ces enfants qui n'ont jamais été faits pour y vivre, jusqu'à des pays de rêve vers lesquels chacun d'entre eux jouit sur nous d'une avance particulière et inexplicable.

Et puis je suis redescendu pour danser.

7

La foule avait considérablement diminué et changé de caractère, et j'étais moi-même un homme différent de celui qu'on avait vu danser là deux heures plus tôt. J'avais perdu mes lunettes de soleil. J'ai perdu bien des lunettes de soleil dans ma vie et je suis devenu aveugle et puis j'ai cessé d'être aveugle bien des fois dans ma vie et tout cela m'arrivera forcément de nouveau parce que la progression de toute chose est circulaire. Sandra m'aborda près du distributeur de Pepsi.

— Vous avez reçu mon message, dit-elle, un petit sourire décorant son visage parfait, plus adorable encore dans l'éclairage éclatant du grand hall. Je n'étais pas sûre que vous comprendriez. Je vous ai sous-estimé. Ça valait bien un peu de lingerie. Mignon petit garçon, votre copain.

— Mickey ? Oh, ce n'est pas mon copain. Plutôt une espèce de compagnon de chambre à vrai dire.

— Il m'a dit : « Mon cul que je veux ! » dit Sandra.

— Oui, c'est dans ses habitudes, répondis-je, mais j'étais surtout occupé à regarder ses yeux.

Ils me semblaient un peu plus clairs que la fois précédente.

— Cigarette ?

J'ai secoué la tête. Sandra inhalait profondément tenant la cigarette bien immobile entre ses doigts, son pouce caressant doucement le filtre et quand elle ouvrait paresseusement la bouche la fumée s'enroulait autour de sa langue. Une longue cendre se forma et Sandra chercha léthargiquement où la mettre. Je pris un cendrier sur le comptoir de la réception.

— Merci, Clerow, dit-elle.

Elle était plus âgée que je ne l'avais d'abord cru. La trentaine peut-être, mais en tout cas plus de vingt-cinq ans avec une idée derrière la tête. Sa fumée prit la direction du plafond formant une silhouette de Rudolph Valentino tandis qu'appuyé contre le distributeur j'enfonçais distraitement des boutons et qu'une boîte d'orangeade tombait de l'appareil.

Elle m'emmena dans un genre de bar au milieu d'une espèce de hall presque entièrement dépeuplé. Je m'assis et me sentis soudain très seul cherchant de l'autre côté de la pièce dans l'espoir qu'un vieil ami ferait son apparition et s'approcherait en souriant rassurant, mais je n'avais aucun vieil ami en réserve. Après avoir bordé les enfants j'avais le sentiment que tous ceux qui valaient la peine d'être connus en ce monde s'étaient endormis.

— Je me demande à quoi vous pensez, dit Sandra.

— A rien, lui répondis-je.

Je crois en effet que les petits mensonges n'ont jamais fait de mal à personne, en particulier ceux que l'on profère dans les hôtels où ils sont de tradition. Je regardai passer plusieurs personnes chargées de valises.

— Ce doit être un congrès de porteurs de valises, dit Sandra avec un sourire. Vous êtes ici pour le congrès ?

Je secouai la tête.

— Ouf, tant mieux, dit-elle. Alors je pourrais peut-être récupérer ma valise ? Gardez les dessous, j'en ai plus qu'il ne m'en faut.

On nous apporta nos verres, et Sandra proposa un toast.

— Aux fondations, dit-elle.

Et je bus aux fondations.

— Alors vous êtes peut-être venu voir quelqu'un ? dit-elle.

Je secouai la tête. Par une fenêtre, plissant les yeux, je regardai l'enseigne, devant l'hôtel, avec son c et son m grillés. Cela me rappela qu'il fallait que je continue à vivre. Je me demandai s'il ne fallait pas prévenir la réception, mais je me dis que quelqu'un d'autre devait l'avoir déjà fait. C'est comme ça que les gens sont carbonisés dans leur voiture le long des autoroutes de notre beau pays, me dis-je. Tout le monde pense que tout le monde a déjà appelé l'ambulance.

— Mais alors, pourquoi êtes-vous ici ? demanda Sandra.

Il n'y avait pas l'ombre du début du quart du commencement d'un poil sur sa lèvre supérieure. Je la regardai allumer une autre cigarette en me demandant si elle se souciait d'avoir l'haleine fraîche. Au lycée, nous nous servions de petites pastilles de menthe baptisées « Chex » chaque fois qu'il y avait une boum ou un bal à l'école. Et un soir que je dansais avec la petite Parker, dite Pue-du-bec, je plongeai la main dans ma poche et lui dis : « Puis-je t'offrir un Chex ? » Elle m'a balancé une tarte dont les murs du gymnase résonnent encore aujourd'hui.

Je n'arrivais pas à me figurer l'effet que me produisait au juste Sandra, quelle magie exerce précisément sur mon cerveau une beauté aussi abjecte, un réajustement des enzymes et des courants électriques qui finirait par me mettre à genoux, prêt à mourir du simple fait que cette beauté bien-aimée possède sans restrictions l'âme aussi frêle qu'un papillon de mai — profonde et pure —, une intelligence dépassant l'esprit des plus grands génies de l'histoire. Un corps parfait, une âme céleste.

— Vous êtes un drôle de type, Clerow, dit-elle. Pourquoi m'avoir dit que vous étiez aveugle ?

Je l'ai regardée un moment puis j'ai posé mon verre. Deux hommes sont encore entrés, et dehors une voiture a démarré et on a entendu un éclat de rire.

— Voici quelques années, j'ai rencontré une femme qui était tout ce que j'ai toujours cru qu'une femelle de notre espèce pourrait être pour moi, dis-je. Tout au long de ma vie depuis la naissance j'avais vécu avec le sentiment d'être étranger à notre race, un intrus sur cette planète, et que je n'avais le choix qu'entre vivre seul ou me mettre en quête de quelqu'un qui pût me comprendre. Je la cherchais donc. C'était à la fois une question de surveillance et la quête d'un Saint-Graal.

» Je l'ai trouvée. Elle fut pour moi comme le membre que je croyais avoir laissé dans le ventre de ma mère en naissant — le manque de quelque chose qui me mettait tellement à l'écart des autres —, brusquement retrouvé, voire remplacé par quelque chose de mieux encore. Elle était belle comme vous. Personne ne m'avait fait rire ni n'avait ri comme elle jusque-là. Je l'avais trouvée, l'enfant à l'intérieur de la femme à l'intérieur de l'enfant.

» Mais je l'ai chassée. Je ne l'ai même pas chassée. J'étais trop pleutre. Je me suis arrangé pour qu'elle se chasse elle-même, parce que je croyais que seul survit le cœur secret. Elle avait un pied en ce monde, elle était liée à la race humaine, et moi j'étais au-dessus de ça. Je refusais de rentrer dans le rang, je refusais de changer. J'étais persuadé qu'elle me choisirait moi, mais non. J'étais aveugle, voyez-vous. Je le suis encore.

Sandra était là à me dévisager. Elle a écrasé sa cigarette dans le cendrier et déplacé les cendres en trois cercles concentriques. Elle a incliné sa tête sur le côté, mais j'ai pensé que c'était un geste étudié, quelque chose que font les modèles, et je me suis demandé si elle était modèle. Plusieurs hommes sont passés qui l'ont zieutée, prenant mentalement un cliché : chouette nana assise là.

— Je vous choisis, qu'elle a dit.

Je me suis autorisé un tout petit ricanement. Elle m'a souri et elle a incliné la tête de l'autre côté et j'ai su qu'elle était hygiéniste dentaire. Les modèles ne l'inclinent que d'un seul côté.

— Quel est votre numéro de chambre ? demanda-t-elle.
— Vous êtes hygiéniste dentaire ?

Elle a éclaté de rire.

— Comment l'avez-vous deviné ?

Mais elle blaguait.

— Trois cent quinze, j'ai dit.
— Il faut que je raconte un mensonge à quelqu'un. Donnez-moi une heure.

Ralph dormait profondément quand je suis entré dans la chambre. Il tenait Steve contre lui dans le lit, la tête tranchée de Joey coincée sous son oreiller écarquillait les yeux sur le vide.

Je me suis allongé près de lui, ce sentiment si particulier

de peur mêlée d'excitation romanesque tressaillant dans mon estomac. J'ai écouté la respiration enfantine de Ralph pomper régulièrement tout près de moi, égrenant les secondes, l'odeur du parfum de Sandra venant chatouiller mes sens depuis l'endroit où il s'était déposé sur ma manche, quand elle m'avait guidé par le bras. Quel est donc ce pouvoir magique des jolies filles ? Pourquoi, et pourquoi moi ?

Je me suis relevé pour aller m'étendre sur mon propre lit. Mon esprit commençait à battre tambour. Il m'a transporté ailleurs. Jusqu'à mon petit appartement miteux où Paula n'avait jamais voulu passer la nuit. Et moi, je l'aimais tant, je le haïssais tant, que je ne pouvais supporter l'idée de déménager. Son lit chez elle était trop étroit et moi qui ai le sommeil si léger. Comme on se rencontrait rarement en ce temps-là.

Mais quand on le faisait... Ses lèvres comme des coussins chauds et humides autour des miennes, sa peau fraîche. Et tous les vents qui soufflaient en tempête sous les draps, et la musique à l'intérieur de deux têtes tonitruantes. Chaque soir que nous passions chez elle, nous nous attardions dans un crépuscule et des conversations intimes. Et puis on en venait à parler d'enfants.

Pas de petits moi-même, que je disais, moi. Je ne veux pas être entouré de petits moi-même. Le monde est déjà surpeuplé. Quelle erreur d'y mettre encore de nouveaux enfants, non, pas ici, pas maintenant. Elle hochait du chef et poussait des soupirs, principalement. Et puis elle dérivait jusqu'au sommeil et quand j'entendais sa respiration devenir régulière je me levais pour partir.

Ça aurait coûté moins cher de vivre ensemble, elle avait

raison, mais pas si bête. Il faut respecter la vie privée de l'autre, alors que nos psychés jumelles se fondaient déjà si souvent l'une à l'autre. Il faut protéger les frontières. Elle disait qu'elle était d'accord, mais il y avait non-non dans ses yeux. Je le savais et n'ai pourtant jamais cédé.

Évidemment, quand elle a été enceinte, je ne m'en suis pas vraiment scandalisé. J'étais moderne, après tout, quoi, j'avais moi-même été porter le test au labo, sa petite cargaison jaune, un endroit devant lequel j'étais déjà passé, qui m'avait paru propre et où les infirmières étaient en blanc. Quand il est revenu, positif, j'ai trouvé je ne sais quelle plaisanterie à faire sur la mort des lapines. Paula a fait semblant de trouver ça drôle, et moi, je l'ai crue — c'est-à-dire moi-même. Jusqu'à ce qu'elle me dise qu'elle voulait garder le bébé.

— Je sais, je sais, qu'elle disait en faisant les cent pas de cette manière qu'elle avait, si décidée, si féminine. Mais je ne te demande pas ta participation. Je parle très sérieusement, Hoover. Je m'en irai, j'aurai mon bébé, je l'élèverai toute seule et toi tu pourras venir nous voir quand tu voudras. Je comprends ta position et je t'aime suffisamment pour l'accepter.

Pas de petits moi-même. Et dès cette époque, c'était légal tout ça et les cliniques étaient si propres. Et ce monde si horrible pour y élever un enfant. J'ai passé toute la nuit dans son lit étroit cette fois-là, sans dormir, de manière à être là le matin et lui donner peut-être un peu plus confiance en moi. Je lui ai dit qu'il était à moi aussi après tout, n'avais-je pas mon mot à dire? Je lui demandai au moins de bien vouloir réfléchir aux solutions de rechange. Je lui ai apporté des tracts, des brochures.

Tant d'affamés déjà. Tant de sans-abri. La guerre qui menace tous les jours et le cancer déchaîné partout. Et tout le monde ment, qu'on ne peut croire personne, pas vrai ?

— Je t'aime, Hoover, qu'elle disait.

Je ne pouvais pas la croire.

Quand j'ai fini par l'emporter, tout s'est très bien passé. On s'est pointés à ce petit hôpital, on blaguait, Paula était si équilibrée, si stable. J'ai pincé une infirmière. J'avais introduit en fraude un dîner chinois et des livres de coloriage et on n'a pas dormi de la nuit derrière le rideau blanc. On est même descendus en catimini chercher des biscuits dans la cuisine de l'hôpital, elle dans sa robe de chambre, moi dans la mienne.

Le lendemain matin, pas le moindre accroc. Une simple succion. Une pompe — un aspirateur chirurgical d'acier tout luisant tout brillant — indolore et automatique. J'ai apporté des fleurs.

On est rentrés chez elle. J'ai préparé le dîner et je lui ai fait des bêtes en tortillant des ballons. Je lui ai chanté des chansons drôles jusqu'à ce qu'elle s'endorme et quand elle s'est endormie, je suis parti. Seulement voilà, elle ne dormait pas.

Elle m'a appelé à minuit passé pour me dire de ne pas revenir. Qu'elle aurait préféré donner son bébé et se tuer. Oh oui, elle m'aimerait toujours, mais il y a des choses qui doivent marcher dans les deux sens ou pas du tout et l'on peut avoir raison à propos du monde et quand même vivre dedans. C'est une question d'engagement.

Je ne l'ai jamais revue, sinon dans ma tête, chaque fois que je respire. Les choses remuent en nous secrètement quand nous ne pouvons les voir. Je me rappelle avoir raccroché le téléphone cette nuit-là et remarqué l'éventail japonais qu'elle m'avait donné accroché au mur. Je me rappelle l'avoir décroché et l'avoir tenu sur mon visage jusqu'à ce que je m'endorme dans mon immense lit vide. Je me rappelle avoir pensé, oui, les ballons orange ont l'air de bébés poissons rouges qui attendent de naître. Si je ne puis prouver qu'elle a tort, je prouverai qu'elle a raison.

Les perles de sueur ruisselaient le long de mon visage et aspergeaient le couvre-lit de l'hôtel. J'ai regardé vers ma gauche. La tête de Joey me souriait coincée sous l'oreiller de Ralph. Je me suis levé pour aller dans la salle de bains m'éponger avec les serviettes.

J'ai mis du talc dans mon slip. Je me suis rincé le visage et je me suis coiffé dans la glace, en me regardant.

Quand Sandra a frappé, je lui ai ouvert sans faire de bruit afin de ne pas réveiller Ralph. La pièce était plongée dans l'obscurité quand elle est entrée.

— Que se passe-t-il ? a-t-elle demandé.

Et moi, je lui ai fait signe de ne pas faire de bruit comme font les mères quand quelqu'un est malade.

— Que se passe-t-il ? a-t-elle répété en chuchotant.

Elle s'est tenue devant moi un instant et a posé ses mains dans mes cheveux et a attiré mon visage vers le sien.

Mais j'ai pris ses mains dans les miennes. Je les ai portées à mes lèvres et les ai baisées une seule fois. Je l'ai regardée et j'ai pris ses valises pour les mettre dehors dans le couloir près de la porte.

Je l'ai fait sortir et j'ai posé son visage dans mes mains et je l'ai embrassée une fois sur le front. Je suis rentré dans la chambre et j'ai fermé la porte. Elle est restée fermée.

Je suis demeuré debout dos à la porte pendant très longtemps, regardant au-delà des lits à travers les volets et écoutant Ralph respirer et grincer des dents dans le noir.

J'ai remarqué que la petite ampoule des messages était allumée près du téléphone. Je suis descendu à la réception. Le réceptionniste m'a tendu une lettre par porteur spécial de la Fondation d'État pour la Santé Mentale. Je l'ai mise dans ma poche et suis remonté sans l'ouvrir. Ça suffisait pour la journée.

8

En arrivant sur les lieux du tournoi de ping-pong, nous avons été plongés dans une activité débordante ; des équipes à l'échauffement, des équipes au débarqué, des équipes à la volée, des équipes à l'entraînement — refaites-moi ce revers et — genoux fléchis, épaules rentrées — gymnastique suédoise. Je remarquai que nombre de concurrents pratiquaient la prise de raquette dite « tenue du stylo », et je sus que l'affaire était dans le sac. Strictement réservée aux badauds amateurs de saucisses, la prise de raquette dite « tenue du stylo » ; la bonne vieille prise de raquette dite « en poignée de main » demeurant de loin la meilleure, beaucoup plus efficace pour brosser, lifter et communiquer de l'effet, particulièrement dans les coups de revers.

Mais je sus raison garder et mes réflexions pour moi. Avant la partie, la psychologie est l'amie du champion et je suis quant à moi un psychologue de première, même si mon équipe semble souffrir d'un léger désavantage dans sa capacité à acquérir des connaissances. Le cœur plein d'une fierté légitime, je les vis entrer à la queue leu leu, attachés à détruire leurs sacs de sport assortis qui brillaient dans le soleil en les traînant par terre derrière eux, ce qui avait pour effet de soulever une gloire de poussière dont eussent été jaloux les Hébreux au désert, notre mer Rouge personnelle s'étant ouverte par le milieu afin de permettre à mon équipe de traverser à pied sec pour aborder à la terre promise des prouesses athlétiques.

— Je suis fatigué, déclara Mickey d'une voix nettement plus forte que d'habitude au milieu du silence qui s'était abattu sur la foule tous les yeux se braquant sur nous.

Le silence fut bientôt remplacé par un murmure général que je décidai de traiter par le mépris. Si l'on se soucie des ragots, la presse spécialisée a vite fait de vous dévorer, en particulier les journaux de fans, et de toute manière mieux vaut avoir mauvaise presse que pas de presse du tout pour jeter les fondations de l'ensemble des entreprises commerciales dans lesquelles nous ne manquerions pas de nous lancer sitôt que nous aurions gagné.

Passant nos divers concurrents au filtre de mes lunettes de soleil, tout ce mal-être regroupé par petits paquets autour des huit tables de ping-pong qui s'alignaient sur deux rangées dans la longue salle, je constatai qu'ils s'entraînaient ou se faisaient sermonner par leurs entraîneurs. Coup droit lifté, revers, service et effet. Insensés, songeai-je. Où serait aujourd'hui l'archer zen si tout le monde se comportait comme vous ? Cascadeur dans les innombrables et médiocres *remakes* de Robin des Bois ? L'entraînement est l'ennemi de la perfection, pour ne rien dire de la difficulté qu'il nous créera pour vaincre les autres équipes, nous qui non seulement ne possédons aucune technique mais encore n'avons jamais joué au ping-pong de notre vie.

Enfonçant profondément ma main gauche dans ma poche afin d'étreindre mes parties génitales pour prendre un peu d'assurance sans me faire voir du profane, je fis de l'autre tournoyer mon sifflet en grands cercles au bout de sa cordelette de manière à ce que le soleil que dispensaient les fenêtres grillagées se reflétât férocement sur le chrome spécialement étudié de sa finition dans l'espoir d'aveugler par accident le plus grand nombre possible d'adversaires. Ce faisant, je ne cessai d'émettre mon bruit préféré, obtenu en passant la langue sur les incisives du dessus et en aspirant fortement. C'est un bruit que j'ai appris en observant les courtiers en assurance du Midwest commander leur petit déjeuner dans les hôtels pour VRP des régions rurales — comportement par lequel on est assuré de frapper de terreur le cœur des concurrents les plus féroces. Personne ne le remarqua. C'est bon signe, me dis-je aussitôt. Leur perception demeure subliminale, ils refoulent leur peur qui n'en sera que plus profonde et plus destructive à la fin. C'est ainsi que l'on se donne un ulcère et j'en ai donné un certain nombre, moi qui n'en ai jamais eu, alors même que, pendant plusieurs années d'aigreur à la fac, les toubibs ont pris plus de clichés de mon tractus gastro-intestinal supérieur qu'un car de touristes japonais de la tour Eiffel. De toute manière, la victoire est à portée de la main.

Nous gagnâmes les vestiaires. Ils grouillaient de joueurs de tous âges, odeurs, races, couleurs, religions et croyances. Tina était bien entendu du côté des femmes, et il me fallut l'aider à faire passer sa chaise roulante par la porte, opération rendue difficile par l'installation qu'elle avait faite d'un mât de trois mètres quatre-vingts sur lequel elle avait monté le pavillon pirate qu'elle avait acheté dans une boutique de jouets de la ville. De lui donner ainsi un coup de main me permit de voir plusieurs femmes nues, dont aucune n'aurait poussé saint Paul à écrire l'épître aux Corinthiens, encore que l'une d'elles arborât une toison pubienne qui dessinait les contours de l'Afrique avec une fidélité vraiment frappante.

— Va te changer, dis-je à chacun des membres de mon équipe à tour de rôle.

— Va te faire enculer, dit Harold en accompagnant ses paroles de force moulinets du bras droit qui étaient une parfaite illustration du bon geste du serveur.

Dieu sait où il pouvait bien avoir appris ça — sinon de moi, puisque j'ai laissé un souvenir impérissable, pour avoir révolutionné le tennis de table, dans toutes les mémoires des participants à la colonie de vacances de Wattahauka, au cours de l'été 1956.

Ils se vêtirent. J'avais le sentiment que les shorts de plastique orange fluorescent étaient une touche de couleur bienvenue, surtout au regard des justaucorps de nylon noir qui donnaient l'impression que bras et torses disparaissaient au-dessus des bassins flamboyants — tactique de diversion conçue pour créer l'illusion d'hommes invisibles vêtus seulement de couches-culottes lumineuses. Le soin du détail, voilà tout le secret. Et aussi les gants de cuir noir avec des épines en collier de chien au poignet orné de grelots, surtout pour le bruit dont j'escomptais l'effet déconcertant.

— Ce môme est pédé, vociféra un jeune debout près de Mickey par lequel il venait manifestement d'être molesté.

— La mine ne fait pas le moine, il ne faut pas juger les gens sur l'habit, lui rétorquai-je.

Et particulièrement dans les vestiaires, songeai-je. Le dernier des claqueurs de serviettes peut parfaitement être poète dans le fond.

Tina fut prête la première. Comment se débrouilla-t-elle avec sa chaise, ses jambes et tout ça, je l'ignore ; à la maison, d'habitude, c'est moi qui l'aide, mais elle possède de la détermination. L'espace d'un instant, je fus inexplicablement blessé en comprenant qu'elle avait pu se passer de moi, et je la regardai rouler jusqu'à la salle de compétition en proie à des sentiments mitigés. Grandissait-elle, ma petite fille ? Où serait-elle dans dix ans, dans deux ? Où serions-nous, tous tant que nous étions ?

Nous fûmes rejoints par le groupe et j'entrepris d'organiser l'entraînement, mais toutes les tables étaient occupées.

J'étais en train d'observer une jeune équipe qui s'échauffait lorsqu'un homme nettement plus âgé aux cheveux gris coupés en brosse, avec des lunettes, un ticheurte et arborant une casquette de baisebôle et les rides sincères d'un chef scout m'aborda. C'était manifestement l'entraîneur.

— Salut !

Je répondis par une infime inclinaison de tête, les bras croisés, le menton en avant.

— Une très belle épreuve, dit-il.

Je fis celui qui n'a rien entendu. Tout autour de nous, des sifflets sifflaient et des entraîneurs vociféraient. Mon sifflet à moi était évidemment d'un genre bien particulier. Je l'avais acheté dans une boutique de farces et attrapes. Il faisait le bruit de Bugs Bunny, le lapin de dessin animé, lorsqu'il démarre brusquement et laisse un nuage de poussière derrière lui — *ouijzjzjz* !

— C'est votre équipe ? demanda le bonhomme.

Je lui fis face.

— Je m'appelle Chuck Blinder, déclara-t-il. J'entraîne

l'équipe de l'église épiscopalienne de Saint-Luc, nous venons de Traverse City. Voici mon équipe. Je crois que nous devons nous rencontrer au premier tour.

L'intimidation est une science. Elle exige discipline et dévouement, tout comme la fuite ou le ricanement. Il faut sortir des rangs pour s'élever par étapes, en commençant par la simple brutalité et en raffinant à partir de là. Je ne dis pas un seul mot à Chuck Blinder et, comme c'était un brave type, il réagit en hochant frénétiquement du chef pour masquer sa gêne et, tombant la tête la première dans le piège que j'avais tendu, chercha à dissiper la gêne qui s'était créée entre nous.

— Et d'où venez-vous comme ça ? demanda-t-il d'un ton de plus en plus engageant.

Je ne répondis rien. Me contentant de le dévisager férocement, je sortis de ma poche une tablette de chouine-gomme noire à la réglisse que je me mis en devoir de mastiquer.

— Vous ne vous échauffez pas ? demanda-t-il.
— Non, on est chauds.
— Ah bon, fit-il, vous vous êtes entraînés avant d'arriver.
— Oui, on a joué aux cartes — à la bataille.

Chuck continuait de hocher du chef tandis que je mastiquais ma gomme noire.

— Et ça vous suffit comme échauffement ?
— Je vous ai déjà dit qu'on était chauds.

Je n'avais évidemment plus la moindre idée de ce que j'étais en train de raconter, ce qui, pour le champion, constitue le signal du départ. Avant de me mettre en route, je m'arrangeai toutefois pour coller la réglisse devant mes incisives inférieures à temps pour me retourner vers Chuck

Blinder et lui décocher un sourire ricanant et faussement édenté. Puis indiquant ma mâchoire d'un pouce négligent, je dis simplement :

— Combat de crocodiles.

Puis je rejoignis mon équipe. Tina s'était mis en tête de garder tout son petit monde sous la main et faisait ma foi de l'excellent boulot. Déboîtant la hampe qui portait le pavillon pirate, elle l'avait transformée en lance et s'en servait pour garder les trois garçons bien alignés. Je décidai de leur épargner la traditionnelle exhortation qui précède le match mais je leur fis entonner l'hymne du 111e régiment d'infanterie aéroportée de l'Illinois, et c'est portés par ce rythme martial que nous gagnâmes la table numéro 8 où devait avoir lieu notre première rencontre.

L'équipe épiscopalienne de Saint-Luc se composait d'un tas de jeunes gens insolents armés d'une débauche de taches de rousseur et du plus minable de tous les trucs imaginables : l'adresse. J'avais hâte d'en découdre avec ces petits cons.

Ils portaient des shorts et des ticheurtes bleu pétrole, et leurs raquettes étaient recouvertes d'un caoutchouc vert ultra-brillant. L'entrée de mon équipe fut saluée par l'effondrement fracassant d'un tableau d'affichage qui s'écrasa sur la tête d'un adversaire après que Harold l'eut décroché à coups de poing en hurlant :

— Je t'enfoncerai ce bandage herniaire dans le cul à coups de sécateur !

Une des affichettes du tableau plana un moment au-dessus des têtes et finit par venir se plaquer sur mon front. Elle proclamait : « Quand on a fait tout son possible, il reste à tenter l'impossible. » En avant jusqu'à la victoire, songeai-je.

Tina parvint à maintenir les garçons en ligne jusqu'à la table. L'arbitre, de toute évidence un blanc-bec, était planté devant le filet, occupé à feuilleter songeusement le règlement international du tennis de table. Parfait, me dis-je. La lettre de la loi, voilà qui me plaît, car j'ai acquis dans le domaine des règles de ping-pong une subtilité digne d'un vieil étudiant du Talmud, disciple du mot.

D'emblée, j'introduisis une réclamation.

— Monsieur l'arbitre, déclarai-je, plaçant mes mains sur mes hanches et ouvrant les jambes en seconde pour plus de stabilité en cas d'attaque. Monsieur l'arbitre, je ne puis consentir à ce que mes petits gars se battent contre de telles raquettes, elles ne sont pas réglementaires.

— Plaît-il ? dit l'arbitre.

— Elles sont trop légères, monsieur l'arbitre. Les raquettes sont trop claires. Article 4.1.

— Qu'est-ce qu'il raconte ? dit Chuck Blinder.

— Je parle de leur teinte, dis-je.

— Teinte ? dit l'arbitre.

— Qu'est-ce qu'il raconte ? répéta Chuck Blinder.

L'arbitre tourna les pages de son manuel et suivit du doigt une large colonne.

— Taille, forme et poids de la raquette peuvent varier, lut-il. La surface de la raquette doit être de couleur sombre et mate.

— Voilà, elles sont trop claires, dis-je. Et pas mates. Elles sont brillantes, monsieur l'arbitre.

— Qu'est-ce que c'est, mate ? dit Chuck Blinder.

— Je vous le demande ! renchérit l'arbitre.

Je levai les bras au ciel. S'il est une chose que je tolère moins encore que l'injustice, c'est bien l'analphabétisme.

— Ces raquettes ne peuvent être ni vert clair ni brillantes, voilà tout !

— Faites voir un peu, dit Chuck Blinder en s'emparant du manuel entre les mains de l'arbitre.

— Qu'est-ce que c'est, mate ? dit l'arbitre.

Blinder se grattait la tête.

— Bon, mais alors, qu'est-ce qu'on fait ? dit-il. Ce sont les seules raquettes que nous ayons.

Je me glissai jusqu'à lui. Il nageait en pleine confusion et je sais de quoi je parle. Je lui passai le bras autour de l'épaule.

— Écoutez voir, Chuck, lui dis-je, regardez donc mon équipe. Ce sont des enfants retardés, Chuck, des handicapés. Regardez-les donc.

Je vis son visage se contracter tandis qu'il regardait mon équipe. Tina était en train de remettre ses jambes en place dans sa chaise et Mickey parlait à ses pieds. Le front de Chuck Blinder se creusa de rides inquiètes.

— Ce sont des retardés, Chuck, repris-je. Des agités.

J'accentuai un peu ma pression sur son épaule.

— Donnez-leur une chance, Chuck. Vous avez tout de même entendu parler de la Croix-Rouge.

— Que voulez-vous au juste ? demanda-t-il, nerveux.

— Refilez-nous dix points, Chuck, dis-je. Vous voyez bien qu'en tout cas on n'a pas la moindre chance. Donnez un peu de bonheur à ceux qui ont eu moins de chance que vous.

— Dix points ?

— Et vous pouvez vous servir de vos raquettes.

— Nos raquettes ?

— J'ai un cœur, moi aussi, Chuck, dis-je avant de regagner mon propre côté de la table.

— Qu'est-ce que c'est, mate ? dit l'arbitre.

Je me mis à hurler : « Jouez ! » en sifflant dans mon sifflet Bugs Bunny et en faisant de grands moulinets avec le bras tout en distribuant nos propres raquettes qui mesuraient chacune quarante centimètres de large et étaient ornées d'un portrait de Raspoutine peint en gris pâle sur un fond noir — et mat.

— Eh là, attendez un peu, dit Chuck Blinder. Ils n'ont pas le droit de se servir de ces raquettes-là.

— On ne dit rien là-dedans contre les moines, dis-je en indiquant le manuel. Jouez !

Et, à mon immense surprise, tous les membres de mon équipe vinrent se ranger sous mon nez. Je décidai de commencer par Tina et Harold.

Premier échange pour déterminer le serveur. Harold retourne la première balle d'un coup droit admirable. L'adversaire réplique par un revers coupé et voilà qu'un coup droit très appuyé de Harold les prend par surprise et à nous le service ! Je n'en revenais pas. Harold jouait merveilleusement. Qui sait ? Il existe un phénomène dans la psychologie malade, que l'on a baptisé l'idiot savant. Certains idiots savants sont des autistes incapables de lacer leurs souliers mais qui savent résoudre les plus difficiles problèmes du calcul différentiel les yeux fermés. D'autres sont des schizophrènes catatoniques qui vous joueront un prélude de Rachmaninov mais ont depuis longtemps oublié leur propre nom. Se pouvait-il que j'eusse moi-même un psychotique qui était un idiot savant du tennis de table ? Cette idée m'emplit le cœur de joie.

Harold est pas con. Son QI est même impressionnant. Ils lui avaient fait passer des tests à l'hôpital. Si son vocabulaire est limité, c'est qu'il souffre d'écholalie en conséquence du rôle de punching-ball que son père lui a fait jouer.

La mère de Harold avait quitté son mari quand le gamin était encore tout petit parce que l'homme buvait et que ses manières générales manquaient de charme. Elle avait fini par mourir dans un accident d'automobile de sa propre conception. Le hasard voulut qu'une assistante sociale passât devant leur porte en se rendant chez un voisin et entendît des hurlements. Elle força la porte et aperçut, par-dessus l'épaule du père, Harold ligoté au pied du lit. L'homme avait un démonte-pneu à la main.

Elle appela la police. Harold fut placé dans divers foyers adoptifs, mais ses étranges slogans n'étaient pas du goût de tout le monde. Il finit par se retrouver à l'Hôpital des Enfants.

L'écholalie est un trouble dans lequel l'enfant ne fait que répéter des mots ou des phrases entières qu'il a entendus mais hors de tout contexte et sans signification. Ce que Harold répétait ainsi à l'infini, c'était une imitation personnelle des choses que son père lui disait en le battant.

Harold plaça un excellent service très à gauche qui trompa le gamin et ses taches de rousseur. Onze à rien ! Deuxième service. Retour en force qui passe en sifflant à côté de la raquette de Tina, réduite à l'impuissance, mais Harold parvient je ne sais comment à se jeter derrière elle et à reprendre la balle qui va s'écraser sur la ligne blanche de l'adversaire. Qui est battu, bravo. Troisième service. Retour. Aller. Retour. Aller. Voilà que l'autre équipe semble s'intéresser à ce qui se passe sous la table ; Tina marque un point. C'est Mickey qui s'est mis à ronger leurs chaussures.

— Eh là, attendez un peu ! vocifère Blinder.

— Rien ne dit qu'il est interdit de ronger, que j'interviens. Un peu de classe, Mickey.

Coup droit appuyé. Retour. Revers. Retour. Le frein de la chaise de Tina a lâché et elle s'est heurtée contre un des pieds de la table en se précipitant sur une balle, elle a basculé en avant et son front a cogné la surface de la table avec un bruit sourd. La balle a rebondi sur le sommet de sa tête, là où la raie sépare sa chevelure en deux, et est retombée tout doucement juste de l'autre côté du filet. Un point pour nous.

J'ai fait entrer Ralph.

Harold a encore marqué deux points consécutifs. Quinze à rien. Ralph regardait.

— Dites-lui d'arrêter ce bruit, a dit Chuck Blinder.

— Rien, dans ce règlement, n'interdit de psalmodier, ai-je dit.

L'arbitre a bien été obligé d'en convenir.

— Hoyo, hoyo, hoyo, hoyo, faisait Ralph.

Service en face. Le gosse aux taches de rousseur en décocha un qui battit Harold. Un-quinze. Tina revenait lentement à elle sur le côté.

— Eh, il a pas le droit de faire ça, s'écria Chuck Blinder. Il n'a pas le droit de bouffer la balle celui-là.

— Ralph, ça suffit, tu ne sais pas où elle est allée traîner.

— Il a raison ! dit l'arbitre.

Deuxième service. Le retour de Harold s'écrasa contre le filet.

— Un instant ! m'écriai-je en gesticulant. Ce filet est-il réglementaire ? Dépasse-t-il de chaque côté de la table de quinze, vingt-cinq centimètres ? Je n'en ai pas l'impression.

— Quoi ? a dit l'arbitre.

— Six pouces, ai-je insisté. Vérifiez ou nous allons refuser de jouer.

Je savais évidemment que le filet était réglementaire mais j'avais besoin de gagner du temps pour permettre à Tina de se remettre, car j'avais remarqué dans les yeux de Ralph les premiers signes de ce regard lointain qui ne peut avoir qu'une seule signification. Rappelant précipitamment Tina pour jouer à droite, j'entraînai Ralph aux cabinets. C'est alors que je remarquai que Mickey avait de nouveau disparu. Passant rapidement la salle en revue, je le découvris qui parlait à un mur à l'autre extrémité. Très bien, me dis-je, les murs ont des oreilles. Excellent subterfuge, superbe tactique athlétique. Il était grand temps que quelqu'un prît les choses en main sérieusement.

A nous le service. Retour. Renvoi. Retour. Renvoi. L'adversaire marqua six points coup sur coup pendant que Harold s'acharnait sur Ralph à coups de raquette. Tina renversa sa chaise en essayant de réparer les dégâts.

Quinze à sept et c'est nous qui servons.

Harold se débrouilla pour marquer trois services blancs, trompant le gamin aux taches de rousseur avec une férocité que je n'avais encore jamais vue.

Au score de dix-huit à sept, Chuck Blinder donna un coup de sifflet et fit entrer un nouveau joueur. Un type de deux mètres cinquante de haut.

— Vous n'avez pas le droit de le faire rentrer, dis-je. C'est un monstre !

— Ah, vous pouvez parler, dit Blinder.

A vrai dire, la taille n'a guère d'importance au ping-pong, encore que l'allonge rende parfois des services pour les coups en diagonale. Mais c'était le ton de voix de Blinder qui m'avait fichu en rogne. Après tout, ce n'est qu'un jeu. L'important n'est pas de gagner, l'important c'est de participer... et de ne pas perdre. A l'âge qu'il avait, il aurait dû le savoir tout de même.

— Je suis fatigué, dit Mickey en se frottant les couilles avec la raquette.

Chassez le naturel...

— Remplace Tina, dis-je.

Le géant considéra Mickey avec un mélange de piété et de terreur mortelle.

— Mon cul que je veux, dit Mickey.

Et le grand gars posa sa raquette et recula de plusieurs pas.

— Monsieur l'entraîneur..., dit-il en cherchant le réconfort du côté de Chuck Blinder, mais ce dernier était trop occupé à feuilleter les règlements pour trouver des contre-astuces à m'opposer.

Mickey se mira dans sa raquette et dit :

— Salut Mickey Salut Mickey Salut Mickey.

— Monsieur l'entraîneur...

— Non ne me faites pas ça non ne me faites pas ça, dit Mickey. Vous êtes si mignooonne !

Il partit d'un rire hystérique qu'il n'en tenait presque plus debout.

— Tu vas me ramasser cette raquette, lui dis-je.

— Oh mon petit, mon tout petit.

Il se mit à quatre pattes, ramassa un peu de poussière sur le sol et la porta à sa bouche, maculant ses lèvres. Puis il se redressa et ouvrit sa braguette, sortit son pénis et le posa sur la table sans cesser de rire.

— Oh mon petit, mon tout petit.

Et, brusquement, son expression changea. Saisissant sa raquette, il la balança à la gueule du jeune géant qui eut tout juste le temps de rentrer la tête dans les épaules.

Mickey tomba par terre au moment même où le grand gamin lui faisait siffler la balle aux oreilles — dix-huit à huit — mais quelque chose clochait.

J'observais Mickey. Il était étendu par terre sous la table et se couvrait les yeux des mains les pressant fortement contre ses orbites, la tête roulant d'avant en arrière. Puis il s'assit sur l'arrière-train et se balança lentement d'un côté à l'autre en me regardant avec une expression bizarre que je ne lui avais encore jamais vue.

— M'sieur m'sieur, j'suis malade, dit-il.

Je le regardai de plus près.

— Où est-ce que tu as mal? dis-je. Tu t'es blessé?

Il me dévisagea, les yeux écarquillés, le regard vide.

— M'sieur m'sieur, j'suis malade.

Tina s'amena derrière lui.

— Je vais le remplacer, Hoover, me dit-elle.

Saisissant sa raquette, elle alla prendre place près de Harold. Mickey sortit en rampant de sous la table et vint s'asseoir à mes pieds en chuchotant :

— OK Mickey OK Mickey OK Mickey...

Prenant sa tête entre mes mains, j'attirai son visage vers le mien.

— MAIS QUE SE PASSE-T-IL?

J'espérais, en hurlant, l'arracher à lui-même, au Mickey qui était en lui. Son visage était empreint d'angoisse. Il me regarda, puis se remit à glousser. Et il retomba mollement, abandonné, sans cesser de rire.

— Mais enfin, qu'est-ce qu'il y a, Mickey? hurlai-je.

— M'sieur m'sieur, dit-il en me regardant avec un sourire et en désignant du doigt son occiput, chuis malade.

Tina réussit un smash qui prit tout le monde par surprise. Elle en aligna cinq coup sur coup, perdant d'ailleurs cinq points, mais elle s'amusait beaucoup. Dix-huit à treize.

Service, Harold. Retour de l'adversaire. Retour de ce retour. Retour de ce retour de ce retour. Puis brandissant sa raquette à hauteur de la tête de Tina, il lui en assena un coup sur la tempe, mais non sans avoir au passage effleuré la balle dans les airs, lui communiquant un effet prodigieux qui lui fit décrire trois cercles au-dessus du filet avant de retomber, d'abord dans le camp adverse puis de repasser le filet pour retomber chez nous et de retomber enfin de l'autre côté du filet hors de portée. Un point pour nous. Dix-neuf à treize.

Harold termina la partie seul, en commençant par passer un service blanc. Ce fut ensuite le grand gamin qui colla deux fois son service dans le filet. Quelle minable, quelle abjecte façon de perdre, songeai-je. Décidément, et malgré tout ce que j'ai bien pu dire, ne pas gagner ce n'est pas tout à fait la même chose que perdre. Mais Tina restait dans les pommes, affaissée sur sa chaise au milieu des insultes et des protestations qui fusaient de toutes parts.

9

Sur le chemin du retour dans la voiture, mes tentatives chorales connurent un bien meilleur succès. C'était l'exubérance qui vient avec la victoire et fait partie intégrante du territoire conquis que j'entendais bien explorer jusqu'à ses limites.

Il était tard. Le ciel était sombre et les phares des voitures que nous croisions faisaient des étoiles dans la pluie nouvelle qui tombait en grosses gouttes molles contre mon pare-brise, les essuie-glaces ronchonnant en rythme et imposant à tout leur propre tempo. Je jetai par-dessus mon épaule un coup d'œil à Ralph et à Harold.

Tout au fond, Tina se taisait. J'avais proposé un arrêt dans un hôpital pour s'assurer que le coup de Harold ne lui avait pas fait trop mal, mais elle s'était obstinée à dire que tout irait bien. Je savais qu'elle avait peur de retourner dans un hôpital et je ne lui donnais pas tort. Dans le rétroviseur, son visage regardait fixement droit devant lui d'un air boudeur mais ses yeux étaient éveillés et songeurs. Je ne lui dis rien. J'ai continué à chanter alors que les autres petits s'endormaient sur leur siège l'un après l'autre et bientôt il n'est plus resté dans la voiture que le ronchonnement des essuie-glaces mêlé à la respiration de trois jeunes gens assoupis et au silence de Tina dans ses yeux.

A mesure que la circulation se faisait moins dense, les étoiles se sont clairsemées. Je me suis mis à avoir envie de parler, mais je sentais que Tina jouissait du silence. Dans l'obscurité, il aurait été difficile de dire si elle me regardait mais je crois bien que oui. Et puis je me suis décidé à parler de toute manière :

— Joli temps.

Je ne m'attendais à aucune réponse. Je connaissais l'animal. J'attaquai un couplet de *Ragtime Cow-boy Joe* plutôt pour mon propre bénéfice que pour le sien, quelque chose qui trancherait un peu dans la nuit. Le rythme syncopé collait bien avec celui des essuie-glaces.

> *Chaque soir il siffle ses moutons et ses vaches.*
> *Chaque soir à c'qu'on dit il endort son troupeau.*
> *En sifflant une berceuse.*

Mais on finit toujours par se fatiguer de chanter pour soi tout seul, d'être à soi-même sa salle comble. Je m'interrompis. Et regardai Tina dans le rétroviseur.

— J'ai dit quelque chose ?

Ses yeux évitèrent les miens dans le miroir et elle se mit à regarder de côté vers la route.

— Vous aimeriez peut-être demander une chanson, ai-je insisté, qui sait, un duo ? *Je veux qu'on m'enterre avec ma selle et mes bottes* peut-être ?

Quelque chose dans son attitude me répondait non — cette manière qu'elle avait de se pencher de côté sur le siège, et c'est toujours si risqué de poser ou de ne pas poser la question — est-ce que je dérange ? — mais le cœur a très fort besoin de savoir. Et il a des tas de moyens d'y arriver.

— Vous savez, repris-je, je trouve que la place de onzième est quand même rudement bonne pour notre premier tournoi et patati et patalère. Enfin, quoi, on ne vise pas tout de suite les Jeux olympiques. Vous avez vu la façon dont Harold a smashé en face du si grand garçon ? Mais enfin, c'est vous qui nous avez sauvé la mise. Vous vous en rendez compte, petit ?

— Ne m'appelez pas petit, dit Tina.

— Pardon. Comment aimeriez-vous que je vous appelle ?

— J'ai un nom.

— Je sais.

Une décapotable qui venait à notre rencontre donna un coup de volant, un coup de frein et deux longs coups d'avertisseur. La tonalité changea quand nous nous croisâmes et on aurait dit un train fou lâché à travers une ville — l'effet Doppler.

— Regardez donc la route, dit Tina.

— Mais je la regarde, mon petit monsieur.

— C'est moi qui regarde la route, dit-elle, pas vous.

— Vous voudriez peut-être prendre le volant dans ce cas.

— J'aimerais conduire, dit-elle.

— Eh bien vous conduirez certainement un jour, mais pour le moment...

— Ben voyons.

— Vous me surprenez, mon petit monsieur. Je me serais attendu à une tout autre attitude de la part d'une jeune demoiselle de votre éducation. Et de votre milieu, en l'occurrence, le mien ! A l'avenir, j'aimerais mieux...

Mais j'ai vu qu'elle pleurait. Ses mains couvraient son visage, cherchant à renvoyer les larmes d'où elles venaient, l'une après l'autre, mais c'est une eau puissante.

Les voitures qui passaient faisaient un bruit sur la chaussée comme un rouleau d'adhésif qu'on déroule, leurs pneus léchant l'asphalte de toutes leurs zébrures. Et moi je surveillais Tina de près, espérant qu'elle ne lèverait pas les yeux pour découvrir que je la regardais. J'attendis qu'elle eut fini de pleurer pour lui laisser voir mon visage de nouveau dans le rétroviseur.

— Comment va cette tête ?
— Bien. Très bien. Je me sens parfaitement bien.
— Un coup admirable.
— Il va me tuer, Hoover.

J'ai bien failli me jeter contre le parapet d'un pont, ne tournant le volant qu'à la dernière seconde. Ralph s'est répandu sur Harold sur le siège arrière mais personne ne s'est réveillé.

— Quoi ? Qui ? Qui va vous tuer ?
— N'y pensons plus.
— Voyons, Tina, vous connaissez Harold. Ce n'est pas sérieux. Il est fou, c'est tout, comme nous tous.
— C'est que parfois j'ai peur, voilà tout.
— Il est parfaitement sain d'avoir peur. Peur, ce n'est jamais que repu mal écrit. Mais c'est lui qui a peur de vous, avec votre fichue canne. C'est vous le patron, mon petit monsieur, et vous le savez bien. Ils ont tous peur de vous. Moi-même, j'ai peur de vous.
— Pourquoi faut-il que vous blaguiez toujours à propos de tout ?
— Mais je ne blague pas. C'est rieux ce que je vous dis. C'est rieusement que je vous parle.

Elle a poussé un petit grognement. Évidemment, je ne pouvais guère discuter. A quoi bon quand on a tort ? Mais les choses ne s'arrêtaient pas là pour Tina. Elle avait une manière de plaquer les oreilles en arrière qui me disaient qu'on n'en resterait pas là.

Elle a essuyé furtivement une larme perdue tandis que je faisais mine de ne pas regarder de nouveau pour lui épargner ma compassion — un truc qui tue certains et qui en sauve d'autres. J'ai essayé un couplet de *Ragtime Cow-boy Joe* mais je n'ai pas été capable de dépasser le vers où il siffle une berceuse à son troupeau. Pour finir, Tina a vaguement reniflé à l'arrière pour m'apprendre qu'elle était prête. Prête à recevoir l'attention que je lui ai aussitôt portée dans le rétroviseur, et nos yeux se sont rencontrés et ils étaient mouillés tous les quatre.

Sa voix était devenue toute petite, pour lutter contre les sanglots qui font bégayer et sont une telle source de gêne quand on pleure. Elle rentrait le menton pour se donner plus de fermeté.

— Je ne suis pas folle, Hoover, dit-elle en passant une manche sur son front. Ils me l'ont dit, mais ce n'est pas vrai.

— Qui vous l'a dit ?

— A l'hôpital, j'ai surpris leur conversation dans la salle où les enfants n'ont pas le droit d'entrer, ils étaient tous à rire et se moquer de moi. Ils disaient des trucs que j'étais comme les autres enfants là-bas et tout ça, mais ce n'est pas vrai.

— Bien sûr que ce n'est pas vrai ! Ah ! bon sang de bon soir, comment pouvaient-ils dire une chose pareille ?

— Ils disaient...

— Ils avaient tort. Et qu'ils aillent se faire foutre.

C'est sur ce mot qu'elle a buté, elle s'est interrompue, et

moi, j'ai eu honte pour le genre humain. Mon espèce, qu'elle ait tort ou raison — mon espèce. La respiration de Tina est devenue heurtée et elle a essayé de parler sans y arriver. J'aurais voulu me ranger et courir la tenir serrée contre mon cœur, mais la pluie dérobait les bas-côtés dans une espèce de brouillasse. Peut-être préférait-elle qu'on lui fichât la paix.

— Je n'aurais jamais dû être placée là-bas, poursuivit-elle au bout d'un moment. Je n'y étais pas à ma place, Hoover.

— Je sais.

Je l'observais dans le rétroviseur tandis que ses yeux se déplaçaient vers l'intérieur de la voiture, se posant sur Harold, puis Mickey, puis Ralph. Mordant sa lèvre inférieure, elle a ajusté un faux pli de sa veste.

Et puis, elle a chuchoté quelque chose.

— Où est-ce, ma place?

Le silence nous est tombé dessus comme un coffre-fort jeté d'une fenêtre. Combien de fois m'étais-je posé la même question? Et après tant d'années, m'étais-je seulement rapproché de la réponse? Et elle? Petite bonne femme de douze ans qui devait apprendre à vivre assise. Et pourtant, tout à l'intérieur de mon squelette, quelque chose me disait que la réponse était dans la voiture.

Les étoiles ont cessé de venir à ma rencontre quand les routes sont devenues désertes et le break s'est mis à éplucher des kilomètres en une ligne droite qui nous ramenait à la maison. J'ai coupé les essuie-glaces pour laisser l'averse éclabousser le pare-brise de diamants. Je me suis remis à chanter.

> *Tout là-bas dans l'Arizona*
> *Où vivent les bandits*
> *On n'a pour se guider*
> *Que l'étoile de minuit.*

Et à l'arrière, j'ai entendu la voix de Tina se joindre doucement à la mienne.

> *Mais de loin le plus dur et le plus méchant*
> *C'est Ragtime Cow-boy Joe.*

Nous avons chanté à voix douce et lente, regardant par la fenêtre comme les voyageurs d'un train rentrant chez eux après quelque gros chagrin.

— Ta place est ici, Tina, que je lui ai dit. Avec moi.

Elle m'a regardé dans le rétroviseur.

— Je ne suis pas folle, Hoover.

Je lui ai rendu son regard.

— Moi non plus, j'ai dit. Et aucun d'entre nous, mon petit monsieur.

Abandonnant les bagages dans le break, on est tous sortis en titubant et on s'est laissés tomber sur la pelouse devant la maison, Mickey gloussant, Ralph fredonnant mais tous enchifrenés et mous en tas tous les cinq et lentement nos bras se sont trouvés, étreinte collective dans le noir. Et à l'étage je les ai bordés l'un après l'autre pour la nuit. J'ai bordé Tina plus confortablement, plus soigneusement encore que tous les autres et c'est sur son lit que je suis demeuré le plus longtemps, jusqu'à ce qu'elle s'endorme. Et quand je me suis levé pour partir, elle s'est réveillée.

— Hoover, je peux avoir un verre d'eau ?
J'ai dit :
— Tout ce que tu voudras.
Dans la cuisine, courbé sur le robinet, j'ai fait couler l'eau pour qu'elle refroidisse. Ma poche était appuyée contre la pierre de l'évier et j'ai entendu un bruit de papier froissé. C'était l'enveloppe qu'on m'avait remise à l'hôtel. Je l'ai ouverte. C'était une lettre de la Fondation d'État pour la Santé Mentale. Elle disait qu'on allait me reprendre mes enfants.

10

J'ai tourné et retourné la feuille de papier rose sur la table de la cuisine l'examinant sous tous les angles possibles. Il y a des machins comme ça qui sont faits pour dire des choses différentes selon la direction dans laquelle on les regarde, mais tout ce que j'ai obtenu ça a été de me faire mal à la tête.

Vous allez recevoir la visite d'une équipe de représentants de notre Commission des Méthodes et Moyens qui raccompagneront les enfants à l'Hôpital des Enfants où ils resteront dans l'attente de nouvelles dispositions.

L'alcool ne produisait pas l'effet escompté. Quand je bois, la première chose qui tombe c'est toujours mon nez, ensuite mes pirouettes, mais jamais je ne perds mon sens aigu de la justice ni ma capacité surnaturelle à jongler avec deux boules à la fois, toutes formes d'adresse qui sont d'importance égale en ce monde où l'homme ne se mesure pas à proportion de ce qu'il peut boire mais de ce qu'il est prêt à avaler.

Il fut un temps où je pouvais boire avec les meilleurs du lot. Il fut un temps où je ne supportais pas d'entendre sonner un téléphone sans répondre, et il fut un temps où j'avais en vérité le sentiment qu'il n'existait que moi — mais tout ça c'était avant que j'aie connu puis perdu Paula et connu mes enfants. Je n'allais pas les perdre aussi.

Quittant la table, je me suis levé et j'ai tenté d'étirer mes jambes. La danse classique est une malédiction. Trois jours sans cours et déjà les muscles commençaient à se pétrifier. Un jour loin de la barre et vous voilà tout raide. Deux jours c'est l'occlusion intestinale, trois jours on vous reprend vos enfants.

Je décidai de faire la vaisselle. Les écuelles de plastique étaient empilées dans l'évier là où je les avais laissées avant de partir pour le tournoi de ping-pong, recouvertes d'une pellicule de bouillie figée, cette crème de riz dont j'avais jadis façonné un bonhomme de neige quand j'étais petit, travaux pratiques pour l'école, mais je n'avais pas eu assez de farine. Mon chien l'avait bouletté et j'avais eu zéro.

Où était donc la grille de caoutchouc que j'avais achetée pour y mettre à sécher la vaisselle, premier objet de ce genre que j'eusse daigné acquérir depuis les jours domestiques de mon ménage avec Paula. Je m'étais mis à m'en servir comme d'un masque d'escrime, je me l'appliquais sur le visage quand je jouais avec Harold et voilà que je n'arrivais plus à la trouver. Et puis, qu'est-ce que ça change après tout, me dis-je. Ils vont le reprendre avec les autres, fini de jouer. Tout finit toujours par s'arranger, pourtant, qu'ils disent, car les voies du Seigneur sont impénétrables. Si dans son infinie sagesse Il a jugé bon de contrecarrer mes projets et de me reprendre les enfants, qui suis-je pour discuter ses ordres ? Et ses moyens ?

Car je ne suis qu'un atome de poussière sur sa grande véranda, une goutte dans son seau, une mouche dans sa vaseline, car Il a donné son fils unique pour que je puisse vivre. Et qu'Il aille donc se faire enculer. S'Il est assez con pour passer des marchés pareils, pour échanger le Christ contre moi, alors Il mérite tout ce qui pourra bien Lui arriver parce que nous vivons dans un monde où les chiens dévorent les chiens et qu'il faut bien bouffer quelques chiens.

Mais pourquoi donc pleurais-je?

J'adore faire la vaisselle. La plupart des gens détestent ça, mais moi ça m'inspire. Je chante. Je chante des airs de ténor en faisant la vaisselle alors que je suis un baryton lyrique. Peut-être après tout que je continue à m'efforcer d'être quelque chose que je ne suis pas. Quand on fait la vaisselle, les progrès sont visibles et c'est ce qui me plaît, une pile monte et l'autre descend. Mon évier est sous la fenêtre qui donne sur la rue et quand il est plein d'eau je fais semblant que c'est un océan sur lequel je guette le retour de quelqu'un mais la seule personne qui s'amène toutes voiles dehors est toujours mon voisin d'en face qui brandit le poing dans ma direction et me dit qu'il est trois heures du matin et que j'arrête de chanter merde.

Si je chante des airs de ténor, c'est que les ténors sont des héros et les barytons pas. Je chante *Sur la mer calmée* de *Madame Butterfly* et je chante *Nessun dorma* de *Turandot*, un opéra dans lequel le ténor doit accomplir un tour de force impossible pour gagner la belle princesse. Il allait falloir que j'accomplisse un tour de force impossible moi aussi si je voulais convaincre la Commission des Méthodes et Moyens que les enfants devaient rester avec moi. Un plan. Que pouvais-je faire pour plaider ma cause à la dernière minute?

Il fallait agir. Quand j'étais petit à l'école, je me souviens que la maîtresse nous disait toujours de mettre nos casquettes de penseurs et, du coup, quand j'avais de mauvaises notes aux examens, quand je comprenais mal les questions, pour ne rien dire des réponses, je lui disais que je n'avais pas de casquette de penseur parce que ma famille était trop pauvre. Je me suis rassis à la table de la cuisine et j'ai plié la feuille rose en un petit cône dont j'ai relevé les bords et que j'ai placé sur ma tête qui s'était mise à nager le crawl sous l'effet de l'alcool, transformant la cuisine en baraque de foire, le fourneau avait de la brioche et le réfrigérateur soufflait de l'air chaud sous ma jupe. Je ne sais comment je me suis retrouvé dans le vestibule cherchant à monter l'escalier, allant et venant désespérément le long des marches en une espèce de parodie personnelle des pas de Fred Astaire ou de Gene Kelly, trébuchant sur mes propres pieds et redescendant à reculons jusqu'au palier avant de recommencer, en route pour les chambres de l'étage où j'avais bordé les enfants quelques heures seulement auparavant, leur avais fait un câlin avant d'éteindre les lumières, les avais félicités pour leur bonne tenue au ping-pong, m'attardant au pied de chaque lit tant que je n'étais pas sûr qu'ils dormaient profondément, loin de tous les maux et de toutes les Commissions, cachés dans ma maison de tous les méchants qu'on rencontre dans la rue, de toutes les moqueries cruelles, de tous les défis ineptes, à l'abri de toutes les menaces vides, de toutes les fessées que les autres parents font toujours peser sur la tête de leurs enfants comme une forêt d'épées de Damoclès, loin aussi de tous les joujoux de luxe qu'on n'a pas les moyens d'acheter, de tous les clubs privés auxquels on n'a pas accès jusqu'à avoir gagné en toute sécurité cet ailleurs du sommeil où le sommeil seul pouvait les mener et où personne pas même moi ne pouvait les suivre.

Il fallait que je monte cet escalier. Il fallait que je m'assure du bien-être de mes enfants sur-le-champ. J'avais besoin d'être rassuré puisqu'il y avait quelques heures que je ne les avais vus. Ces derniers temps, j'avais pris l'habitude de me lever sept fois par nuit pour aller dans chacune de leur chambre me rassurer avant de regagner la mienne où je m'assoupissais de nouveau pour une heure. Il était bientôt apparu qu'il était plus simple de dormir une heure avec chacun d'entre eux, passant de lit en lit, la nuit durant, jusqu'au matin qui me permettait de voir en pleine lumière toutes les calamités qui les menaçaient.

Mais là, ça faisait deux heures que je ne les avais pas vus. J'avais peur que quelque chose ne se soit introduit auprès d'eux pendant mon absence, ne les ait attaqués, invisible, pendant que j'avais le dos tourné, les ait transformés en quelque chose qu'ils n'étaient pas. Il fallait que je monte la garde contre le canard, ce canard ventriloque, invisible à l'œil nu, sans couleur, sans odeur, sans saveur, qui met des mots dans nos bouches et des pensées dans nos têtes, les mots et les pensées et les valeurs de tout le monde. Il me fallait protéger les enfants contre lui, il n'y avait pas une minute à perdre.

Je tentai de nouveau d'affronter l'escalier. Glissant sur la deuxième marche, je tombai la tête en avant m'écraser le nez sur le rebord de la première. Le sang jaillit presque aussitôt. Une bonne leçon, me dis-je. Peut-être ne suis-je nullement en état de gravir des escaliers. Mais il n'existait aucun autre moyen d'accéder aux enfants. Il m'a eu, songeai-je, le canard m'a eu. Il a ventriloqué mon cerveau en m'appelant au téléphone dans ma tête et s'est servi de la voix de Paula pour me faire décider de me saouler de manière à pouvoir s'introduire furtivement par les fenêtres de l'étage déguisé en courant d'air pour me prendre mes enfants.

Non, songeai-je, pas de ça. Moi vivant, il n'en est pas question. Et, me hissant sur les genoux, j'essayai de gravir les marches dans cette position, les cuisses raides de n'avoir plus assisté au cours de danse. Je parcourus la moitié du chemin avant de tomber à la renverse et d'effectuer un double saut périlleux arrière jusqu'au carrelage du vestibule sur lequel un filet de sang me coula de l'oreille.

Le bon tour qu'il m'a joué, songeai-je. Oh, il est malin. Il m'a tendu le piège de la victoire au tournoi de ping-pong afin d'endormir ma méfiance, ensuite de quoi il m'a rendu tout raide et m'a fait tomber à la renverse pour pouvoir entrer par le système de ventilation, déguisé en air conditionné pour transformer mes enfants. Il est allé jusqu'à se constituer une panoplie de Commissions de Méthodes et Moyens, son déguisement le plus astucieux à ce jour — mais il ne gagnera jamais, aussi longtemps que je respire.

C'était de ces enfants-là qu'il avait le plus besoin. Ils étaient ses cibles de choix. Le dernier bastion dans ce monde de prêt-à-porter où tous ceux qui ne sont pas conformes, tous ceux qui n'ont pas la taille mannequin, se voient jeter au rebut dans le premier des Hôpitaux pour Enfants venu. Ces enfants qu'on appelait déviants parce qu'ils étaient différents, parce que leur cervelle, on ne sait trop pourquoi, ne captait pas les mêmes émissions que les autres, les leçons de maintien qui disent : « Assieds-toi comme ci, mange comme ça, parle comme il faut. » Ces pauvres déments qui n'écoutaient pas le canard et ne l'auraient pas entendu de toute manière, raison pour laquelle il avait besoin d'eux plus que de tout autre et pour laquelle aussi je les aimais plus que tout autre, eux qui dans ce monde de Ils entraient dans la catégorie des Moi.

Je me redressai à quatre pattes et entrepris de me hisser de marche en marche avec les mains, seize marches en tout, avant de ramper en travers du palier du premier étage, le sang dégouttant de mon visage sur ma chemise et maculant le tapis sous moi tandis que je me traînais jusque dans la chambre de Mickey et de Harold.

Accroché d'une main à la poignée de la porte, je me mis debout dans le corridor les yeux tournés vers la chambre à coucher ouverte. Les deux garçons respiraient légèrement dans leur sommeil, les deux sacs de sport tout neufs fièrement déposés au pied des deux lits.

Je regardai Mickey agiter les doigts tandis que ses bras allaient et venaient sous lui comme ceux d'un nageur et que ses lèvres s'ouvraient et se fermaient sur des espèces de vocalises de jazz, un chapelet de syllabes liquides qui faisaient comme le chant d'un oiseau à l'envers. Quant à Harold, on aurait dit qu'il courait dans son sommeil, les jambes allant et venant sous les couvertures, faisant ondoyer ses draps pleins de courants d'air tandis qu'il fuyait quelque poursuivant invisible dans la nuit de son esprit, avant de se mettre à rigoler doucement dans son oreiller. Très bien, me dis-je. Le canard n'est pas encore arrivé jusqu'à eux.

Je passai dans la chambre de Ralph. Il dormait à l'envers, comme d'habitude, les pieds à la place de la tête, un Joey amputé bien serré entre ses bras, une jambe fraîchement perdue au combat. Sur le bureau, j'aperçus alors Steve la souris. Assise les jambes écartées, elle me regardait, la jambe de Joey soigneusement enfoncée entre les siennes. Dans le lit, Ralph sourit et ouvrit ses petits yeux sur moi, et j'entr'aperçus ses petites dents.

— Yah, yah, yah, marmonna-t-il.

Alors, m'agenouillant à son chevet, la tête près de son visage, je posai mon front contre le sien et dis :

— Yah, yah, yah, yah.

Il était en sûreté lui aussi.

Le vestibule était habité d'un silence épais. Assis au sommet de l'escalier, j'ai écouté la respiration des enfants, bruissement de feuilles sortant par bouffées des deux chambres, et j'ai écouté ma propre respiration, et tout soudain, elles sont venues ensemble plusieurs secondes durant, quatre respirations sur un tempo unique, respirant ensemble dans le silence. Et j'ai fermé les yeux et j'ai souri, fier d'être comme eux, parmi eux, tout en sentant ma tête quitter lentement mes épaules, un bruit d'ailes de papillons dans les oreilles, le visage incliné de l'avant tandis que basculant cul par-dessus tête, je glissais le long des marches à plat ventre, mon menton heurtant chacune après l'autre. Et là, étendu sur le carrelage froid, j'ai cru les entendre venir me prendre avec des filets à papillons et des camisoles de force, leurs roues résonnant le tonnerre sur le sol, de plus en plus fort à mes oreilles. Ouvrant sur le côté mes yeux fatigués, j'ai bel et bien vu les stries d'un pneu rouler jusqu'à mon visage tandis qu'un moteur ronronnait puissamment près de moi.

— Mon pauvre Hoover !

C'était Tina. Elle fit tout le tour de la région sinistrée que j'étais devenu dans sa chaise roulante puis revint s'immobiliser à son point de départ.

— Je monte la garde, Tina, dis-je.

— La garde, vous la montez peut-être, mais l'escalier vous l'avez descendu !

Et alors je suis mort brièvement, ou je me suis endormi, à moins que je me sois envolé à la rencontre de Paula qui sortait d'un appartement menant en laisse un chow-chow. Tina a abaissé jusqu'au sol les repose-pieds de sa chaise et les a glissés sous moi comme les bras d'un élévateur. En grognant, elle a tiré sur ma chemise et ma ceinture, me hissant par degré le long de ses jambes jusqu'à son giron, aboutissant à me faire tenir en équilibre sur ses accoudoirs, elle m'a conduit à travers le vestibule jusqu'à la salle commune où elle m'a déchargé sur le divan.

— Allongez-vous plus droit si vous ne voulez pas vous réveiller avec la nuque raide, m'a-t-elle dit tandis que ses cheveux bouclés s'estompaient dans le brouillard qui envahissait mes yeux.

Une heure plus tard, quand je m'éveillai la nuque raide, elle était encore là à veiller sur moi et elle y est restée.

11

Je ne comprendrai jamais pourquoi j'ai décidé de mettre en scène *Madame Butterfly* pour la Commission des Méthodes et Moyens. Des souvenirs, peut-être, de colonies de vacances spéciales où les handicapés apprennent à assembler des sacs à main à partir de morceaux de cuir prédécoupés et de lanières percées à l'avance... et puis, le jour de la fête, quand les parents sont invités, ils présentent une vague comédie musicale de patronage, des numéros ringards. Voilà les endroits, les établissements auxquels l'État donne son blanc-seing, ce même État qui m'envoyait ses représentants pour reprendre mes enfants, et il était devenu manifeste qu'il allait me falloir les rencontrer sur leur propre terrain, quelque difficulté que j'éprouvasse moi-même à m'y tenir debout.

Et puis, après tout, si jamais j'arrivais vraiment à faire chanter les enfants, hein ? A n'en pas douter, l'impossibilité manifeste de ce tour de force me vaudrait, si je le réussissais contre toute attente, je ne sais quel sursis, une grâce présidentielle, un appel au gouverneur, pour qu'on retarde l'exécution. De toute manière, je n'avais pas le choix.

Madame Butterfly, c'est l'histoire d'un lieutenant américain, un certain Pinkerton, en poste à Nagasaki, et qui tombe amoureux de la belle Cio-Cio-San, plus connue sous le nom de Mme Butterfly, geisha dont le visage poudré de blanc et les manières silencieuses intriguent tant notre Américain qu'il finit par la demander en mariage malgré les mises en garde du consul américain Sharpless qui lui a pourtant dit que Butterfly vient d'un autre monde, étranger au sien, et que leur relation ne pourra aboutir qu'au drame.

Ils se marient et s'installent dans une maison que leur a vendue l'entremetteur Goro.

Pinkerton doit repartir en Amérique non sans avoir juré une fidélité immortelle à Cio-Cio-San, et c'est pendant son absence qu'elle va accoucher de l'enfant qu'il lui a fait. Jour après jour assise près de sa fenêtre, en compagnie de Suzuki, sa fidèle servante, Mme Butterfly attend le retour de Pinkerton en chantant l'inoubliable *Sur la mer calmée*.

Et Pinkerton finit effectivement par revenir mais en compagnie d'une nouvelle épouse, une Américaine, une femme de son monde à lui, prénommée Kate.

Terrassée de chagrin, Mme Butterfly donne son bébé au couple américain puis se tue avec les sabres de son père.

Je savais que c'était à moi de l'interpréter. Le rôle de Mme Butterfly brisée par le chagrin frappait mon système nerveux central avec une telle résonance que je n'avais pas le choix : c'était à moi et à personne d'autre de l'incarner. Car il est de certains moments et de certains cas où la vie imite l'art, où les deux créations s'entremêlent tellement inextricablement qu'elles se reflètent l'une l'autre et ce faisant se reflètent elles-mêmes. Jusqu'au visage poudré de blanc, quand je me regardais au miroir, je l'y voyais, Cio-Cio-San, sans parole et sans pareille, assise devant sa fenêtre dans l'attente de vaisseaux qui ne peuvent apporter, s'ils viennent, que le chagrin d'un autre monde, ce monde dans lequel elle ne peut pas vivre, car nul d'entre nous ne peut s'empêcher d'être qui il est quelque effort que nous déployions et à qui que nous choisissions de plaire, nous mourons pour finir dans nos propres peaux, nos déguisements n'étant que nous-mêmes sous le couvert desquels nous avons vécu depuis toujours.

En conduisant les enfants en voiture chez le costumier, je me livrai dans ma tête à une espèce d'inventaire. Le choix d'une distribution est le moment le plus crucial de toute aventure spectaculaire, il s'agit de savoir qui est qui et qui ne l'est pas. Je m'efforçai de voir par l'esprit chacun des enfants dans chacun des rôles, costumés en kimono et en uniforme, chaussés de socques et coiffés de perruques, tout les falbalas asiatiques flottant sous les lumières, la miraculeuse partition de Puccini soutenant le tout dans notre propre salon, séance spéciale réservée à la Commission des Méthodes et Moyens.

Passant devant les boutiques et les bornes d'incendie, j'avais le sentiment que le paysage fondait en une espèce de gouache grossière, études de notaires et restaurants, tandis que je menais le break à travers les traquenards de la circulation en me fiant à mon propre système radar intérieur, conduisant à l'odorat, franchissant chaque feu vert par le plus grand des hasards, en route avec ma troupe d'étoiles pour la boutique du costumier, tous les sens en alerte par cet après-midi particulièrement ensoleillé.

— Regardez donc la route, m'enjoignit Tina depuis le siège arrière tout en me dévisageant dans le rétroviseur. Cessez de rêvasser.

— Et vous, cessez de me regarder fixement, dis-je.

— Alors, regardez la route.

Ralph était assis à côté de Harold sur le siège arrière, silencieux et pensif, une seule chaussette blanche lui pendouillant aux lèvres, ses grands yeux bleus s'attachant à tous les passants, arborant un de ses larges sourires chaque fois que nous doublions quelque chose qui était à son goût.

Mickey avait pris place à l'avant avec moi, bien calme lui aussi, il se regardait dans le pare-soleil qu'il prenait pour un miroir, se saluant de petits gloussements, sa main gauche allant et venant entre ses jambes, pinçant puis relâchant, une goutte de bave apparaissant et disparaissant aux commissures de ses lèvres.

J'évitai de justesse une troupe d'éclaireurs qui traversait au mauvais feu portant d'immenses drapeaux roulés en machins qui avaient l'air de lances, masse en uniforme qui faisait route à n'en pas douter vers quelque grand congrès régional des maffias de jeunesse, noueuse de nœuds dans toute corde et bâtisseuse de feu sous toutes choses et climats et en tous lieux. Petit, comme j'avais voulu en être un, surtout pour l'uniforme, mais j'en avais été dissuadé par des bruits terrifiants, des histoires de gamins comme moi torturés pour les rites d'initiation, abandonnés nus et les yeux bandés en pleine nature. En définitive, mon meilleur ami Eddie était devenu scout. Il m'avait dit que les rites d'initiation n'étaient rien du tout, une version moderne des fourches caudines (on se met à quatre pattes et on défile sous les jambes des grands qui vous fessent au passage) et puis un chapeau ridicule qu'il fallait porter pendant trois jours. Alors je suis devenu scout. Je me rappelle le jour où mon uniforme est arrivé, tout vert et plissé, le foulard, je le gardais pour aller me coucher. Les autres étaient si gentils.

On se retrouvait le soir au gymnase de l'école et je me balançais sur la corde comme Tarzan lui-même et personne ne m'en empêchait. Pour mon initiation, ils m'ont déshabillé et m'ont abandonné en pleine nature après m'avoir bandé les yeux. Une torture. Je suis rentré chez moi huit heures plus tard, malade d'humiliation. Eddie était dans le coup. Il disait que les autres se seraient moqués de lui s'il avait refusé. J'ai démissionné le lendemain. Ils m'ont tous dit que maintenant que c'était fini j'aurais mieux fait de rester avec eux pour participer à l'initiation des suivants, mais je n'étais pas à la hauteur pour ce genre de choses. Cette année-là, la troupe a décroché plus de badges que toutes les autres troupes de l'État et le gouverneur est venu lire un discours au banquet annuel ; des années plus tard, j'ai vu le fils de notre chef de troupe à la télé. Il présentait les informations, décrivait des meurtres. Quant à Eddie il vend des assurances. Moi pas.

— Hoover, vous vous promenez d'un côté à l'autre de la route.

— Je ne me promène pas, dis-je. Ce n'est pas une partie de plaisir.

A l'instant même, un klaxon m'a beuglé un *la* dans l'oreille gauche et quelqu'un a gueulé : « Et ton clignotant, connard ! »

Tina s'est penchée en avant pour lisser la chevelure de Ralph.

— Hoover, comment se fait-il que nous ne sortions presque jamais comme ça ?

— Comme ça ? Sortir comme ça ?

— Eh ben oui. Tous ensemble. Comment se fait-il que nous restions si souvent à l'intérieur ?

Je ne répondis pas. L'herbe est toujours plus verte... mais j'avais cessé de le penser. Pour la première fois de ma vie, je me contentais de mon herbe à moi, de ma propre maison, peuplée de ma propre famille, ceux que j'aimais, ceux pour lesquels j'aurais fait n'importe quoi, ceux auxquels je pouvais parler.

Mais la rue était pleine de représentants de l'espèce humaine. J'avais déjà eu affaire à eux, je les reconnaissais à première vue, ces Terriens. Pas moyen de les confondre avec des Martiens. Jamais des Martiens n'auraient été assez bêtes pour avoir cette allure-là, les membres pendouillant, bras et jambes de part et d'autre du corps, ne demandant qu'à se faire arracher par la première voiture de passage, ou tordre et déformer à la naissance pour des raisons que personne ne connaît. Trop de pièces mobiles, ce corps humain, et toutes ces petites cellules grises du cerveau, tous ces systèmes électriques, ce câblage de l'épine dorsale, les courts-circuits sont presque inévitables. Les chromosomes ne sont pas livrés avec garantie d'usine, on ne bénéficie pas d'une période d'essai gratuit de deux à quatre semaines. Non, c'est une race sans garantie. Qu'on naisse mal et l'on est renvoyé à l'usine, les rebuts étant emmagasinés à l'Hôpital des Enfants, inaptes à la consommation humaine, pour y moisir éternellement sous les ampoules fluorescentes de l'anesthésie et de la stérilité, obscurs, rejetés.

Mais moi, je ne les rejette pas. Je voudrais les sortir de l'obscurité.

Si j'étais martien, j'aurais l'air d'un ballon de plage, rond, rebondissant, jamais meurtri. Fait pour encaisser les coups, gonflé de rien d'autre que d'air, rien qui risque de se dérégler, des sons agréables du genre *boing-boing* pour langage, tous de la même couleur, de la même taille, tous de la même odeur. Personne pour nous haïr. Personne pour avoir raison.

Je menais le break par les rues, observant tout sur mon passage.

Le genre humain. Les zêtres-zumains. Les gens. Je m'en rappelais quelques-uns moi-même, que j'avais connus jadis.

Quand j'étais jeune, il y avait des tas d'enfants de mon âge dans le quartier et dans l'immeuble, des bébés de la bombe, nés en pleine expansion urbaine sous le règne d'Ike en ces temps d'insouciance dans des rues bordées d'arbres. On jouait aux pompiers. Nous construisions des cabanes de carton et nous fuguions en emportant des sandwichs de beurre de cacahuète pour nous intégrer à des bandes de jeunes qui se rendaient coupables de menus larcins, révéraient Popeye, dormaient les uns chez les autres et jouaient à Superman. Je les ai emmenés avec moi, ces amis d'enfance, au lycée où nous nous sommes mis à sortir et à danser, premières expériences sur des sièges de voiture, avec tous les mensonges afférents. Puis à la fac, à l'université d'État où nous partagions des piaules, apprenant à notre tour à railler les autres tribus moins avancées que nous et moins intelligentes — ça nous en étions sûrs. Nous qui partagions tant d'années de complicité qu'un seul mot d'un seul d'entre nous suffisait à amener cinq minutes d'éclats de rire, faisant surgir des références incompréhensibles au commun des mortels, tandis que nous tardions à nous endormir dans nos piaules, vautrés sur nos lits étroits, occupés à nous féliciter sur nous-mêmes, notre toute petite fierté. Nous nous aimions tant nous-mêmes à cette époque-là.

Mais certains d'entre nous mûrirent et d'autres pas — du moins fût-ce ce dont on m'accusa — debout sur le quai de mes opinions, auxquelles je m'accrochais alors que les autres changeaient, je leur ai dit adieu avec des grands gestes à tous l'un après l'autre, à mesure qu'ils prenaient femme ou emploi, nouveaux caméléons sur la toile de fond bariolée du monde, tous sauf moi. Eddie prétendait qu'on ne peut pas se battre contre tout le monde toute sa vie mais je lui ai dit que je croyais que c'était ce que j'allais faire, « tu perdras », me dit-il et j'ai répondu que je le savais bien et qui aurait voulu de la victoire de toute manière une fois perdus tous les amis. Je suis resté le même. Je ne les ai jamais revus.

Je suis passé avec le break sous trois viaducs tout en exécutant une espèce de descente en vrille par les bretelles d'accès d'une voie express voisine dont je suis ressorti à pleine vitesse pour éviter à la dernière seconde un Noir qui passait, portant un singe rhésus. Drôle de spectacle, songeai-je. C'était un quartier noir autrefois. Voilà que les singes s'y installent maintenant.

Freinant pour éviter cette fois un Suédois du troisième âge, je pris la direction des lointaines banlieues ouest où la vie est belle et où l'on a même vu des commerçants refuser la carte d'identité de ceux qui les paient par chèque.

Nous avons croisé un autocar plein d'enfants d'une école luthérienne Saint-Quelqu'un, les visages collés contre les vitres, se grimpant les uns sur les autres dans le chahut, m'adressant des gestes obscènes ou pressant leurs fesses nues contre la fenêtre. Des enfants normaux, quoi.

Dans ma voiture, Ralph et Harold regardaient tranquillement par leur fenêtre et à côté de moi Mickey souriait en fredonnant doucement pour lui-même. Tina ne disait rien.

Sautant par-dessus le rebord de la bretelle de sortie, je rebondis jusque dans une station-service à l'instant même où l'automobile s'arrêtait en crachotant, l'aiguille en plein sur le demi-réservoir, ce qui signifiait évidemment qu'il était absolument vide. La nature, prouvant qu'elle était le meilleur guide en toute chose, triompha de nouveau. Les voitures s'arrêtent quand elles n'ont plus d'essence, inutile d'aller mettre son nez dans ce genre de mystère, il suffit de faire confiance à cette force naturelle si voisine du zen qui dérive à travers le cosmos, l'OPEP.

J'en pris pour deux dollars tout rond, en self-service. Je ne fais jamais le plein en prévision du malheur toujours possible qui me jettera contre une pile de pont — on imagine toute l'essence perdue. Les économies d'énergie sont l'affaire de tous et de ce point de vue-là je suis pour le moins un citoyen modèle.

Je gagnai le guichet du caissier, une vitre triplex en feuilleté renforcé d'une résine de polyuréthane polymérisée à l'épreuve des balles où s'ouvrait une minuscule fenêtre.

— Deux dollars. Pompe numéro un.
— Liquide ou carte de crédit ?
— Vous prenez la Compagnie des Indes ?
— Non, monsieur.
— Alors liquide, pourquoi le demander ? Y aurait-il des toilettes ?
— Oui, là-bas derrière.

Les toilettes de station-service ont toujours été pour moi un sujet de recherches personnelles passionnantes. Rien n'est plus glauque que des toilettes d'autoroute mal tenues.

Mais rien n'est aussi agréable et réconfortant, quand on est loin de tout, que des toilettes toutes propres, bien chauffées et bien approvisionnées. En l'occurrence, je dus aller chercher l'éponge et la raclette des pompistes pour nettoyer avant que Ralph ne puisse s'en servir et j'étais plongé dans ce travail quand j'ai entendu les cris qui venaient de l'extérieur.

Le break était arrêté museau aplati contre la station de gonflage, elle-même curieusement tordue. Mickey était à la place du conducteur et mâchonnait gaiement le volant en marmonnant « oh mon petit qu'est-ce qui se passe oh mon petit qu'est-ce qui se passe ? ». Le tuyau de caoutchouc faisait des bonds de serpent épileptique. Le cœur dans la gorge, je passai en revue les enfants. Aucun ne semblait avoir souffert, mais il fallait que je songe à Ralph demeuré dans les toilettes.

— Vous auriez dû prendre vos clés, Hoover, vociféra Tina, palpant la tête de Harold pour s'assurer qu'il n'avait rien.

— Merci de partager ainsi vos sentiments, répondis-je.

Puis j'allai en toute hâte récupérer Ralph.

Quand je ressortis des toilettes, je vis le pompiste qui faisait le tour des dégâts en hurlant contre Tina qui rougissait timidement sans répondre. Il s'époumona en direction de Mickey à travers la vitre, mais ce dernier se contenta de sourire et le pauvre type couvert de cambouis se dirigea vers Harold.

— Non mais des fois, où vous vous croyez, les mômes ? demanda-t-il en hurlant.

Ses doigts noirs et graisseux s'attardaient sur les poignées des portes que Tina s'était empressée de verrouiller avec pour effet de le rendre plus furax encore. Il se mit à marteler le toit à coups de poing.

— Il m'a coûté quatre cents dollars, ce gonfleur, bande de petits cons.

— Votre corps mérite d'être criblé de coups de poignard, crut bon de lui signaler Harold.

C'était plus que le type n'en pouvait supporter. Il se mit à faire le tour de la voiture en essayant successivement chaque portière, Tina cria à Mickey de verrouiller la sienne mais il ne comprit pas. L'homme l'ouvrit à grand fracas et tendit les mains à l'intérieur pour attraper Mickey.

— Espèce de petit...

Heureusement que j'eus la présence d'esprit d'empoigner le tuyau d'air comprimé et de le fourrer dans la ceinture de son pantalon jusqu'au fond. Quand il se mit à bondir en glapissant comme un chacal éperdu, je compris qu'il était grand temps de partir.

Reprenant la route et le courant de mes pensées, je m'avisai soudain que *Madame Butterfly* risquait de passer carrément au-dessus de la tête de la Commission des Méthodes et Moyens. Peut-être fallait-il trouver quelque chose de plus accessible — voire une opérette populaire — tiens, *Camelot*. Nous pourrions utiliser mes vieux collants et mes justaucorps de danse comme costumes, et Tina, tissant ses trombones, ferait d'excellentes cottes de mailles.

Oui, songeai-je, et les enfants pourraient me chanter *Si jamais je devais vous quitter*, peut-être même à genoux, véritable prière musicale adressée à la Commission des Méthodes et Moyens afin qu'elle les autorisât à demeurer près de moi. Et moi-même, à propos de ma propre maisonnée, ne pourrais-je entonner le célèbre couplet :

*Bref, il n'existe pas
D'endroit plus adéquat
Pour vivre heureux et avoir beaucoup d'enfants
Que chez moi, que chez moi...*

— Taisez-vous, dit Tina.
— Je répète, vous permettez ?

Une fois encore je m'essayais au ténor, le genre d'illusion qui finit toujours par vous rattraper, comme cette autre illusion que je pourrais toujours changer pour Paula, et cette autre pire encore que Paula désirait me voir changer. Ah, tous ces rêves ! A vrai dire, les seuls dragons qui méritent d'être tués sont à l'intérieur du chevalier. C'est le paradoxe des démons personnels : pour les détruire, il faut qu'on meure aussi. Paula l'avait toujours su, moi pas.

Non, décidément, c'était trop juste, impossible de changer. Ce serait *Madame Butterfly*. Jouer son propre rôle à gorge déployée, vaincre ou mourir les tripes à l'air. Fermez le ban !

Nous nous arrêtâmes dans un grand crissement de pneus et de freins devant le costumier du West Side, juste à temps pour voir un nabot cadenasser la porte principale.

— Eh là, attendez, criai-je dans son dos tandis qu'il s'éloignait. Quelle heure est-il ?

Il se tourna avec un étrange sourire ricanant sur le visage pour examiner le chargement de ma voiture.

— C'est l'heure de faire dodo, le marchand de sable est passé, dit-il en poursuivant son chemin.

— Cinq heures et demie, dit Tina. Vous auriez dû prévenir par téléphone.

— Je n'ai pas besoin de vous pour savoir ce que j'aurais dû faire.

— Je vais te sortir les boyaux, dit Harold.

— Tiens, v'là aut'chose, dis-je en me tournant vers lui. Écoute un peu, Harold, il faut projeter, tu m'entends ? Comment veux-tu qu'on t'entende au deuxième balcon si tu parles dans ta barbe ? Allons, répète après moi : JE VAIS TE SORTIR LES BOYAUX.

— Allez vous faire foutre, toi et ton cheval, dit Harold.

Je fis alors effectuer à mon véhicule un virage en W semi-elliptique, utilisant le trottoir devant chez le costumier dans l'espoir d'écraser le nabot mais choisissant en définitive de l'utiliser pour faire diversion et détourner l'attention d'éventuels témoins du fait que je faisais marche arrière en travers de deux voies à sens unique, d'une piste cyclable, d'une voie réservée aux autobus et de quatre emplacements de stationnement prioritaires, contrevenant ainsi à sept lois et règlements à la fois, mon record à ce jour.

— Vous avez pris la mauvaise direction, Hoover, dit Tina.

— Merci.

Je me suis légèrement assoupi quelque part entre le troisième stop et le quatrième feu rouge, rêvant à la jolie fille de mon cours de danse, distinguant son visage parfait sur le fond du splendide coucher de soleil que j'avais sous les yeux — tiens, le soleil se couche à l'est aujourd'hui, va savoir ! Et puis, je me suis rendu compte que j'étais embarqué dans une longue glissade latérale de haut en bas d'une grande rue dont je renversai toutes les poubelles au passage pour aller m'immobiliser au beau milieu d'un carrefour où des véhicules arrivaient de toutes les directions à la fois.

Tout autour de moi, des avertisseurs cornaient. Je pris une profonde inspiration. Une voiture s'approcha de la mienne par la gauche, et le conducteur baissa sa vitre pour brandir le poing dans ma direction. Les yeux me sortaient des orbites. Constatant que j'étais parfaitement coincé, je me laissai aller sur mon siège et observai un homme d'affaires qui attendait son autobus, sa mallette brillant dans le soleil, en route pour un dernier rendez-vous ou peut-être tout simplement pour rentrer chez lui. Un détachement de petits livreurs hilares se tenait devant un magasin de spiritueux et un groupe d'écoliers faisait la queue pour profiter du spectacle de cet enchevêtrement automobile. Plusieurs boutiquiers avaient mis le nez à la porte de leur commerce. Je vis passer une infirmière. A côté de chaque immeuble, il y en avait un autre et à chaque fenêtre une silhouette humaine. Des avocats et des comptables, des vendeurs et des chasseurs de têtes et des négociants en produits alimentaires. A côté de moi, Mickey a tourné la tête vers moi pour me sourire puis il m'a touché la jambe avec la main. Ralph s'était mis à chanter à l'arrière, le genre d'air qui n'était qu'à lui et, tout au fond, Tina entonna doucement un couplet de *Je veux qu'on m'enterre avec ma selle et mes bottes.* Et alors, sans trop savoir pourquoi, je me suis mis à rire. Il y avait un avertisseur qui cornait en rythme. J'en assenai de grandes tapes joyeuses sur le tableau de bord.

L'homme qui avait brandi son poing dans ma direction se pencha à sa fenêtre et hurla :

— Dis donc, connard, t'as eu ton permis de conduire dans une pochette-surprise ?

Et Harold, abaissant sa propre fenêtre, se mit à gueuler :

— JE VAIS TE SORTIR LES BOYAUX.

12

— Mr. Sears ?
— Oui.
— Nous sommes les représentants de la Commission des Méthodes et Moyens de...
— Oui, j'ai reçu votre notification. Donnez-vous la peine d'entrer.
— Merci.
— Je vous en prie.

Je les avais vus arriver dans un break jaune bec-de-canard, deux femmes et un homme. Une des femmes était Mrs. Marie, je me la rappelais de mon premier entretien à l'Hôpital des Enfants. Elle avait meilleure allure en plein air.

Je leur fis signe de gagner le salon d'un geste que j'avais vu à la télévision une fois, bien longtemps auparavant, le genre de choses que font les gens normaux. J'avais répété devant ma glace. J'ai refermé la porte d'entrée doucement derrière eux, mais pas moyen de la faire rester fermée. Alors je l'ai claquée aussi violement que j'ai pu sans attirer l'attention, mais elle s'est quand même rouverte un petit peu. Je les ai suivis jusqu'au salon où j'avais passé l'aspirateur le matin même et épousseté à l'aide d'un chiffon imbibé de Pliz.

— Je vous en prie, installez-vous confortablement, dis-je

en retapant les coussins du divan mais pas trop gonflés non plus. Je suis très heureux de cette visite. Vous n'avez pas eu trop de mal à nous trouver ?

— Non, dit l'homme, un monsieur efficace, bien mis, soigné, la quarantaine aurais-je dit, manteau en poil de chameau. Non.

— Toutes ces voies express, on s'y perd, je le sais, dis-je. Et au prix où est l'essence aujourd'hui, c'est à ne pas croire. Vous prendrez bien quelque chose ? Je viens de faire du café, du thé et j'ai des boissons non alcoolisées, j'en ai même de basses calories pour les régimes.

Faut leur causer bien comme il faut à ces gens-là, aujourd'hui, me disais-je. Surtout pas risquer le malentendu. Pas maintenant, pas avec ce qui est en jeu.

Mrs. Marie m'a regardé. Brusquement, ma main n'a pas pu s'empêcher de prendre le chemin de ma cravate. Gêné, j'étais. Peut-être l'avais-je mal nouée. J'avais essayé d'en choisir une pas trop voyante mais en même temps pas triste. En boutonnant le bouton du milieu du veston de mon costume, je remarquai que l'étiquette y était encore agrafée. Je l'ai arrachée, en leur tournant brièvement le dos, et j'ai fourré l'étiquette dans ma poche en maudissant les teinturiers. D'autant que l'agrafe y était encore, elle. Je les ai priés de m'excuser et je suis passé dans la cuisine chercher une fourchette pour l'ôter. A mon retour, j'avais les deux boutons du haut boutonnés J'avais consulté le bouquin acheté le matin même. C'était le boutonnage recommandé pour les costumes à trois boutons.

— Eh bien, dis-je, vous avez eu le temps d'écouter les informations ? Décidément, les Tigres sont imbattables cette saison, qu'en dites-vous ? Si j'ai bien compris, il va pleuvoir dès demain. C'est tout de même extraordinaire.

L'homme avait ouvert sa mallette face à lui sur ses genoux. Il feuilletait des rames et des rames de formulaires et de papiers, en quête de quelque chose. L'autre bonne femme considérait le salon d'un œil critique. Je me levai et marchai droit sur elle la main tendue.

— Oh, pardon. Je me présente. Hoover Sears. Heureux de faire votre connaissance.

Je lui donnai une poignée de main ferme mais pas trop.

— Je m'appelle Dolorès Saber, dit-elle. Docteur Dolorès Saber.

— Enchanté.

Je tendis la main au monsieur assis à côté d'elle.

— Hoover Sears. Très heureux de faire votre...

— Bill Patterson, dit-il.

— Enchanté.

— Écoutez...

— Quant à moi je vais très bien je vous remercie, et vous-même ?

— Écoutez...

— Voulez-vous me confier vos manteaux ?

Mais ils n'en portaient pas. Ils ont continué à regarder à gauche et à droite encore une minute et Mrs. Marie a posé son doigt sur son sourire. Se moquait-elle de moi ?

— Je reviens tout de suite, leur dis-je. Installez-vous confortablement, je vous en prie.

J'ai déjà dit ça, songeai-je en regagnant la cuisine, ça ne se passe pas bien.

J'avais acheté un livre de cuisine ce matin-là pour y apprendre la préparation des hors-d'œuvre. J'avais passé la moitié de la nuit à y réfléchir et toute la matinée à confectionner des petits canapés dont je m'étais laissé dire qu'ils étaient délicieux l'après-midi. J'apportai le plateau et les serviettes. Personne ne prit rien à l'exception de Mrs. Marie. Elle en prit deux mais eut un petit rire gloussant en les voyant, sans doute une erreur de préparation me dis-je. Elle me taquinait.

— Eh bien, que dites-vous des exploits des Tigres ? demandai-je.

— Écoutez, Mr. Sears, nous aimerions voir les enfants, dit la personne ayant trouvé le morceau de papier qu'il cherchait et en ayant passé une copie au docteur Saber et à Mrs. Marie.

Je ne parvenais plus à me rappeler si, dans mes projets, ma remarque suivante devait avoir trait aux machins que j'avais accrochés au mur pour décorer le salon ou de nouveau à la météorologie.

— Mr. Sears, dit Patterson, les enfants.

Mrs. Marie possédait les plus extraordinaires yeux verts que j'eusse jamais vus. La mer. Elle était vêtue pour le travail, bien coupé et très sérieux. De cette manière qu'ont les jolies femmes de s'habiller, tournant à leur avantage le caractère asexué qui s'impose pour en faire quelque chose de très séduisant sans avoir l'air de le faire exprès. Elle se leva et s'éloigna du divan en quatre pas précautionneux, regardant le morceau de papier, puis, levant de nouveau les yeux, elle me regarda et sourit encore. Mais c'était un sourire différent. Il recouvrait, me sembla-t-il, quelque chose d'autre. Sous le sourire, à l'intérieur de ses yeux, il y avait une tristesse, je le vis, que j'avais vue chez bien des gens bien des fois et souvent sur mon propre visage dans le miroir quand je regarde assez longtemps. J'imagine qu'il est des choses qui finissent toujours par transparaître et Mrs. Marie n'aurait pas pu cacher entièrement cette part d'elle-même. Alors, pour la première fois de la journée, je restai sans voix, parce que c'est toujours l'effet que produisent les choses réelles : il n'y a rien à dire.

Ses cheveux étaient coiffés comme ceux d'un page et je me mis à penser à elle le matin, obligée de se coiffer avec soin, embêtée de devoir se donner tant de mal — d'avoir choisi de devoir se donner tant de mal — pour être acceptable aux yeux du monde, chaque jour. Mais ici, dans mon salon, elle était vraiment belle, et son parfum trouvait son chemin jusqu'à moi beaucoup plus clairement qu'il n'avait pu faire ce premier jour à l'hôpital quand tant d'effluves astringents le circonvenaient. Ses airs taquins n'étaient qu'une couverture pour la présence d'un cœur là-dessous, je le savais et, de le savoir, je ne pus que rester là les yeux écarquillés parce qu'il y avait si longtemps que je n'avais pas vu ça. Depuis Paula pour être précis.

— Mr. Sears...

— Les enfants, oui, dis-je en pivotant sur moi-même pour faire face à Patterson. Vous savez qu'on avait annoncé qu'il allait pleuvoir toute la journée ici, aujourd'hui. C'est du moins ce que...

Ma voix mourut d'elle-même et je conclus :

— Je vais les chercher. Leurs bagages sont faits.

Je déposai le plateau d'amuse-gueule tout près de Mrs. Marie sur la tablette du divan, me courbant très bas pour ce faire et m'attardant quelques secondes dans cette position, me demandant si elle n'allait pas me chuchoter quelque chose qui changerait tout.

Quand nos yeux se croisèrent à une si courte distance, je ne sus comment réagir et donc, comme toujours, je ne réagis pas. Comme toujours, je ne réagis pas.

Je quittai la pièce.

J'avais jugé préférable de ne pas annoncer *Madame Butterfly*. Qu'ils reçoivent cela comme une merveilleuse surprise, songeai-je. Toute la splendeur spectaculaire de l'opéra au beau milieu du salon. Je baissai toutefois un peu l'éclairage en sortant, et quand les enfants furent tous alignés dans le vestibule, je déposai le bras du tourne-disque que j'avais relié aux haut-parleurs disposés tout autour du salon et mis le son à plein tube. La magistrale ouverture de Puccini retentit avec éclat et le spectacle put commencer.

C'était Ralph qui devait faire la première entrée sous les traits de Goro le marieur, équipé d'un kimono taillé dans un drap de lit et de chaussettes noires. Je tentai de lui donner des indications depuis la coulisse, mais il ne regardait pas dans ma direction. Il s'est mis à tourner en rond, désemparé, devant ces messieurs-dames de la Commission des Méthodes et Moyens, leur jetant des regards timides, ne sachant que faire. Alors, il a fini par s'asseoir par terre, il a ôté une de ses chaussettes et l'a secouée à hauteur de ses yeux, avant de la tendre à Mr. Patterson qui a repoussé son geste avec une certaine grossièreté puis a ouvert et refermé la bouche à plusieurs reprises — peut-être qu'il disait quelque chose à Ralph, mais la musique était si tonitruante que je n'entendais rien et, de fait, le mouvement de sa bouche coïncidait parfaitement avec le récitatif qui sortait au même moment des haut-parleurs, de sorte qu'un instant, il eut l'air de chanter.

Entre-temps, je m'étais quant à moi retiré dans la buanderie pour me poudrer et me costumer en vue de mon entrée, tandis que Tina rassemblait Harold et Mickey dans le vestibule, brandissant le sabre de carton avec lequel je devais me tuer par la suite, au dernier acte.

Harold, dans le rôle du lieutenant Pinkerton, avait revêtu mon uniforme de scout et Mickey, dans le rôle du consul Sharpless, portait un veston de sport et une cravate. Tina avait arrêté son choix sur une nappe au motif assez compliqué, trouvée dans un tiroir, dont elle s'était fait un kimono en la drapant par-dessus sa chaise, de telle sorte qu'elle semblait flotter, motorisée, juste au-dessus du plancher. Dans le rôle de la fidèle Suzuki, elle gardait le sabre en attendant le moment fatidique.

Quand les trois autres personnages eurent fait leur entrée, à contretemps, la Commission des Méthodes et Moyens se mit à marmonner des trucs en remuant des paperasses, tout en se plaquant au divan. Je fis une entrée grandiose, comme le veut le livret, chaussé de claquettes de plage et de chaussettes blanches, enveloppé d'un peignoir de bain et coiffé d'une perruque noire dans laquelle j'avais planté deux crayons. L'effet du tout était rehaussé par le grand éventail que je faisais papillonner devant mes yeux de geisha, un éventail que j'avais confectionné en pliant en accordéon la lettre rose reçue de la Fondation d'État pour la Santé Mentale.

Je ne cessais d'aller et de venir à la lisière de l'espace « scénique », marchant à petits pas « japonais », un élastique autour du front pour m'étirer les yeux à l'asiatique, et je remarquai que Mrs. Marie cachait son rire derrière son poing. Dès l'air de soprano du 1er acte, je me rendis compte à quel point j'étais loin de mon baryton naturel, plus loin encore qu'avec les airs de ténor, et, bientôt, tandis que les enfants entreprenaient de réduire leurs costumes en lambeaux à coups de dents, errant sans but à travers le salon, je me rendis compte aussi du désastre qui me pendait au nez, tragique erreur de plus dans la longue série qui constituait ma vie.

Le vrai désastre a effectivement commencé quand Mickey a avalé le plus clair de la cravate qui lui pendait au cou et s'est mis à s'étrangler devant le docteur Saber en se convulsant par-dessus ses genoux qu'elle tenait bien serrés l'un contre l'autre. Elle a reculé et j'ai pu l'attraper avant qu'il vomisse. Saisissant la cravate par l'extrémité, je lui ai doucement massé le cou en tirant sur le machin qui est ressorti, centimètre par centimètre, humide, gluant et puant mais parfaitement inoffensif. Cependant, la seule vue de ce long truc trempé, quelque chose comme un ver de terre d'un bon mètre, a suffi à la rendre verte et elle a détourné les yeux et s'est réfugiée contre l'épaule de Mr. Patterson qui s'est alors donné un visage où ne se lisait plus que la colère. Colère qui n'a fait que s'intensifier quand Mickey, la gorge enfin libre, est grimpé sur les genoux du docteur Saber et a défait sa braguette.

La voix de baryton de Sharpless, déversée en flots par les haut-parleurs, suppliait Pinkerton de ne pas s'engager avec Butterfly, mais Pinkerton s'en moquait bien.

— Non, s'écria le docteur Saber, retrouvant son équilibre, et sachant montrer l'autorité adéquate à la situation, non, non, non et non, cela ne se fait pas ! C'est mal, ce n'est pas bien ! Refermez votre braguette, jeune homme, ou vous irez au piquet. Vous m'entendez ? On va vous mettre au...

Mickey la regarda sous le nez et, brusquement, son sourire tordu disparut.

— Qui suis-je ? lui chuchota-t-il.

Puis il lui empoigna l'entrejambe.

— Où est votre salle de punition ? hurla-t-elle à mon adresse, se relevant brusquement.

Du coup, Mickey glissa tout contre Mr. Patterson qui eut un geste de la main pour protéger sa collègue.

— Où est votre salle de punition et d'isolement, Mr. Sears ? insista-t-elle. Ce garçon a besoin d'une leçon. Mettez-le au coin.

— Plaît-il ?

— Le coin, le piquet, intervint Patterson. Vous ne les mettez pas au coin quand ils refusent de réagir à une suggestion verbale ? Quel est le protocole des soins de cet enfant ?

— Le proto... ?

— Que faites-vous quand il agit ainsi ? Quelle est votre méthode face à ces pratiques masturbatoires ? Ne le mettez-vous pas en salle d'isolement pour lui apprendre à refréner ce comportement auto-érotique ?

— Il ne fait de mal à personne.

— Ce n'est pas ce dont je vous parle. On ne peut pas le laisser se masturber comme ça n'importe où.

— Ah bon, pourquoi ? Cela vous gêne ?

— Moi non, mais...

— Viens, Mickey, lui dis-je.

Il allait se lever du divan mais fut renversé par Harold qui venait de bondir en poussant un hurlement strident et se précipitait vers le mur, à toute vitesse, pour échapper à je ne savais quoi qu'il croyait avoir vu. Un instant éberlué, Patterson se ressaisit et agrippa fermement Harold par le bras. D'un grand coup de poing dans la poitrine, là où était censé être son cœur, Harold le fit retomber sur le divan.

— Va te faire enculer ! gueula Harold. Va te faire enculer !

Et il repartit en trombe vers le mur, à côté duquel il se laissa tomber à genoux, frissonnant dans sa peau comme en un sac. Patterson se releva d'un air irrité et alla saisir le gamin par le biceps, trop fort, cette fois, pour qu'il pût se dégager. Harold poussait des cris stridents.

— Non, mon garçon. Tu vas me faire le plaisir de surveiller ton langage. Allons, debout !

— Mais vous l'avez attrapé par le bras, intervins-je. C'est sa façon à lui de demander qu'on le lâche, qu'on lui fiche la paix.

— Ce n'est pas une façon convenable de demander quoi que ce soit, dit Patterson, entraînant jusqu'au divan Harold qui décochait des coups de pied et des ruades.

Sur le divan, il contraignit l'enfant à croiser les bras et lui tint fermement les mains dans le dos, à la manière d'une camisole de force. Il reprit :

— Il faut dire : « Voulez-vous me lâcher, s'il vous plaît. »

— Va te faire enculer ! hurla Harold.

Les yeux lui sortaient de la tête, on aurait cru qu'ils allaient exploser, il était en nage et il tremblait.

— « Voulez-vous me lâcher, s'il vous pl... »

— Fichez-lui la paix, j'ai dit. Il est ici chez lui, pas vous.

Patterson a levé les yeux sur moi.

— Il a cessé d'être chez lui ici, qu'il a dit.

Mickey lui a sauté dessus, se vautrant mollement sur lui en même temps que sur Harold, en se tordant de rire, et c'est exactement à ce moment que le docteur Saber s'est écriée :

— Oh, quelle horreur !

Pivotant sur moi-même, j'ai découvert Ralph, tout nu sur son kimono redevenu drap tout chiffonné, au beau milieu du plancher, enfonçant des excréments dans ses chaussettes noires qu'il faisait balancer devant son visage. L'odeur voyageait vite et le docteur Saber, qui devait pourtant l'avoir déjà reniflée dans le passé, s'est couvert la bouche de la main et a traversé le vestibule en courant vers les toilettes.

Harold a profité de la couverture de Mickey pour se dégager et échapper à Patterson. Mickey lui donnait des baisers et ça l'a fichu dans une telle rogne qu'il l'a jeté par terre en le repoussant violemment, mais c'est à ce moment précis que Harold lui a donné une baffe en pleine figure. Alors, il s'est levé d'un bond, a attrapé le gamin par la tête et l'a contraint à se mettre à genoux.

Harold s'est mis à pleurer puis à crier de douleur — j'ai vu que Patterson ne se maîtrisait plus. Il a tordu le bras de Harold en vociférant :

— Où est votre salle de punition et d'isolement ?

Alors mes propres bras ont quitté mes côtés pour aller entourer la taille de ce bonhomme, le soulever de terre en le contraignant à lâcher Harold, puis le précipiter contre le sol à mes pieds. Je hurlais moi aussi.

— Je vous interdis de lui faire mal ! Bas les pattes ! Quel sale individu vous faites ! Vous ne comprenez donc rien à rien ! Vous ne voyez pas que ce n'est pas vous qu'il frappe, mais lui-même ?

Et d'ailleurs, Harold avait détalé jusqu'au mur le plus éloigné contre lequel il s'était blotti et il se mit à se cogner lentement la tête contre la surface de plâtre, un peu plus dur à chaque coup.

— Ah, je vous retiens ! ai-je encore crié à Patterson avant de traverser la pièce pour aller m'occuper de Harold.

— Ça suffit comme ça !

C'était le docteur Saber de retour des toilettes. Elle avait son calepin à la main.

— Mr. Sears, ça suffit comme ça ! Vous allez me signer ce formulaire de renonciation. Jim, allez donc chercher la voiture.

Elle s'est mise à avancer vers moi, calepin brandi, et Patterson s'est emparé du calepin et a marché sur moi lui aussi. Moi, j'ai reculé. Et j'ai trébuché sur Ralph et je suis tombé à la renverse. Je me suis retrouvé sur le cul, et j'ai encore reculé.

— Mr. Sears, il faut signer...

Je faisais non de la tête, en la secouant, comme ça, quand deux roues sont venues s'interposer en bourdonnant entre la Commission des Méthodes et Moyens et moi. J'ai vu que c'était Tina. Elle pointait contre eux le sabre de carton et faisait elle aussi « non » de la tête. Saber et Patterson ont encore fait un pas dans notre direction. Elle leur a agité le sabre sous le nez. Ils se sont immobilisés sur place.

Je ne fis pas un geste, je regardais, la sueur me dégoulinait de partout, mes bras tremblaient un peu sous le coup de l'émotion. Lentement, Ralph s'est levé et il est venu me rejoindre. Il a jeté un unique coup d'œil à la Commission des Méthodes et Moyens et il a grimpé dans mon giron, tout nu, pour enfouir ses yeux contre ma poitrine, à l'endroit où battait mon cœur.

— Mais enfin, Sears, que faites-vous au juste pour ces enfants, hein, je vous le demande ? a fait Patterson, sarcastique. Enfin, tout de même...

Tina l'a interrompu brusquement. Elle s'est éclairci la gorge, les yeux collés au visage du bonhomme.

— Il veille sur nous au beau milieu de la nuit et s'endort près de nous sur nos lits quand un cauchemar nous a réveillés et nous fait trop peur.

Puis la voix lui a manqué. Elle a bien essayé de déglutir, mais peine perdue.

— Écoutez...

— Il rit, dit Tina, reprenant brusquement la parole, ayant trouvé je ne sais quel élan en elle-même. Et il nous fait rire aussi. Nous rions tous ensemble. A l'hôpital, personne ne rit jamais. Il est...

Et elle s'interrompit de nouveau, mais cette fois le temps de réfléchir, l'épée de carton toujours brandie.

— Il est comme nous, vous comprenez... fut tout ce qu'elle dit, les yeux baissés un instant, jusqu'à ce qu'elle se souvînt des gens qu'elle affrontait et s'empressât de les zieuter d'un air de défi.

Personne n'esquissa plus le moindre geste pendant très longtemps. Je regardais les trois personnes debout devant moi, Mrs. Marie un peu en retrait sur les deux autres. Ses yeux étaient très doux et elle semblait ne plus trop savoir. Elle n'était pas comme les deux autres, oh non! Je me dressai sur les genoux, tenant Ralph dans mes bras devant moi. Et je me remis à parler.

— Ne les reprenez pas, que j'ai dit. Non, ne les reprenez pas.

Et des larmes me ruisselaient sur la figure désormais, où elles se mélangeaient aux ruisseaux de sueur. Ralph a tendu la main pour cueillir une larme avec ses doigts puis il l'a léchée. Ensuite il a remis son visage contre ma poitrine.

Je soutenais leurs regards, autant que je le pouvais, leurs regards à tous les trois.

— Je vous en prie, ne les reprenez pas.

J'ai eu le sentiment d'une pression contre mon échine,

comme si on m'enfonçait un genou dans la nuque et j'ai compris que c'était Mickey. J'ai senti ses doigts tirer doucement sur mes cheveux et il s'est amené sur le côté et s'est appuyé contre moi. Et Harold est venu à son tour, de l'autre côté, s'appuyer en boule contre mon coude, et j'ai ouvert le bras pour le laisser se blottir contre moi.

Le docteur Saber et Patterson me regardaient, mais leurs regards étaient déviés et comme annulés par les mouvements de ma propre tête qui s'ébrouait en milliers de « non ».

Le silence est retombé sur toute chose.

C'est alors que j'ai cru entendre un papillon, ses ailes palpitant en cercles au-dessus de nous, purifiant le vent autour de nos têtes, m'invitant à partir, à partir loin de tout ça, pour un ailleurs où je serais seul et tranquille. Mais je ne pouvais plus partir. Je ne pourrais plus jamais partir. J'allais rester où j'étais. J'avais trouvé ma famille, ma vraie famille.

— Vous ne pouvez pas me les reprendre, ai-je alors dit, calmement, les yeux fixés droit devant moi. J'ai besoin d'eux. Je suis eux.

13

Les commissaires des Méthodes et Moyens n'ont pas repris les enfants. Ils se sont contentés de reprendre leurs cliques et leurs claques, les mille brisures de leur enquête et les feuilles de papier qui jonchaient le plancher, d'en bourrer à la hâte leur mallette, pris de je ne sais quelle panique gênée, et de se tirer sans un regard, sans un adieu. Sauf elle. Mrs. Marie est demeurée seule tandis que Saber et Patterson se dirigeaient vers leur bagnole et elle m'a contemplé avec ce maintien étrange qui était celui de Paula quand elle retenait ses larmes. Ses manières hospitalières avaient disparu jusqu'à la plus infime bribe et elle me regardait comme se regardent les amants quand ils se rendent compte que rien d'aussi apaisant ne leur arrivera plus jamais, rien d'aussi fracassant, et que tout ce qu'on peut espérer en ce monde de cœurs en miettes c'est d'aimer les morceaux.

La Commission des Méthodes et Moyens décida que je pourrais garder les enfants sous réserve des conditions suivantes : *a*) que je me fasse assister d'une ou plusieurs personnes pour les tâches ménagères, l'entretien et l'alimentation des enfants ; *b*) que je me procure le matériel nécessaire au transport, à l'habillement et à l'alimentation des enfants. Enfin, *c)* que je m'engage à procurer aux enfants les soins et thérapies nécessités par leur état individuel, tels que conseillés par les responsables médicaux de l'Hôpital des Enfants et conformément à leurs recommandations.

La lettre que je reçus pour m'informer de tout cela était signée de Mrs. Marie et, dans sa signature, toute diligente et bien régulière qu'elle était, bien apprise, je perçus la comédie secrète de celle qui a choisi la ligne de plus grande résistance, qui arbore des masques et des visages sans fidélité à son âme, mais par choix. Le sentiment ne lui appartenait pas, les mots n'étaient pas les siens. Elle les avait simplement jetés sur le papier avec le stylo de quelqu'un d'autre.

Mais d'abord parer au plus pressé.
Dring-dring!!!
— Allô?
— Miss Pistol? Hoover Sears à l'appareil. Ne raccrochez pas.
— Qu'est-ce que vous voulez?
— Vous allez bien, Miss Pistol?
— Qu'est-ce que vous voulez?
— Je suis dans les ennuis, Miss Pistol.
— Quels ennuis?
— Une urgence, Miss Pistol. Des vies humaines sont en jeu.
— Quels ennuis?
— Écoutez, Miss Pistol.
— Quoi?
— Je me demande si vous me rendriez un petit service.
— Il n'est pas question que je revienne.

— Non, non, ce n'est pas ça.
— Quoi alors ?
— J'aimerais mieux que vous m'appeliez par mon prénom.
— Ah non, ça je ne crois pas pouvoir.
— Voyons, Miss Pistol. Nous nous connaissons depuis très longtemps.
— Pas du tout.
— Écoutez, Miss Pistol, je vais vous parler carrément parce que j'ai des ennuis et que des tas de gens en ont aussi, vous le savez bien, sur notre pauvre terre. Je vais vous parler carrément et normalement. J'en suis capable quand je le veux.
— Mouais...
— Miss Pistol ?
— Oui ?
— Et le début de saison des Tigres, qu'en pensez-vous, hein ?
— Quoi ?
— Bon, non, au revoir et merci.

Je ne vais tout de même pas me mettre à genoux, pensai-je. Je ne vais tout de même pas la supplier. Plutôt l'honneur que la survie. L'immortel amiral Scott et tous les membres de son expédition sont morts de froid et de faim sans perdre l'honneur, pour avoir refusé — ils en faisaient un point d'honneur — de bouffer leurs chiens de traîneau. Non, pas à genoux. Pas à genoux.

Dring-dring !! A genoux.

— Très bien, Miss Pistol. Je vous en supplie. Il faut que vous reveniez. Les enfants ont besoin de vous. On va me les reprendre si vous ne revenez pas, les remettre à l'Hôpital des Enfants et les y laisser mourir, si vous ne revenez pas. Et j'en mourrai, moi, s'ils meurent. Voulez-vous ma mort, Miss Pistol ? Vous voulez ma mort, n'est-ce pas ? Vous ne trouvez pas que c'est un tout petit peu égoïste, tout de même, Miss Pistol ?

— Écoutez, monsieur Hoover...

— Ah, mais vous m'avez appelé par mon prénom, enfin presque. Miss Pistol, je savais que je pouvais compter sur vous. Je vous paierai beaucoup plus, ne vous en faites pas. Je m'occuperai de vous, vous n'aurez pas à le regretter. J'ai de l'argent.

— Ce n'est pas une question d'argent.

— Voyons, Miss Pistol, bien sûr que c'est une question d'argent. Ne venez pas me raconter à moi que ce n'est pas une question d'argent. C'est une question d'argent.

— Ce n'est pas une question d'argent.

— Mais alors, c'est quoi, Miss Pistol ? Une question de gloire ? La gloire ou l'argent, il faut choisir l'une ou l'autre.

— Ni l'une ni l'autre.

— Mais alors, qu'est-ce que c'est ?

— C'est vous.

— Moi ? Laissez-moi rire. Quoi, je suis trop irresponsable ? Dites qu'on ne peut pas compter sur moi, ne vous gênez pas. Ajoutez même que je suis un sauteur pendant que vous y êtes. Très bien. Vous avez raison. C'est juste. Seulement tout ça va changer. Figurez-vous que j'ai reçu une lettre. Je ne suis plus le même. J'ai changé.

— Vous êtes incapable de changer.

— C'est bien une question d'argent, c'est ça ?

Clic.

Je me suis aussitôt assis à la table de cuisine avec mon

chéquier et j'ai rédigé un chèque aussi vite que j'ai pu pour Miss Pistol, les chiffres et les lettres s'assemblant en un total vraiment monumental sur le rectangle jaune. Je me suis rendu compte que je ne connaissais pas son prénom. J'y ai repensé en le signant et du coup j'ai ajouté encore un zéro, généreuse assurance en ce monde de petits boutiquiers.

Ralph est entré. Il était nu-pieds, on voyait ses orteils palmés deux par deux, il louchait, Joey décapité se balançait au bout de ses doigts, ses chaussettes au bout de ses lèvres. Il s'est arrêté devant moi, a laissé tomber Joey sur la table de la cuisine, a lâché ses chaussettes, renversé la tête en arrière, ouvert tout grand la bouche et pointé un doigt vers l'intérieur.

— Très bien, que je lui ai dit. J'ai faim moi aussi. Voyons voir un peu ce que nous avons.

Nous n'avions rien. Nos seules provisions étaient les restes moisis des canapés maladroitement offerts par moi et dédaignés par la Commission des Méthodes et Moyens, fossiles desséchés d'un nouveau paléolithique, et je sentis dans mes propres os que j'avais franchi un sacré bout de chemin depuis lors. Assis à la table de la cuisine, je conçus la stratégie de ma nouvelle existence et de celle des enfants, tâche neuve et exaltante.

Ralph se hissa sur une chaise, à ma gauche, et déposa Joey, ou ce qui en restait, le cou contre la table, la jambe pendouillant de côté comme la pointe du bonnet d'un bouffon, les bras étalés sur le bois avec l'allure de quelqu'un qu'on aurait flanqué par terre la tête enfoncée dans le sable. Pourquoi, en bonne logique, ne pas commencer mes réparations par là ?

— Ralph, apporte-moi s'il te plaît la jambe de Joey, dis-je. Et sa tête aussi, et demande à Steve s'il veut boire quelque chose.

Ralph m'obéit sans un mot et, pendant son absence, je pris une feuille de papier quadrillée et y inscrivis mon nom, la date du jour et le sujet dans le coin supérieur droit.

> Hoover Sears
> Date du jour
> Ralph, Mickey, Harold et Tina.

Je me rendis compte de nouveau que, dans notre monde de catégories, le seul sujet vrai c'est les gens — quelque chose que j'avais peu à peu perdu de vue au cours des années, depuis que Paula m'avait quitté, mais je me dis que j'étais sur le chemin du retour désormais, en route pour réintégrer le monde des vivants, droit au but, dûment humain, voyant ce qu'il y avait de bon en chacun pour moi et les miens.

Je recopiai par rubriques les suggestions émises par la Commission des Méthodes et Moyens, les noms et les numéros de téléphone des écoles, centres, cliniques et autres institutions accessibles dans mon quartier pour mes quatre enfants-cas, recommandations théoriques et géographiques que je répartis en une liste bien ordonnée sous chacun de leurs noms respectifs, me vautrant par l'esprit dans chacune des recommandations en question, y acquiesçant d'emblée, débordant de bonne volonté. Je débordais de bonne volonté. Pour la première fois de ma vie, je débordais de bonne volonté. Je pris note, mentalement, d'adresser une lettre de remerciement à la Commission des Méthodes et Moyens.

J'imagine que c'était après tout une simple question de gymnastique. Pour qui est-on prêt à s'atteler, pourquoi et dans quel but ? La fin et les moyens. Les moyens d'une fin. Les Méthodes et Moyens — et bien que l'idée de voir quelqu'un d'autre s'occuper de la « formation » de mes enfants me crispât l'estomac — des tas de petits plis se formant là où les aliments auraient dû aller si j'en avais pris — mais peut-être était-ce simplement que je n'en avais pas pris — bref, ma propre qualification dans ce domaine était plus que limitée. Certes, j'avais suivi quelques cours. Pavlov, Bettelheim, Piaget, Freud, mais rien ne m'avait jamais paru vraiment digne d'attention, sérieux, à moi, toutes ces théories, ces hypothèses ; analyses, traités et dissertations... Je n'avais jamais cessé de me demander ce que tous les mots du monde auraient bien pu représenter face au langage du cœur, bredouillant, confus, contradictoire et à demi caché, oui — et pourtant si ineffablement puissant qu'il accomplit des miracles. Cela du moins je le savais. Je l'avais senti, je l'avais entendu dans mes intérieurs. J'en avais été visité ce premier jour à l'hôpital, sous les traits de cet autre moi, celui dont le nez faisait du bruit, et je n'en avais guère été quitté depuis. L'armure que j'avais revêtue à l'instant où Paula avait pour toujours refermé la porte (oui oui, je n'avais cessé de la construire tout au long de ma vie ; oui, j'étais déjà gardé bien avant de rencontrer Paula, oui, oui, oui) avait volé comme une coquille d'œuf à l'instant où j'avais mis les yeux sur ces enfants.

Ralph revint, portant la tête et la jambe de Joey dans une main et Steve dans l'autre. Il posa la tête en face de moi comme si la souris s'apprêtait à discuter avec moi de mon intention de récupérer sa nouvelle jambe.

— Deux, c'est déjà pas mal, dis-je en me penchant pour parler droit dans le nez de fourrure bleue du souriceau Steve. Pour les souris, mon cher Steve, deux jambes sont amplement suffisantes.

Ralph vint à son tour fourrer son nez sous le museau de Steve et dit :

— Ru ouah. Teuh rrambe.

J'ai recousu la tête de Joey en me servant d'un vieux flacon de médicament pour dé à coudre. Ne pas oublier de prendre tous les médicaments avec des couvercles de sûreté pour les enfants, désormais — dorénavant, application maniaque du règlement. J'allai prendre une paire de ciseaux dans le tiroir à fourbi et constatai en revenant que Ralph avait amputé Joey de son autre jambe et placé les deux entre les membres de Steve, ce qui en faisait quatre en tout pour la souris.

— Non, Ralph, dis-je, aucune substitution ne sera tolérée. Passe-moi cette aiguille, là, veux-tu ?

Plaçant les deux jambes privées de corps sous mon menton, je leur fis esquisser un petit pas de danse, moderne puis classique. Ralph en profita pour se fourrer l'aiguille dans l'œil.

Je la lui arrachai juste à temps. Encore une leçon, songeai-je, et juste à temps. Il faut me montrer responsable maintenant, l'œil du maître, omniscient. Peut-être Miss Pistol avait-elle eu raison dès le début. Il faut tourner la page. Réussir tous mes examens, passer le contrôle continu des connaissances et réussir le concours final de l'art d'être papa. Et encore un petit quelque chose. Je ne sais pas moi, un exposé, ou une affiche. Le vrai fayot, le lèche-cul intégral — tout pour plaire, tout pour mériter les encouragements et les applaudissements de la Fondation d'État pour la Santé Mentale. Qui sait, j'allais peut-être avoir de l'augmentation ?

Ou mieux, me marier. Oui, voilà qui voudrait dire quelque chose désormais. Fini ce numéro de solitaire et ces manœuvres auto-érotiques la nuit. Je m'installerais avec la jolie fille de mon cours de danse. Idyllique, si tout se déroulait selon mes plans, mes nouveaux projets, tout regorgeants d'édredon et de fauteuil à bascule. Je la voyais enveloppée de l'édredon, assise sur le fauteuil à bascule et lisant, son innocent visage adorable, délicatement incliné sous le genre de lampe que les adultes mettent chez eux, sa chevelure ramenée en arrière en une queue-de-cheval, sans aucun maquillage et d'autant plus beau, les pommettes saillantes, les lèvres esquissant un sourire — la jolie fille de mon cours de danse possède une bouche qui sourit automatiquement à moins de recevoir d'autres instructions. Je l'observe d'un bout à l'autre de la salle, sans qu'elle me remarque, ma présence lui étant à la fois familière et indifférente. C'est ça qui est chouette d'ailleurs, cette indifférence familière, ou plutôt cette familiarité indifférente. Chouette oui, c'est le mot. Parce que nous n'avons pas à parler. Et le langage que nous connaissons n'est guère utile de ce point de vue puisqu'il peut mentir. Quand d'autres choses en sont incapables. Choses de l'œil, de l'oreille, de l'odorat et de cet autre sens encore que possédait Paula, réglé sur moi avec tant de finesse et de précision. Pourquoi a-t-il fallu un jour qu'elle change de réglage, hein ?

J'ai relevé la tête de mon ouvrage. Ralph me regardait sérieusement dans les yeux, la tête appuyée dans ses mains sur la table et me rendant expression pour expression. On est restés à se dévisager un bon moment en faisant des grimaces et j'ai remarqué que ses yeux asiatiques commençaient à tomber vers l'extérieur, un peu tristement, d'une tristesse, aurait-on dit, qui se serait accentuée avec l'âge, à croire qu'il grandissait chaque jour sous mes yeux à moi. Cela me fichait en rogne de ne pas pouvoir me rappeler le jour de son anniversaire.

— Je vais nous chercher à manger, lui dis-je sans qu'il semblât beaucoup s'y intéresser. Et demain, je vais t'emmener à l'école spéciale pour les enfants comme toi, c'est pas quelque chose ça?

Je lui ai souri, mais lui rien à faire. Alors avec mes deux doigts en V, j'ai repoussé vers le haut la commissure de ses lèvres. Il a saisi ma main pour repousser mes doigts mais l'a tenue dans la sienne une minute, la portant même à son visage.

— Tu apprendras des trucs, lui dis-je, les mots s'étouffant dans ma gorge. J'ai un certain nombre de choses à apprendre moi aussi.

Et bien sûr, c'était la pure vérité. Tous ces pressentiments, toutes ces motivations. Comment allais-je pouvoir laisser un autre le toucher, ne fût-ce que pendant une journée d'écolier?

Tranchant le fil d'un coup de dents, j'ai planté l'aiguille dans la bobine mais en baissant les yeux sur ce que j'avais cousu je me suis rendu compte que j'avais remis les jambes de Joey devant derrière.

C'est Tina qui a commandé les pizzas par téléphone, du genre que nous aimons tous — poivrons, champignons et radis. Les radis, c'était une idée de moi, quelque chose de croquant pour ménager de petites surprises. Je n'ai jamais su à quoi d'autre ils pouvaient bien être bons, mais j'en venais peu à peu à comprendre que chaque chose a sa place en ce monde, les parias comme les conformistes. Tous nous sommes frères sous la peau. Où était donc Miss Pistol ?

— Donne-moi l'argent, Hoover, dit Tina. Je vais aller attendre le livreur dehors.

Et elle est sortie toute seule. Ça ne me plaisait pas trop de la laisser sortir seule pour attendre dans le crépuscule. Va savoir qui pouvait bien traîner par là. Je me méfiais des voisins d'en face depuis qu'ils s'étaient fait installer leur nouvelle antenne de télé, une espèce de mégalomonstre globoradial à quatre branches. Quel genre de signal espéraient-ils donc capter ?

Je les avais observés depuis la fenêtre du vestibule. Ils allaient et venaient chargés de mallettes et de sacs à provisions (lui au volant de la Mazda toute neuve, elle dans le break), déchargeaient des tonnes de courses devant la porte de service, s'habillaient le dimanche avec les enfants ou organisaient des barbecues dans le jardin. Beaux-parents et laitiers, teinturerie et l'église du dimanche. Je notais tout ça à travers la vitre du vestibule, m'écrasant le nez contre le carreau, me demandant pourquoi je les regardais tant. Était-ce parce que, au fond, j'aurais tant voulu mener leur existence ? Était-ce parce que secrètement, désespérément, je voulais qu'ils me voient et m'invitent à me joindre à eux ? Ou plus simplement si je montais la garde une fois de plus, contre l'ennemi. Mon seul ennemi réel n'était-il pas moi-même et n'avais-je pas déjà appris que sa seule destruction possible était le suicide ? Il fallait une trêve. Très vite. Tout de suite.

J'avais les jambes raides depuis que je ne prenais plus de cours de danse. C'était la deuxième des trois phases de la désaccoutumance balletomane. La première phase, ce sont des spasmes toute la nuit, on sursaute dans son sommeil ; la deuxième phase, c'est cette raideur ; la troisième, c'est le confort total qui signifie bien sûr que les muscles ont oublié l'art et qu'il faudra tout recommencer de zéro. Heureusement, je n'en étais qu'à la deuxième phase. Je pouvais encore me sauver en allant au cours le soir même. Mais qui allait surveiller les enfants ? Où était donc Miss Pistol ? Tina pourrait les surveiller.

— Voilà les pizzas, dit-elle en pénétrant dans la cuisine la boîte sur les genoux. Nous sommes en retard.

— Ils n'ont pas oublié les radis ? Ils oublient toujours de mettre les radis, dis-je. En retard pour quoi ?

— Le cours de danse.

— Le cours... nous sommes en retard ? Qui ça nous ?

— Vous et moi, dit-elle en ouvrant la boîte et en constatant que le fromage avait adhéré au couvercle. Merde.

— Ne dites pas merde, Tina. Ce n'est pas féminin. Vous et moi qui ?

— Vous vous et moi moi, Hoover. Regardez, ils n'ont pas entièrement découpé les parts. Je vous accompagne.

— Vous n'avez qu'à déchirer le couvercle. Vous ne pouvez pas m'accompagner, Tina. Qui surveillera les enfants ?

— Je ne sais pas, Hoover. Pourquoi faut-il que je les surveille tout le temps ? Pourquoi faut-il que je fasse tout dans cette maison ? On vous paie pour vous occuper de moi, Hoover. Alors, pourquoi ne le faites-vous pas ? Pourquoi est-ce toujours à moi de m'occuper de vous ?

— Ne soyez pas si agressive, Tina. N'est-ce pas moi, toujours, qui fais la vaisselle, toujours ? Qui fait la vaisselle ?

— Belle affaire ! Et qui fait tout le reste ? Qui passe l'aspirateur ? Qui fait la poussière ? Qui fait même la cuisine, la plupart du temps ?

— Vous vous déplacez plus facilement que moi, vous êtes motorisée.

— Hoover, je viens avec vous. Je n'ai jamais vu de cours de danse. Je veux élargir mon horizon. Vous êtes censé m'encourager.

— Mais je vous encourage, Tina. C'est un cours comme les autres. Un ramassis de pauvres créatures en nage et en collants. La plupart ne savent même pas marcher comme il faut.

Elle me lança un regard.

— Ma foi, c'est toujours plus et mieux que ce que je fais moi, pas vrai ?

Là, elle m'avait coupé en deux, à hauteur du diaphragme, d'un grand coup de scie — je ne savais plus que dire. J'aurais voulu que la langue me tombe de la bouche. J'aurais voulu me coudre les lèvres pour terminer la séance de couture de l'après-midi — motus et bouche cousue, à tout jamais, après des jambes recousues devant derrière — pour m'apprendre à en découdre avec une infirme.

— Allez chercher les gosses, dis-je, nous sommes en retard pour le cours.

Un rapide détour nous fit passer devant chez Miss Pistol et j'envoyai Harold glisser l'enveloppe sous sa porte. Seulement, sur le chemin du retour, il eut des mots avec un buisson et j'envoyai Mickey le chercher avant d'envoyer Ralph chercher Mickey, avant d'aller en personne les chercher tous les trois. Il y avait de la pizza partout, des champignons sur le champignon, des radis sur le radiateur, du fromage sur les coussins. J'ai sacrifié ma tranche au profit des masses, la balançant vers l'arrière où Harold et Ralph se livrèrent à leur habituelle partie de ballon prisonnier pour sa possession. Mieux vaut ne pas manger avant un cours de danse, et surtout pas des radis.

J'ai garé le break en stationnement interdit devant la grande fenêtre latérale du studio de Mme Lasovitch, tout près de la barre d'où il me serait possible de garder un œil sur les enfants pendant le cours. J'ai déchargé Tina et sa chaise avant de fermer les portes à clé laissant les fenêtres entrouvertes pour la ventilation et non sans avoir distribué les lampes de poche. Tous les enfants adorent jouer avec des lampes de poche mais nul ne leur sait gré de leur capacité d'illumination.

La jolie fille était là toute seule quand je suis entré poussant Tina. Sa splendide chevelure sombre lui retombait sur un œil tandis qu'elle essayait de l'emprisonner dans un élastique qu'elle lâcha par mégarde puis qu'elle récupéra par terre entre ses pieds en se courbant jusqu'au sol sans plier les jambes transformant ainsi une petite corvée en un véritable pas de danse, ce qui est le comble de l'économie. J'en suis aussitôt retombé amoureux. J'ai fait celui qui ne la voyait pas et j'ai poussé Tina jusqu'aux environs du présentoir à revues où une femme d'un certain âge, sans aucun doute la mère d'un élève, a engagé la discussion avec elle. J'ai filé dans la petite salle de la machine à café pour me changer.

Je me suis reniflé en enfilant mon suspensoir et mon maillot. Je n'arrivais pas à me rappeler si je m'étais douché ce jour-là. Dans la négative, ma transpiration allait virer à l'aigre sur ma peau et produire une odeur, ce que je ne pouvais tolérer quand je me trouvais dans la même pièce que la jolie fille. C'eût été sacrilège dans l'espace parfumé qu'elle occupait. Ma vérification me sembla positive.

Elle fredonnait pour elle-même, quand j'ai pris place derrière elle à la barre, un quelconque tube de la radio, tout en se faisant des grimaces dans le miroir comme une enfant. Je fais des grimaces moi aussi quand je sais qu'elle regarde mais sans jamais laisser paraître que je sais. Je ne laisse jamais rien paraître du tout devant la jolie fille du cours de danse pour ne pas tout gâcher. Seul survit le cœur secret.

Je m'habille en noir comme une panthère pour les cours de danse. Je me fourre une paire de chaussettes dans le slip avant chaque cours comme un matador pour le volume mais aussi comme précaution et camouflage au cas d'une érection intempestive pendant le cours. Mais je regarde la jolie fille sans concupiscence, pas du tout comme les autres filles aux fesses en pomme, aux muscles ourlés d'ombres et dont le cou se dresse comme un cierge au milieu de leurs blanches épaules et qui ne suent pas du tout ou alors sans odeur. Pour la jolie fille de mon cours de danse, j'imagine quelque chose de tout à fait différent. Pour la jolie fille de mon cours de danse, c'est le fauteuil à bascule et l'édredon.

Je déteste le cours de danse. Je déteste la sueur et Mme Lasovitch et je déteste toutes les fesses en pomme qui restent impeccablement sèches et loin de moi. De toutes les joliesses, la grâce est la plus éphémère parce qu'elle disparaît dès qu'on cesse de bouger et que tout le monde cesse forcément.

Pourtant, j'ai fait beaucoup d'efforts ce soir-là. Je me

suis appliqué à cause de la jolie fille. Je me suis efforcé, quelque part entre les dégagés et les fondus, de quitter mon corps pour entraîner la jolie fille dans une danse loin loin jusqu'à l'endroit où tout le monde fait tout sans filet, en se déplaçant à travers les airs sans que jamais il faille acheter de ballons. Et puis, quelque part entre les jetés battus et les entrechats, il s'est trouvé que j'ai bondi dans les airs et ne suis pas redescendu et que la vieille agitée derrière son piano s'est muée en un maestro de diamant et que le plafond du studio s'est écarté devant moi pour me donner accès aux cieux tout luisants d'étoiles et d'un soleil semblable à un ballon orange m'attirant toujours plus haut tandis que mes jambes se tendaient et que mes orteils pointaient et que mes mains s'animaient de dix doigts phénoménaux et que prenant une unique inspiration pour me porter comme une bouée je tournai sur moi-même une deux puis trois fois, avant de demeurer suspendu là, les yeux immenses et les bras dressés en une cathédrale par-dessus ma tête, battant des jambes comme ses ailes une abeille, dix milliards de milliards de fois avant de me reposer légèrement sur le sol, atterrissant sans bruit sur un unique orteil, reprenant provisoirement contact avec cette terre, jusqu'à ce que les instants de ma vie prissent leur essor m'emportant à jamais en une infinie pirouette dans l'orbite du cosmos.

Le cours a pris fin. La jolie fille s'est éloignée vers l'escalier qu'elle a gravi sans un regard pour moi, et je suis resté seul au milieu de la piste tandis que les lieux se vidaient. Puis je me suis souvenu de Tina.

Elle était assise toute seule dans son coin près des revues le visage tourné contre le mur. Je me suis changé à la hâte et je suis sorti en poussant sa chaise devant moi, m'immobilisant brièvement pour boutonner le dernier bouton de son gilet parce qu'il faisait plus froid dehors et qu'elle semblait avoir transpiré elle aussi — son col était trempé et ses joues aussi et je me suis rendu compte que ce n'était pas de la sueur.

De nouveaux danseurs prenaient place dans les miroirs du studio pour le cours suivant, le cours réservé aux plus forts, s'examinant sous tous les angles, si parfaits. Plusieurs me sourirent au passage, mais je ne leur rendis pas leur sourire. Parce qu'elles ne se souciaient que d'elles-mêmes, ces filles de Narcisse qui se miraient dans les miroirs et parce que rien n'existe moins que le reflet de gens qui existent si peu.

Pendant tout le trajet du retour, Tina a gardé son visage dissimulé dans le noir, détournant ses regards pendant que les autres jouaient avec leurs lampes de poche. J'ai essayé de lui parler de la danse, du cours, mais elle n'était pas d'humeur bavarde et je ne pouvais lui en vouloir. Je comprenais qu'elle cachait son visage parce qu'elle ne pouvait dissimuler ses jambes.

— Ne me ramenez pas à la maison, finit-elle par dire. Je ne veux pas y retourner.

— Voyons, Tina, c'est idiot, dis-je, c'est là que nous habitons.

— Pas du tout. Je ne veux plus y habiter. Ce n'est pas ma place. Je n'ai rien à y faire.

— Comment ça, Tina ?

— Ma place, c'est à l'hôpital dont vous m'avez tirée. J'ai très bien entendu ce qu'ils disaient. J'ai lu la lettre. Il y a des écoles pour les autres, comme disait la lettre, des endroits spéciaux. Mais il n'y a nulle part pour moi, nul endroit où l'on pourrait arranger ça. Ils ont tout essayé à l'hôpital et c'était impossible. Ils l'ont dit. Jamais je ne marcherai, alors autant laisser tomber, raccompagnez-moi à l'hôpital.

Elle pleurait. Je me suis tu. Mes jambes me faisaient très mal, surtout dans la région de l'aine, parce que j'avais trop forcé sur les articulations. Et à quoi bon, songeai-je, de toute manière, toutes ces danses ? Quel bien cela fait-il à quiconque ? Pour quelques sylphides miraculeuses et monstrueusement douées que la chance a fait naître avec des corps qui fonctionnent ? A quoi cela sert-il sinon à apprendre la douleur à tous les autres ?

Et c'est alors que, brusquement, il s'est passé quelque chose.

Je ne sais si ce furent les réverbères ou les nébuleuses qui éclataient à l'intérieur de mes yeux ou encore les lampes de poche à l'aide desquelles les enfants traçaient des queues de comètes dans la voiture, allumant des étincelles sur le tableau de bord. Mais il me vint brusquement une idée. Quelque chose de si facile et de si simple que nul autre que moi ne s'en serait avisé, quelque chose de si proche que j'avais failli ne pas le voir. Je me mis à sourire derrière le volant en regardant le visage de Tina dans le rétroviseur. Je pouvais lui arranger le coup, me dis-je, je savais comment m'y prendre désormais.

Le néon des enseignes et des vitrines reculait, puis disparaissait dans mon rétro. Nous passâmes devant une agence de voyage dont les lumières proclamaient « Partez pour le soleil » mais la tête de Tina vint m'en masquer la vue dans le rétroviseur, elle l'avait laissée aller à la renverse, tout en larmes. Je me démanchai donc le cou pour parvenir à les voir en même temps. Il est important, songeai-je, de bien regarder les choses quand on les quitte sans quoi ce sont elles qui nous quittent.

En pénétrant avec le break dans l'allée semi-circulaire qui conduisait à notre maison, je remarquai soudain que toutes les lumières étaient allumées. Et quand je fis descendre les enfants sur la pelouse, je crus voir quelqu'un s'agiter à l'intérieur. Il me sembla entendre des bruits de casseroles et humer l'odeur du savon noir et de l'eau de Javel. Quand j'ouvris la porte de derrière j'en tremblais mais j'eus soin de faire tenir les enfants tranquilles et de prendre l'air penaud.

— Eh ben entrez, entrez donc, le dîner est presque prêt. Mais allez d'abord vous laver les mains sinon je ne resterai même pas jusqu'au dessert. Allez ouste !

Miss Pistol était au milieu de la cuisine, vêtue d'un tablier, brandissant une spatule et les enfants passèrent devant elle à la queue leu leu après s'être lavé les mains pour aller prendre place à table.

C'était bien une question d'argent.

14

Moi, je n'ai pas dîné avec eux parce que je voulais m'attaquer à la question Tina sans perdre une minute. Miss Pistol tenait le coup dans la cuisine, dirigeant les opérations comme le chef d'un orchestre alimentaire dont la baguette eût été une cuiller à soupe. Elle servait aux enfants des louchées énormes de chaque plat et ils dévoraient parce que cela faisait bien longtemps qu'ils n'avaient pas vu de repas aussi solide et bien préparé. Mais je n'avais pas le temps de manger, j'avais trop d'idées dans la tête. J'ai traversé la maison en zieutant tous les meubles et chacun des trucs qui pendaient au mur en quête de matière première pour commencer les travaux. Quand mes yeux sont tombés sur la rampe de l'escalier, j'ai compris que j'avais gagné. Je m'y suis mis aussitôt.

C'était une jolie pièce de bois recouverte d'une laque brillante et lisse, elle était solide et rectiligne, bien faite pour glisser dessus du haut jusqu'en bas.

Je l'ai arrachée du mur sans autre forme de procès. Il en résulta un nuage de plâtre qui me fit regretter de ne pas y être allé un peu plus doucement, mais l'enthousiasme me tenaillait. Miss Pistol me décocha le double regard de fureur hystérique et de complète perplexité dont elle était coutumière quand elle me vit traverser la cuisine en portant ma longue poutre en direction de la buanderie. Je me suis souvenu d'un vieux gag que j'avais vu à la télé quand j'étais petit — on voit entrer le clown dans une pièce et la traverser en portant l'extrémité d'une poutre. Il disparaît par la porte opposée et rentre par la première portant l'autre extrémité. Mon frère m'avait expliqué que le clown faisait le tour du décor en courant par-derrière mais je n'ai jamais voulu le croire. J'ai toujours été persuadé que c'étaient des jumeaux.

— Non mais, qu'est-ce qui vous prend ? s'est écrié Miss Pistol en fourrant une fourchette dans la main gluante de Mickey pour la trentième fois.

Je savais fort bien ce qui me prenait, mais je n'ai pas cru bon de m'expliquer car je m'en suis senti incapable. Je ne me voyais guère dire : Je suis en train de bâtir un studio de danse dans la buanderie. Pour le profane, pour ceux qui n'ont pas été initiés et n'ont pas connu ça, pour ceux qui n'ont jamais été soulevés par une houle de musique qui les a arrachés à la planète en cette longue et unique arabesque arquée des jambes bien droites qui seule proclame je suis parfait regardez-moi — cela n'explique pas grand-chose.

Tina aurait su, pourtant. Peut-être savait-elle déjà. Peut-être était-ce la raison pour laquelle elle avait pleuré, chez Mme Lasovitch, si amèrement, si profondément sangloté. Peut-être était-elle une danseuse à l'intérieur, et le lien si étroit — comme cette petite fille d'un film qui repère dans une foule son grand-père qu'elle n'a pas vu depuis dix ans et qui le reconnaît aussitôt alors qu'elle était nourrisson quand il a disparu mais elle le reconnaît, lui, le vrai lui et elle-même en lui. Oui, songeai-je, Tina est une danseuse, une danseuse étoile, simplement elle ne le sait pas encore.

Et j'ai sifflé en travaillant, grande envolée de marteaux, grincements de scie, nuages de plâtre. Semblable à la mère aux forces soudain décuplées qui soulève la Buick sous laquelle son petit est coincé, je fus capable, sans aucune formation, de percer, de visser, d'assembler et de ciseler avec une précision parfaite, démolissant tout à l'exception de la machine à laver et du sèche-linge électrique, enfonçant jusqu'aux genoux dans les gravats, les bronches entièrement encombrées de poussière, et bientôt la barre fut en place, fixée au mur principal, et deux miroirs occupant les parois latérales, empruntés aux salles de bains et couloirs, collés ensemble en un patchwork réflexif et mon studio fut créé n'attendant plus que ma fille.

— Quoi ? Qu'est-ce que je vais faire ? se récria Tina.
— La danse, dis-je. Laissez tomber la marche, Tina, vous allez danser !
— Vous me faites peur quand vous avez cette tête-là, Hoover. Arrêtez, je vous en prie.

Et j'imagine que je devais être un peu allumé. Mais tout cela m'apparaissait si clairement ! Le génie né de la souffrance, comme Léonard lui-même, inventeur et artiste, cette combinaison imbattable si pratique pour concilier l'inconciliable. J'avais mal à l'aine, mes muscles endoloris par les tours accomplis à la barre — c'était la souffrance. Quant au génie, c'était la danse classique elle-même. Elle fait tourner les jambes dans le logement des hanches, modifiant les muscles et les os eux-mêmes, ce qui donne aux danseuses cette démarche de canard de plus en plus prononcée avec les années. Pourquoi le même principe ne pourrait-il s'appliquer à des jambes tournées vers l'arrière ? La danse permettrait de ramener les jambes de Tina de l'arrière sur le côté et, une fois sur le côté, comme une danseuse, elle pourrait marcher. L'idée me mettait dans un tel état que je n'en tenais presque plus debout en essayant de la lui exposer.

— Hoover..., dit-elle quand j'eus terminé, faisant pivoter sa chaise pour se détourner de moi.

Elle se remit à pleurer.

— Eh bien quoi? dis-je. Qu'est-ce qu'il y a? Vous ne comprenez donc pas, ma chérie? Vous ne voyez donc pas que j'ai raison? J'ai raison. Je sais que j'ai raison.

Mais je mentais. Je ne le savais pas, je le croyais seulement. Et pourtant, il faut croire puisque rien d'autre n'est vrai que la croyance de toute manière. Et je croyais en Tina plus qu'en toute autre chose au monde. Il le fallait bien.

Elle pleurait en silence, le poing entre les dents, s'efforçant de ne pas faire de scène. Je pense qu'elle était gênée dans la cuisine où cette conversation avait lieu, en présence de Miss Pistol après un autre dîner. Ou si c'était moi? Un grand fracas d'écuelles entrechoquées et de restes jetés à la poubelle lui déferlait sur les oreilles tandis qu'accroupi très bas devant elle, dans la première position du grand plié, je lui posai doucement un doigt sous le menton.

Je voulus lui dire quelque chose, mais quand ses yeux frappèrent les miens, les mots devinrent invisibles et je pus seulement soutenir son regard. De toutes mes forces, je tentai de regarder au-delà de ses iris, ces deux rondelles noisette tachetées de brun pour entrer à l'intérieur, forcer le passage de ses pupilles, nageant puissamment toujours plus profond jusqu'à son cerveau où je me dresserais debout et lèverais les bras par-dessus ma tête en hurlant un je t'aime si gigantesque qu'il se répercuterait tout au long de son échine et l'emplirait si complètement que jamais plus elle ne pourrait le nier.

Ses yeux à elle m'examinaient, faisant le tour de mon visage, inspectant chaque pore, chaque poil de barbe, à la recherche de quelque chose qui risquât de la blesser. Elle savait que jamais elle ne trouverait rien. Elle ne trouva rien et ouvrant alors lentement son petit poing elle appliqua sa paume contre ma joue.

— Tu ne te rases pas bien, dit-elle en reniflant une seule fois et en me frottant la mâchoire. Tu n'es jamais bien rasé. Te raserais-tu mieux si je te le demandais ?

Je la regardai, puis chassai une de ses larmes d'un baiser. Une autre était en équilibre au bout de mes propres cils et je la cueillis dans ma main.

— Je raserais Dieu si tu me le demandais, lui dis-je.

Je ne l'ai pas fait attendre. Je l'ai fourrée dans la voiture et hop, en route pour le magasin d'articles de danse où je voulais arriver avant la fermeture, sachant qu'il fermait tard. Une fois sur place, je lui ai offert tout ce qu'elle voulait. Mais elle n'y allait qu'à contrecœur, elle ne voulait pas encore accepter l'avenir, le miracle sur lequel je jouais ma vie, le miracle dont j'étais sûr qu'il se produirait. Et donc elle ne voulait pas choisir. Je pris pour elle un justaucorps rose comme en portent les vraies danseuses et j'y ajoutai un assortiment de jambières, des collants et deux paires de chaussons de pointures différentes pour correspondre à chacun de ses deux pieds, eux-mêmes différents. Je lui achetai aussi un sac de toile blanche portant au pochoir les mots LA DANSE, C'EST MON TRUC, slogan que j'avais toujours jugé intolérable jusqu'alors. Il ne me restait plus qu'à le tolérer. C'était son truc.

— Mais je n'ai qu'à me servir de mon sac de sport, fit-elle pourtant remarquer.

— Non, parce que vous n'avez pas de lésion cérébrale, lui dis-je.

Et je payai en liquide.

Avant de sortir, Tina a arrêté sa chaise devant l'inévitable vitrine qui renfermait toute la bimbeloterie se rapportant à la spécialité de la boutique — porte-clés, calendriers, boucles d'oreilles en forme de chaussons de danse d'argent et autres lampes à abat-jour en tutu de plastique.

— Oh, Hoover, est-ce que je peux avoir... ça? demanda-t-elle en désignant du doigt une petite danseuse de bois sculptée à la main dans la position d'une seconde parfaite. Pour ma commode, comme ça je la verrai en me réveillant.

— Ce n'est jamais qu'un miroir, dis-je, mais je la lui achetai tout de même.

— Je suis affreuse, là-dedans, dit-elle en se regardant dans la glace que j'avais appuyée contre la machine à laver qui vibrait en faisant tournoyer sa cargaison de linge sale. J'ai l'air idiote avec ce collant.

— Tout le monde a l'air idiot, ma douce, lui dis-je. Mais il y en a qui pensent tellement à être beaux qu'ils n'ont pas le temps de le remarquer.

— Enlevez le miroir, dit-elle. Je n'y arriverai pas si vous n'enlevez pas le miroir.

Et elle croisa les mains sur sa poitrine et ferma la bouche en tremblant.

— Voyons, Tina, tous les studios de danse sont équipés de miroirs, dis-je. Ça fait partie intégrante de la chose. Sinon, comment saurait-on de quoi on a l'air?

Je lui posai une main sur l'épaule.

— Ne faites pas ça, dit-elle.

Alors je regardai ses jambes sur la chaise roulante, complètement tordues et visibles à travers le collant, ses nouvelles ballerines roses si neuves, si différentes des miennes griffées et déchirées pour avoir frotté tant de parquets, mais alors même que je contemplais ses jambes, je me rendis compte de tout autre chose. Je me rendis compte de la raison pour laquelle son propre reflet l'avait mise dans cet état. Ce n'était pas ses jambes, mais les deux petits boutons de sa féminité bourgeonnante qui pointaient le nez sous le nylon rose du justaucorps. Rien ne nous terrifie autant que la nouveauté, surtout quand elle fait partie de nous-même.

— Moi, je trouve que vous avez au contraire une silhouette voluptueuse, ma chère Tina, dis-je. Allez, allons-y.

Et la vérité, c'est que c'était vrai. Mais allez donc dire aux femmes ce qu'elles ont envie d'entendre. Elle ne m'a pas regardé pendant que je faisais la démonstration des cinq positions des pieds, suivies des cinq positions des bras, battant la mesure en fredonnant, mes gros escarpins glissant sur le lino de la buanderie.

Il me fallait de la musique. Fredonner ne suffisait pas, et le mouvement sans musique est comme un jour sans soleil. D'où nécessité de déplacer les haut-parleurs de la chaîne stéréo pour les amener dans la buanderie, me dis-je, ainsi que l'unique cassette que je possédais, afin de fournir les mélodies de l'envol et de toutes les souffrances et de l'extase musculaires qu'elle connaîtrait bientôt, transportée, en allant se poser contre le plafond. *Madame Butterfly*. Je quittai la pièce en courant, laissant Tina trois fois seule dans la pièce, dans la lumière et dans le miroir.

Mickey, Harold et Ralph étaient tous les trois dans la

salle de séjour où ils se livraient à leurs activités coutumières de cette heure de la journée, Mickey arpentant la périphérie à tombeau ouvert, en mâchonnant un pan de sa chemise et en conversant avec lui-même, Harold courant d'un côté à l'autre de la pièce pour flanquer des coups de poing dans les murs et ce qu'il croyait voir dessus, ses démons de la nuit qui ne connaissaient aucune heure particulière, et enfin Ralph avec Joey et Steve, qu'il avait enveloppés dans un gant de toilette et cherchait maintenant à fourrer dans une chaussette beaucoup trop petite pour leur servir de sac de couchage. Miss Pistol faisait la vaisselle.

— Je le ferai, lui dis-je en passant à toute vitesse. Laissez ça.

Je déconnectai le lecteur de cassette de l'ampli et de la prise de courant, prenant bien soin de ne pas inverser les fiches + et — et dévissai puis revissai les fiches d'entrée et de sortie des auxiliaires — tout a un nom, songeai-je, même moi, alors qu'il fut un temps où j'envisageai de changer de nom pour adopter ⓢ. Oui, ⓢ tout court, quelque chose qu'on pouvait signer mais pas prononcer, parfaitement légal mais silencieux. Seulement, je ne l'avais jamais fait et voilà que je m'en trouvais heureux. C'eût été source de trop de confusion pour mes enfants le jour où ils prendraient mon nom.

Soulevant le haut-parleur, je regagnai la buanderie en l'emportant, *Madame Butterfly* dans ma poche. Musique parfaite pour le vol, songeai-je. Et pour l'espoir qui n'est jamais que le désespoir retourné comme un gant et si Paula ne m'avait pas quitté je ne serais pas où j'en suis aujourd'hui.

Et puis j'atteignis le seuil et je m'immobilisai sur place.

Tina avait conduit sa chaise sous la barre qu'elle avait agrippée d'une main. Sous mes yeux, elle tira de toutes ses forces et parvint à se soulever de quelques centimètres au-dessus de son siège, les doigts secoués par l'effort. Elle ne put tenir. Elle retomba sur son siège. L'espace d'un instant, elle abandonna. Elle examina sa main de tout près avec les yeux, l'agita une fois et saisit de nouveau la barre, se soulevant assez haut cette fois pour pouvoir l'attraper en même temps de l'autre main et, se hissant des deux ensemble, quitta complètement son siège pour demeurer suspendue là, incertaine, craignant de tomber, ne sachant que faire. Et voilà que soudain — j'en fus effrayé —, elle se décida et fit glisser ses deux pieds du repose-pieds sur le sol.

Elle vacillait en tous sens sans avoir la force de se redresser et je constatai alors que ses jambes étaient aussi décharnées que deux brins d'herbe, dépourvues de tendons et d'os pour les maintenir, pâles et molles après douze ans d'inutilité. Et pourtant, elle restait accrochée là et les contraignait à tenir le coup sous elle, se servant autant de sa volonté que de ses bras, s'accrochant à la barre comme la dernière touffe au bord d'un précipice insondable — si tu lâches tu es mort — et je sus que l'instant de vie ou de mort avait sonné pour Tina.

Ses articulations blanchirent, se vidant de leur sang en étreignant la barre tandis que lentement, si lentement, dans un mouvement qui était l'équivalent visuel d'une mélodie sur un phono mal remonté, elle ferma les yeux pour se concentrer et contraignit ses genoux à l'immobilité puis, cela fait, tira encore sur ses bras pour se redresser, le torse royal, le menton hautain, et se mit debout. Debout, elle était debout, elle tenait debout.

Ouvrant les yeux, elle prit une profonde inspiration.

Ma voix résonna comme un coup de fusil dans la pièce carrelée.

— Plié, dis-je, entonnant le nom du premier — du principal, du primordial exercice de danse classique, objet de la terreur sacrée de tous les danseurs à travers le monde.

— Plié! lançai-je de la voix même de Mme Lasovitch, devenu Mme Lasovitch en personne car j'eusse été bien incapable quant à moi de donner un tel ordre, en un tel moment, en tout cas à Tina.

Elle leva sur moi des yeux pleins de colère. Puis, furieuse, ses yeux s'enfoncèrent comme des clous dans les miens et je dus comme visser mes pieds sur place pour la regarder en recouvrant mon visage d'un masque et en répétant :

— Plié!

Alors, saisie d'un véritable ouragan de rage dirigé contre moi, les lèvres tremblant de douleur et les yeux collés aux miens, elle commença à ployer ses genoux vers l'extérieur en une version presque impeccable du premier demi-plié.

— Remontez! hurlai-je alors fermant les yeux pour faire barrage à sa haine et à mes larmes.

Jamais, songeai-je, je suis en train de la tuer. Mais quand je les rouvris pour pleurer, elle s'était redressée, ses jambes comme neuves et toutes droites en dessous d'elle.

C'était plus que je n'en pouvais supporter. Laissant tomber le haut-parleur, je courus jusqu'à elle, la saisis par la taille et l'élevai au-dessus de ma tête, un millier d'étreintes toutes à la fois, balbutiant enfin des sanglots sans retenue et je caressai sa chevelure aux boucles trempées de sueur et l'embrassai et l'embrassai encore, tournant avec elle dans mes bras, tourbillonnant jusqu'à ce que le monde s'arrête et qu'il nous pousse enfin des ailes.

15

Je me rappelle un dessin animé que j'ai vu autrefois — l'éclosion d'un poussin. Le petit poulet brise la coquille, risque un coup d'œil circulaire sur le monde extérieur puis rentre la tête et referme l'œuf.

Ralph ne voulait pas aller à l'école. Il refusa même de sortir des couvertures, son corps formant comme une miche de pain dans le lit pendant toute la demi-heure où je me penchai sur lui pour le cajoler, le convaincre. Mais au plus profond de mon for intérieur, je me demandais si ce n'était pas lui qui avait raison. Dans la patrie des hommes libres et des braves qui est la nôtre, et où bien peu sont libres et la bravoure assez ridicule pour être portée à l'écran, qui pourrait en vouloir à quiconque refuse de mettre le nez dehors ?

Voyant que la parole ne nous mènerait nulle part, je décidai d'essayer le chant, commençant d'abord par un pot-pourri des polkas les plus célèbres, suivi d'une sélection d'airs de *Call me Madam* — mais Ralph ne se laissa pas émouvoir. Sous le drap, qui était vert et grenu là où il tirait dessus avec ses poings crispés, il prenait peu à peu l'apparence d'un gros cornichon. Je me le représentais là-dessous, vêtu de son pyjama à sous-pieds. C'était ainsi que je l'avais vêtu la veille mais il lui arrivait de changer au beau milieu de la nuit, se glissant furtivement jusque dans ma chambre pour sortir un pyjama de mon tiroir et l'enfiler à l'envers dans le noir, non sans l'avoir porté à son nez pour s'assurer qu'il y retrouvait bien mon odeur, avant de regagner sa chambre sur la pointe des pieds. Son pyjama à lui, il avait eu soin de le draper sur mon nez pour me laisser son odeur. En général, je m'éveillais dans un éclat de rire.

— Allons, tant pis, dis-je, Joey consentira peut-être à prendre ta place, Ralph. Ou Steve. Tu n'as qu'à sacrifier ta souris unique pour continuer à vivre.

Les couvertures s'entrouvrirent, Joey et Steve furent catapultés sur le sol.

— C'est bien le moindre qu'on puisse attendre de ses amis, dis-je tandis que Ralph marmonnait. Tu sais, ça va te faire plus de peine qu'à moi, poursuivis-je.

Je crois en effet dans les vertus de la franchise et de la sincérité. Quand j'étais enfant, je me suis trop fait avoir par les adultes qui me promettaient que « c'était pour mon bien » alors que c'était toujours, toujours, désagréable ou douloureux. Comme de finir mes légumes par exemple.

— Écoute, Ralph...

Pour finir, je l'ai rejoint dans le lit tirant les couvertures sur nous deux, le repoussant contre le mur, et je suis demeuré allongé en silence près de lui jusqu'à ce qu'il se décide. Ça a duré longtemps et puis j'ai senti ses petits doigts sur mes côtes, qui s'enfonçaient pour se mettre à l'abri de l'extérieur et, rejetant lentement les couvertures, je me suis levé l'emportant sur mon dos hors du lit et à la lumière mon petit papoose à moi, prêt à s'aventurer hors de la réserve.

Les débiles légers sont éducables comme ils disent, c'est-à-dire qu'en s'y prenant bien, on peut leur apprendre, leur enseigner les rudiments d'un art de survivre en société — la propreté, l'alimentation et divers travaux. Le Centre de Formation qu'on nous avait indiqué occupait une aile bien à lui d'une petite école publique assez voisine de notre maison et dont les fenêtres donnaient sur une cour plantée d'arbres portant des noix.

Mrs. Marie n'y allait pas par quatre chemins et, grâce à elle, on ne perdait pas de temps en broutilles administratives. Elle s'était chargée de tous les détails. Elle me savait prêt à coopérer, plein d'enthousiasme et de reconnaissance. La bonne volonté en personne. Quand nous nous présentâmes à l'école avec Ralph, on nous accueillit comme des marchandises connues, tout était prêt.

Debout dans le bureau, Ralph s'accrochait à ma main. Des enfants allaient et venaient tout autour de nous, normaux pour la plupart, accompagnés de gens du genre étudiant ou jeune prof armés des outils de l'éducation élémentaire : doubles décimètres et cubes de construction. Bâtir quelque chose puis le mesurer. Derrière nous, affiché à un tableau en grosses lettres fixées par des punaises : NOS ÉLÈVES VEDETTES et des bouts de papier orange sur lesquels on avait gribouillé des noms et collé de petites photos d'identité en couleurs. J'allai les examiner de plus près. Aucun mongolien.

— Le principal sera avec vous dans quelques minutes.

Ce furent peut-être les boiseries vert purée de pois, ou peut-être le fracas des portes de casier répercuté dans le vestibule. Ce fut peut-être tout simplement le plancher que balaie après l'heure un vieux concierge plein de gentillesse et inévitablement irlandais avec ce produit, toujours le même, qui sent la teinturerie. Ou leur parfum à elles, les maîtresses de la maternelle, qui toutes portent le même depuis le commencement des temps (se le procurent-elles à des prix défiant toute concurrence par l'intermédiaire de leur syndicat?), mais quelque chose dans ce bâtiment me renvoya loin, très loin en arrière, jusqu'à l'époque où c'était moi qui me mettais en rang devant la porte en attendant la cloche, si bruyante, si froide, si menaçante, et la cavalcade qu'elle déchaînait et au milieu de laquelle j'étais noyé, moi qui traînais les pieds sans vouloir y aller mais qui y allais quand même, quinze années durant, jusqu'au jour où je me suis dit : ça suffit comme ça. Et voilà que j'y allais de nouveau.

— Très heureuse de faire votre connaissance!

Le principal était une grande femme avec des fausses dents qui appartenait à cette race étrange que j'admire parce que ses membres sont tout ce que je ne suis pas : ouverts, cordiaux, accueillants — sans que ça les engage à rien. Mais Ralph n'a pas voulu lui serrer la main et s'est caché dans mon dos, et l'espace d'un bref instant son haleine réchauffant ma chemise a bien failli me faire envoler dans ma tête. Mais je n'en ai rien fait. Reste ici, me suis-je dit. Reste ici pour prendre cette affaire en main. Rappelle-toi la Commission des Méthodes et Moyens. Rappelle-toi l'enjeu. Est-ce tellement épouvantable d'être gentil?

Nous avons suivi le corridor comme un petit train, elle d'abord puis moi puis Ralph puis Joey puis Steve tournant quand ça tournait et supportant le regard fixe de tous les enfants qui nous regardaient passer. Non, m'intimai-je, ne te mets pas à sautiller comme Bugs Bunny le lapin. Marche droit. Parvenus à une porte à l'extrémité du couloir, nous l'avons franchie. Madame le principal nous a annoncés comme des altesses royales et elle est repartie aussitôt.

La plupart des enfants étaient mongoliens et tous étaient très jeunes. Ils étaient installés autour de tables rondes sur lesquelles s'empilaient des découpages et des pots de colle blanche. Deux jeunes femmes en bloudgines circulaient parmi la foule, se penchant ici et là sur la confection de chaînes faites de minces bandes de papier entremêlées et collées, guirlandes décoratives que j'adorais moi-même fabriquer quand j'étais enfant et que l'on mêle souvent de ballons, rouges pour les anniversaires, orange pour Halloween. L'odeur de la colle blanche m'a elle aussi précipité en arrière. Quand j'étais petit, je la boulottais.

— Mr. Sears ?

Je me retrouvai nez à nez avec le visage sévère d'une femme de pierre, manifestement responsable — la maîtresse.

— C'est bien Mr. Sears, n'est-ce pas ?
— Euh, oui.
— Je suis Miss Jars. Bienvenue au cours spécial. Ralph trouvera une place — c'est bien Ralph, n'est-ce pas ? — par là-bas, Dolorès va vous montrer.

Je menai Ralph par la main jusqu'à la table du centre près de laquelle se tenait une des jeunes puéricultrices. Je pris place sur l'une des petites chaises et Ralph à côté de moi sur une autre. L'étroitesse du siège me contraignit à serrer les fesses, et tout le monde se mit à me dévisager. Je tendis la main vers la colle blanche.

— Mr. Sears ?
— Présent.
— Ces sièges sont réservés aux enfants, monsieur. Asseyez-vous donc là, près de la porte, si vous désirez rester avec nous aujourd'hui, mais ces tables-là sont faites pour les petits.
— Je comprends.

Mais il fallut nous séparer par la force. Ralph ne voulait pas me lâcher. Ou peut-être ce fut moi qui resserrai mon étreinte. Les puéricultrices ont fini par y arriver, et je suis allé prendre place près de la porte sur une chaise beaucoup trop grande pour moi. Je n'avais rien à faire que d'observer Ralph à l'autre bout de la salle dont les yeux bleus pleins de frayeur cherchaient les miens et un quelconque moyen de s'échapper. Mais j'étais impuissant. La petite fille assise à côté de Ralph lui colla un morceau de papier sur le nez et il entreprit de la repousser furieusement. L'assistante les sépara. Elle voulut qu'ils se serrent la main, mais Ralph refusa. Alors la petite fille voulut l'embrasser, mais il la repoussa encore et tout recommença. Pour finir, Miss Jars détourna leur attention car elle était en train de manipuler un aspirateur Hoover à côté de son bureau.

C'était un modèle du type S 480, le même que celui que j'avais à la maison, avec des tas de tuyaux et d'accessoires. Jusqu'à l'arrivée des enfants, je n'avais jamais très bien compris la valeur des accessoires, je n'ai jamais su à quoi ils servaient. Mais il est une chose pour laquelle ils ne sont pas faits, et je l'ai apprise par surprise : grâce à Mickey. Je l'ai découvert un beau soir assis dans la salle de séjour à côté de Ralph, le tuyau bien enfoncé sur le pénis et vrombissant follement tandis que lui-même était secoué d'un petit rire gloussant. Évidemment, je le lui ai arraché et suis allé ranger le tout dans le placard de l'étage à côté de ma chambre. Mais j'aurais été bien en peine de le gronder. Des années durant, j'avais entendu vanter les mérites de l'aspirateur dans le domaine de l'auto-érotisme et été invité à l'essayer par ceux qui se vantaient d'en user quotidiennement. Alors, un soir, pensant que tout le monde dormait, les ayant tous bordés pour la nuit, j'emportai subrepticement le Hoover dans ma chambre pour un petit essai. Ce fut seulement pour découvrir Mickey, Ralph et Harold qui me dévisageaient depuis le seuil, réveillés puis attirés par le bruit. Je fus plus déçu que gêné. Pas la moindre imagination. L'électroménager vous prive de vos fantasmes. Je n'y étais jamais revenu.

Comme un seul homme, les enfants du cours spécial se levèrent et vinrent s'asseoir à même le sol devant Miss Jars en attendant le début de sa démonstration. Seul Ralph demeura à sa table. Après un regard circulaire éberlué et gêné, il se décida à rejoindre les autres.

J'étais de tout cœur avec lui, je sais ce que c'est de n'être pas initié. A douze ans, j'avais décidé de prendre après l'école des cours d'espagnol. Je voulais être capable de parler comme Zorro. Les cours avaient lieu dans une autre école. J'y arrivai en retard le premier jour et ce fut pour découvrir que je m'étais trompé et que la classe avait lieu depuis quinze jours déjà. Le prof avait pourtant insisté pour que je reste. Odeur inconnue dans ce bâtiment inconnu au milieu de ces élèves inconnus — tout cela me rendait nerveux, et quand je fus interrogé pour la première fois, je n'eus que le temps de demander à sortir pour courir vomir aux cabinets. Seulement je ne savais pas où ils étaient et j'avais vomi au beau milieu du hall. Tout le monde savait que c'était moi. Finis les cours d'espagnol. C'est dangereux les langues, me dis-je alors. L'humiliation ne connaît nul préjugé et répartit également sa haine entre tous.

— Eh bien, les enfants, qu'est-ce que je tiens là ?
— Balai !
— Et à quoi ça sert ?
— Balayer !

Miss Jars répandit quelques copeaux de crayon sur le sol et demanda un volontaire pour faire la démonstration de l'usage du balai. La fillette qui avait collé du papier sur le nez de Ralph se leva. Miss Jars tenait la pelle à poussière. Je l'imaginai dans cette posture chez elle, quelque chose qu'une femme de son âge et de son rang ne devait guère avoir envie de faire, mais résignée, il faut bien que cela soit fait. Je me représentai son appartement, le même depuis vingt ans, plein des reliques de son existence solitaire — le temps rempli comme on peut, par la préparation des cours du lendemain et les séances d'époussetage. Peut-être économisait-elle pendant six mois pour s'acheter une robe de chambre neuve, un peignoir de satin plutôt, d'un rose hardi, pour le revêtir comme un réconfort après le bain, jusqu'à ce que vienne enfin l'heure de se coucher. Et quand elle se couche, elle attache ses lunettes à la table de chevet pour ne pas les perdre, les retrouver tout de suite, si jamais on lui téléphonait. Mais personne ne téléphone jamais. Et voilà qu'elle apprend à ces enfants à en faire autant.

— Qu'est-ce que je tiens là, les enfants ?
— Serpillière !
— Et à quoi cela sert-il ?

— Laver par terre !

Un balai sert à balayer. Le fait que les élèves n'aient pas répondu qu'une serpillière servait à serpiller m'impressionna d'abord puis je me dis que c'était du dressage et qu'ils apprenaient tout ça par cœur — peut-être. Un nouveau petit volontaire se leva pour faire la démonstration du lavage et Miss Jars l'aida lui aussi, poussant le torchon trempé sur le parquet de bois dont je remarquai alors qu'il eût été assez bon pour une salle de danse. Et certes, la plupart des gens ne savent pas passer la serpillière. Il y faut des va-et-vient latéraux, en éventail, tout est dans le poignet. Un ami m'en avait fait un jour la démonstration à Los Angeles. C'était le gardien d'une boîte de nuit où se produisaient des comiques. Lui-même avait cru en être un, mais il avait connu plus de succès avec un seau et une serpillière. Il avait appris à se connaître.

Le gamin avait renversé un peu d'eau et Miss Jars sauta vivement par-dessus la flaque dans ses escarpins à talons hauts. Cela semblait un peu ridicule chez elle mais c'était un geste instinctif, un acte réflexe, véritable souvenir d'enfance j'imagine, quand elle sautait par-dessus les flaques en rentrant de l'école. Il est ainsi des choses que l'on n'oublie jamais et que l'on garde renfermées pour ne les sortir qu'à la nuit comme des collections de papillons quand on est seul avec pour unique compagnie la pendule.

Miss Jars tira de sous son bureau où elle le gardait un petit rectangle de moquette. Elle entreprit de dérouler le tuyau du Hoover, après avoir répandu un peu plus de poussière de crayon sur le tapis de démonstration, non sans appuyer accidentellement sur l'interrupteur, ce qui entraîna aussitôt une danse déchaînée du tuyau entre ses mains et lui fit faire un bond en arrière terrifiée. La classe éclata de rire, mais je me sentis quant à moi envahi de compassion pour cette pauvre bonne femme. Elle reprit contenance et se remit à assembler les différentes composantes de l'aspirateur. Les enfants se remirent à se balancer en gloussant ou en marmonnant doucement, rites éternels des handicapés comme des gens qui s'ennuient.

Alors, du milieu de la petite foule, un jeune garçon s'est levé sans permission qui a traversé la masse pour venir vers moi la confusion dans le regard et les lèvres tremblantes — c'était Ralph.

Quand il s'est approché de moi, je me suis laissé glisser de ma chaise pour aller à sa rencontre. Il s'est immobilisé devant moi. Personne ne l'a remarqué tandis qu'il me dévisageait d'un regard que j'avais déjà vu auparavant, puis portait très lentement ses petites mains l'une à ses yeux pour les couvrir l'autre à l'arrière de sa tête sur la zone plate qui est commune à tous les anormaux de son espèce. Ses mains étaient très très lentes et tremblantes. Je reconnaissais ce regard. C'était celui de l'intelligence, celui de la compréhension, mais je ne l'eus pas sitôt reconnu que je me sentis pris de nausée. Parce que je savais que Ralph venait de découvrir soudain et pour la première fois la vérité sur lui-même : en regardant tous les occupants de la salle, il s'était brusquement avisé qu'il était mongolien, imbécile, retardé — inférieur à la normale. EN DESSOUS DE LA MOYENNE.

Je me penchai en lui tendant les bras, mais il avait déjà tourné les talons pour se diriger vers Miss Jars en retraversant la foule.

— Et ça, qu'est-ce que c'est ?
— Aspirateur !

— Et à quoi... oui, Ralph ? Ah, tu voudrais nous en faire la démonstration ? Comme c'est gentil.

Ralph lui prit le tuyau des mains. Il se pencha en avant pour enclencher l'interrupteur et la bête se mit à vrombir. L'assistance fut parcourue d'une espèce de frémissement. Ralph tint un moment l'extrémité du tuyau pointé devant ses yeux comme pour voir ce qui se passait à l'intérieur. Puis il ouvrit prestement sa braguette et enfonça l'embout du tuyau aussi fort qu'il put entre ses jambes.

Miss Jars me rattrapa par le bras à l'instant où j'allais m'élancer vers lui. Elle me repoussa. Arrachant mon bras à l'étreinte de sa main, je voulus me précipiter de nouveau, mais elle me barra le passage.

— Ça suffit comme ça, monsieur !
— Ralph !
— J'ai dit : ça suffit.

Elle me décocha une forte bourrade dans le ventre.

— Vous feriez mieux de partir, ajouta-t-elle.

Une des puéricultrices avait repris le Hoover à Ralph. Il était debout contre le mur, le visage dans le coude, honteux.

— Écoutez, monsieur ! s'écria Miss Jars en me faisant pivoter sur moi-même, allez-vous-en ! Nous avons les moyens de lui venir en aide ici ! Vous pas. Nous pouvons lui enseigner que de telles choses ne se font pas...

— Non, mais...
— Vous pas ! reprit-elle en me contraignant à la regarder. Je crois que ce n'est que trop évident.

16

Le Centre Régional d'Études du Comportement est situé sous un arbre dans une petite bâtisse de brique à un seul étage à laquelle on accède par une longue allée privée qui ressemble à une rue. En examinant les diverses espèces de voitures que je trouvai garées sur le terrain vague qui l'entoure, j'en remarquai plusieurs de petite taille, très quelconques et moyennement âgées (le nom des bagnoles, c'est un truc que je n'ai jamais pu retenir), une grosse jeep avec des suspensions renforcées et des pneus qui avaient des dents, une voiture de sport et un minibus. J'ai rangé mon break et je suis entré.

Il y avait une dactylo assise dans une cabine guère différente de celle de la station-service, avec un hygiaphone dans la paroi vitrée. Elle répondait au téléphone, remplissait des formulaires, soufflant pour les faire sécher sur les lignes de peinture blanche dont elle se servait pour recouvrir ses fautes, et sursauta de frayeur dans son fauteuil quand elle remarqua mon visage appuyé contre la vitre et regardant le sien.

— Je suis ici pour Mickey Gomez.
— Et vous vous appelez ?

Du doigt, je traçai lentement une forme dans la buée sur la vitre — ☺, mon nom.

— Je vous demande comment vous vous appelez, monsieur ? dit-elle en faisant la grimace et en tapotant le téléphone du bout des ongles.

— Sears, répondis-je en me frottant les yeux avec les poings, puis ces derniers sur mon pantalon. Hoover Sears, madame.

— Un instant...

Dans le vestibule, je commençai par décrire quatre petits cercles, un par enfant, tout en examinant le sol qui était brillant et imitait des octogones de brique aux joints de ciment qui cliquetaient quand j'y traînai les semelles pour prendre mon élan et tenter quelques pirouettes pour tromper mon attente. J'eus le temps d'en effectuer trois avant d'être interrompu.

— Bravo, me dit un jeune homme qui s'était amené en douce et me regardait. Je vous admire de danser à cette heure. Entrez.

Je le reconnus aussitôt. Barbe pleine et cheveux courts. Lunettes sans monture. Chemise à carreaux et bloudgine, propre. Gros souliers. Le bûcheron intello, j'en avais été un moi-même à la fac avant d'y échapper en me laissant couler à pic au fond des choses.

— Salut, moi c'est Fred. Puis-je vous appeler Hoover ?
— Je vous en prie.
— Asseyez-vous. C'est moi qui suis chargé de l'assistance sociale dans le secteur psychiatrique sur le quartier. Je vais travailler avec Mickey et vous.

Il avait un petit visage falot. Difficile de l'imaginer plastiquant les bureaux de recrutement des EOR quinze ans plus tôt. Derrière lui, au tableau d'affichage, punaisé un cliché le représentant au ski. Mauvais, ça...

— Je suis heureux de vous voir de si bonne humeur, dit Fred parce que je m'étais mis à rire en songeant à la tronche qu'avait tirée Mickey quand je lui avais annoncé que je me rendais à un rendez-vous pour lui. Je pense que nous avons un sacré boulot qui nous attend, poursuivit Fred. J'ai étudié le dossier avec certains des gens qui ont travaillé avec lui à l'Hôpital des Enfants et visionné les bandes vidéo qu'ils ont prises de ses interactions avec les thérapeutes de l'établissement. On a du pain sur la planche, mais on sait exactement où on va, Hoover.

— Bien, monsieur.
— Fred.
— Bien, monsieur Fred, dis-je.
— Bon, alors, que je vous dise un peu ce qu'est notre système, dit-il, croisant les bras et se penchant en travers du bureau jusqu'à ce que nos nez se touchent presque.

Tout ça, c'est pour le bien de Mickey, me dis-je. Ne va pas faire un truc idiot comme de te mettre à loucher. Écoute, pour une fois. Pour une fois, fais un effort dans le bon sens.

— Le système thérapeutique que nous utilisons ici se nomme Modification Comportementale. En fait, nous préférons l'appeler Gestion du Comportement. Le recours à un système graduel de stimulants négatifs et positifs nous permet de gérer les comportements de ces enfants et de les amener à se comporter d'une manière plus appropriée. Nous sommes en mesure d'obtenir l'extinction des comportements inappropriés.

— L'extinction ?
— Précisément, et Mickey en présente évidemment tout un tas. Masturbation, utilisation du langage sans relation d'objet, gazouillis...

— Il ne fait vraiment de mal à personne ni à...
— Ce n'est pas la question. Pour être en mesure de fonctionner au sein de notre société, il est tout simplement impossible de faire n'importe quoi et en tout cas certaines choses. Vous me l'accorderez certainement. Mickey tel qu'il est aujourd'hui ne pourrait pas se débrouiller dans le monde. Pigé ?

Je m'efforçais de ne pas le juger — qui étais-je après tout — mais ce « pigé » me gêna. A moins que ce ne fût encore le cliché du skieur, les gosses qui vont aux sports d'hiver... J'avais quelques notions de psychologie et la théorie même de Skinner ne m'était pas tout à fait inconnue. Ne m'avait-on pas condamné à rester debout le nez contre un mur deux heures durant pour avoir inondé la cuisine des voisins quand j'étais petit ? Nous sommes, disent-ils, ce que nous faisons. Ah oui ? Étais-je toutes les choses que j'avais faites quand Paula était là ? N'étais-je pas plutôt toutes celles que je n'avais jamais songé à faire, toutes celles qui eussent pu la retenir toujours — le moi secret ? Mais enfin, Fred aussi connaissait son affaire, et son affaire c'était Mickey, et ça, je le pigeais très bien.

Sois honnête et sérieux, songeai-je, ne fais pas semblant parce que, après tout, tu n'es pas non plus terrible terrible dans ton genre et ce type ne demande qu'à te venir en aide.

— Je vois, dis-je.
— Le stimulant positif peut fort bien être un petit LU ou un jouet préféré. Il s'agit d'une récompense, disons le mot. Quant aux stimulants négatifs, dans le cas qui nous occupe, il pourrait y avoir ce que nous appelons salle d'isolement ou de repos, une petite pièce absolument nue dans laquelle on pourrait enfermer Mickey, disons pendant deux

minutes, chaque fois qu'il adopte un comportement inapproprié et refuse d'obéir à nos sollicitations verbales. Il y a aussi le piquet — le mettre au coin — qui est parfois efficace.

— Sans doute.

— Nous dresserons une liste des comportements. Nous nous fixerons des objectifs à brève et à longue échéance. Quelque chose que vous pourriez afficher, peut-être, sur votre réfrigérateur. Nous resterons en contact par téléphone et je passerai m'assurer des progrès de Mickey et, le cas échéant, vous donner des conseils toutes les deux semaines. Je vais venir, disons, jeudi.

— Dis mercredi.
— Mon cul que je veux !
— Non, mercredi. Quel jour sommes-nous, Mickey ?
— Oh mon pauvre bébé. Salut Mickey.

Un petit LU entre les doigts, à dix centimètres de ses lèvres, cela faisait une heure que j'essayais. Mickey se raidissait ou s'amollissait par moments, s'effondrant, glissant de son siège sur le plancher en gloussant ou se redressant pour me dévisager et répéter, répéter encore, répéter sans cesse qu'il voulait mon cul oui. Consultant mes instructions écrites, j'ôtai ma ceinture, en entourai Mickey et l'attachai derrière le dossier de son siège pour le maintenir en place.

— Quel jour sommes-nous, Mickey ?

Le cagibi du haut, là où je remisais l'aspirateur, avait été vidé de son contenu, mais Mickey y semblait aussi content que partout ailleurs. Refermant la porte sur lui, je comptai jusqu'à cent vingt en accélérant de plus en plus, incapable de le savoir enfermé, fût-ce si peu de temps, mais quand je rouvris la porte je le découvris plongé dans une masturbation délicieuse, béat, gloussant de joie en regardant le plafond. L'idée de le mettre au coin me semblait aussi inutile que les doses de Thorazine que je lui refilais conformément aux instructions chaque soir et chaque matin — drogue qui n'avait guère pour vertu que de lui donner l'air drogué et dont l'amertume vanillée avait envahi tout ce que je respirais, encore que cet arôme fût seulement présent dans ma tête.

A mesure que les jours passaient, je voyais se creuser plus profonds les deux petits sillons verticaux qui barraient le front de Mickey dont la confusion restait la même, qu'il fût assis ou vautré face à chacun des petits LU que j'avais le courage d'agiter sous le nez des deux ou trois lui qui ne cessaient de se chamailler sous sa peau, si violemment parfois que je croyais voir des marques physiques à l'endroit où ils lui donnaient des coups de pied. Pour finir, tout le monde perdit et y perdit.

— Mickey, quel jour sommes-nous ?
— Qui suis-je ?

Il dit cela pour la première fois un beau jour après un court déferlement de syllabes insensées, son visage crispé se détendant soudain, posant la question d'une voix douce comme s'il avait réellement voulu le savoir, mais seulement pour se lancer aussitôt après dans plusieurs invectives mauvaises qui me contraignirent à essayer de nouveau la ceinture.

Qu'étais-je donc en train de faire pour lui ? Que pouvaient bien signifier, pour Mickey, Fred et tous les petits LU et tous les cagibis du monde ? Mickey si lointain, si éloigné des sphères de notre pauvre normalité. Chaque nuit je m'émerveillais de nouveau quand il dormait, vêtu de son pyjama bien réel imprimé de voiliers, quand il dormait détendu et soigneusement bordé, si semblable d'apparence à tous les autres enfants. Je me demandais qui s'était avisé de le rendre ainsi et pourquoi on n'avait jamais pensé à me faire subir la même chose.

Quand tous les enfants étaient couchés, que je les avais bordés l'un après l'autre et m'étais allongé avec eux sur leur lit jusqu'à ce que je fusse sûr qu'ils étaient en sécurité, j'avais pris l'habitude de trier des chaussettes pour Miss Pistol, assis par terre dans la salle de séjour, le panier de blanchisserie entre les genoux, couleurs d'un côté, blanc de l'autre. J'aimais regarder les éclats de lumière courir le long des murs dans le noir et entendre le bruit des voitures qui passaient comme du ruban adhésif qu'on arrache le long de la rue devant chez nous. De temps à autre, l'un des petits poussait un hurlement étouffé dans la langue qui lui était propre et je me sentais chez moi, sachant que rien ne changerait d'ici longtemps.

Ce mercredi-là, je crus entendre un faible froissement de draps. J'entendis le plancher craquer à l'étage et je ne sais pourquoi je compris que c'était Mickey. Je montai en m'arrêtant pour écouter, immobile et silencieux, toutes les deux ou trois marches. Quand j'entrai dans sa chambre, je le trouvai assis tout droit dans son lit, les yeux fixés dans le vague par-delà Harold au creux des ténèbres.

Je m'assis sur son lit à côté de lui.

— Mickey, murmurai-je. Tu n'as pas sommeil.

Il était assis tout raide et finit par répondre de sa voix rauque et chuchotée, celle qui signifie qu'il vous a entendu :

— Non.

Les boucles de sa chevelure noire avaient été aplaties tout autour de sa tête par l'oreiller. On aurait dit un halo noir.

— Pourquoi tu n'as pas sommeil?
— Non.

Il frissonna un peu et je me rendis compte que sa main était sous les couvertures entre ses jambes et qu'il se tripotait, mais je laissai faire. J'y ai moi-même suffisamment mis la main pour ne plus pouvoir me permettre de porter de jugement.

— Mickey...
— Je suis fatigué.
— Je sais, moi aussi. Mais alors pourquoi n'arrives-tu pas à dormir? La journée a été dure.
— Je suis fatigué.

J'ai contemplé son visage qui contemplait le mur opposé par-delà le lit de Harold. Sa main s'est arrêtée quelques secondes. Il s'est tourné vers moi et m'a souri, puis s'est rembruni et sa main a recommencé.

— Je ne veux pas, qu'il a dit.
— Mickey, je sais que c'est dur de devoir arrêter de faire toutes ces choses que tu...
— Je ne veux pas.
— Je sais.

Il a examiné mon visage une minute. Sorti sa main de sous les couvertures et l'a posée sur ma joue, ses yeux encerclant les miens dans le noir. Il a incliné la tête sur le côté comme je l'ai vu faire à des chiens, et à des clowns, et puis il m'a souri. Et de tous les mondes intérieurs ou non, et du sien, et du mien, et de celui de Fred — dans cet univers si énorme avec toutes les planètes et tous les systèmes solaires autour et les nébuleuses et les galaxies autour des nébuleuses et les interminables années-lumière des choses qui s'éloignent vers l'endroit où le plus gigantesque n'importe quoi se résout à rien du tout, je n'ai pu m'empêcher d'hésiter à arracher Mickey à ses propres tortures pour l'emmener dans les nôtres, plus distinguées mais infiniment plus avides, là où nous menons nos duels avec courtoisie et rigueur, échanges débordants de signification et malentendus et cœurs brisés qui vous tuent aussi net que la première tumeur venue, là où vous vivez, dans votre âme.

Mickey était né ainsi, voilà tout, livré à la mauvaise adresse par une cigogne myope : sur cette terre. Il existait forcément un lieu où ç'aurait été le contraire.

Je l'ai entouré de mes bras et je l'ai senti s'immobiliser sous mes mains. Il m'a regardé.

— Prof, qu'il a dit, je suis malade.

— Je ne suis pas prof, Mickey...

Il s'est arraché de moi, reculant un peu pour mieux me voir. Ses yeux étaient souriants et simples en cet instant, juste avant qu'un autre lui ne vienne prendre la relève en un éclair pour poursuivre la lutte. Ce sont des choses qu'on n'a plus qu'à la fermer quand on les regarde.

— Mickey...

Il a secoué la tête et souri d'une manière qui veut dire oui.

— Je suis malade. Ça va, qu'il a dit gentiment.

— Ça va, j'ai fait.

Et puis je suis redescendu.

17

Il n'était pas tard. Seulement il faisait noir et tout était très silencieux. Assis par terre dans la salle de séjour, j'entendais Tina dans sa chambre qui chantait des bribes de chansons de cow-boy dans son sommeil et puis une fois je l'ai entendue murmurer « ... et pli-é et le-vé... » avec ce froissement particulier des draps qui voulait dire qu'elle aussi désormais. Cela faisait bien peu de temps que ses jambes pouvaient froisser quoi que ce fût et déjà elle dansait dans son sommeil — comme moi. J'en étais enthousiasmé et je n'avais plus rien à dire, des heures qu'elle passait dans la buanderie à s'entraîner, à faire travailler ses genoux neufs en fredonnant *Je veux qu'on m'enterre avec ma selle et mes bottes* et, depuis peu, des extraits de chansons à succès entendues à la radio. Elle s'était mise à l'écouter à toute heure dans sa chambre et l'emportait parfois même avec elle dans le studio. Elle écoutait même les informations. Pendant le dîner, elle me disait ce qui se passait dans le monde, mais je ne voulais pas l'écouter et, le soir, tandis que je massais ses jambes douloureuses, elle me demandait le genre de fille qui me plaisait.

Mêlez-vous de vos oignons, je disais.
— Mêlez-vous de vos oignons vous, qu'elle répondait.

Je lui pinçais le mollet.

— Pourquoi voulez-vous le savoir ?

— Je veux le savoir, un point, c'est tout. Enfin quoi, vous allez vous marier un jour, oui ou non ? Ou devrons-nous vous garder ici à tout jamais ?

— Ça ne vous plaît pas ? La porte est ouverte.

Elle me balançait un coup de pied dans la figure et je lui tenais la jambe en l'air en lui chatouillant la plante des pieds qu'elle avait remarquablement sensible.

— Et Miss Pistol, dis-je. Elle ne vous plaît pas comme mère Miss Pistol ?

Tina ne répondit pas et je vis bien qu'elle pensait à autre chose.

— Comment se fait-il que vous ne sortiez jamais avec des filles ? finit-elle par dire. Vous êtes homo ?

— En voilà des manières, dis-je. Où allez-vous chercher des mots pareils, hein ?

— Répondez !

— Quoi, répondez ? Je ne sors pas avec des filles parce qu'il n'y a pas de filles pour sortir avec.

— Et la classe de danse ? Il y a des tas de filles en classe de danse.

— Je suis trop occupé.

Elle approuva de la tête d'un air sarcastique et grogna quand je pressai l'arrière de sa cuisse, le muscle à tout faire, celui qui maintient l'ensemble, lui permet les flexions et les pivots. Le muscle qui lui avait sauvé la vie, et quand je me mis vraiment à réfléchir à ces questions, elle était endormie.

On aurait cru qu'il n'y avait jamais de circulation dehors dans la rue. Les seuls autres bruits dans la salle de séjour étaient d'occasionnels chocs sourds en provenance de la chambre de Ralph à l'étage lorsqu'il laissait tomber quelqu'un — Joey ou Steve — de son lit. Miss Jars avait conseillé de lui reprendre ses poupées et de l'encourager à jouer avec des jouets correspondant mieux à son âge normal, mais je n'avais pas eu le cœur d'excommunier Joey ou Steve. La troisième poupée, Bucky, avait trépassé depuis plusieurs mois déjà, résultat d'un accident urinaire pendant la nuit.

J'avais acheté à Ralph une plaque de soldats de plomb. Enfant, j'en avais possédé un groupe moi-même, figé dans la position du présentez armes. Avant de m'endormir, tous les soirs, je les disposais par terre tout autour de mon lit pour me protéger pendant la longue nuit. Ils ne m'avaient jamais trahi.

Je regardais les chaussettes changer de forme quand je les brandissais à contre-jour sur le fond des dessins que l'éclairage de la rue traçait sur le mur de la salle de séjour et puis je les secouais et je leur soufflais dessus pour les faire voler comme des drapeaux. Quand j'eus fini de trier le contenu du panier, je me levai pour passer dans le vestibule.

Par la fenêtre, la rue semblait humide sans l'être. Le trottoir luisait en longs rubans sous la lumière des réverbères. Les poteaux télégraphiques se dressaient comme des squelettes noirs sur la lune. Leurs fils faisaient comme des yo-yo enchevêtrés ou plutôt comme les fils d'une armée de fil-de-féristes qui transformait le quartier en cirque, parcouru par des couples de funambules déchus et infirmes cherchant à oublier leurs membres douloureux et leurs nerfs malades. Je me demandais si Tina serait jamais l'une d'entre eux.

Dans les fenêtres de la maison d'en face, je vis une lumière gris-bleu projetée par un poste de télévision derrière les rideaux et qui transformait ces deux fenêtres en deux yeux fixés sur notre propre demeure. Deux yeux qui ne clignaient jamais. A l'intérieur, il y avait le mari et la femme. S'embrassent-ils encore, songeai-je, au bout de tant d'années, ou jouent-ils désormais un rôle appris par cœur par la force de l'habitude ayant cessé de frotter leurs joues l'une contre l'autre et leurs lèvres sur leurs lèvres pour bavarder sur l'oreiller ? Une ombre d'homme passa sur les rideaux. La femme lisait-elle agenouillée sur quelque divan près de lui, sa chevelure tirée en une queue de cheval ? Marcherait-il jusqu'à elle en silence pour lui poser un baiser sur la tête et sourirait-elle alors en lui prenant la main, avant de la lâcher ? Car c'est un grand don de savoir aussi lâcher.

Je me demandais s'ils éprouvaient de la haine contre quelqu'un, je me demandais pourquoi j'en éprouvais, moi. J'avais toujours pensé qu'il était bon de haïr quelqu'un, afin de donner à son âme un récipient à remplir plus tard d'autre chose et afin de s'assurer qu'on connaissait la différence. Mais peut-être que je me trompais.

En m'installant dans la maison, j'avais acheté un grand lit, mais je n'arrivais plus à me rappeler pourquoi. Était-ce que j'avais pensé trouver quelqu'un pour le partager — que c'était possible ? Achetons-le grand, on ne sait jamais. Je me demandai alors ce que Paula était en train de faire en cet instant même et je fermai les yeux pour la voir mais quand je les rouvris ce fut Mrs. Marie et quand je clignai ce fut la jolie fille du cours de danse et quand je pivotai sur moi-même j'étais seul tout simplement. C'est alors que mon téléphone a sonné, j'ai sursauté mais quand j'ai répondu on avait raccroché.

Je suis passé voir Tina, puis j'ai monté l'escalier tout seul. Je suis passé voir Mickey et Harold et Ralph. Bonne nuit mes quelqu'un à moi. Quand je suis entré dans ma chambre, mon lit m'est soudain apparu comme un océan si vaste si désolé si vide. J'ai ôté tous mes vêtements et j'ai enfilé mon pyjama bien chaud, celui avec des rayures. Je me suis glissé sous les couvertures et j'ai regonflé mon oreiller, empli de plumes, du duvet de quelque oie ou canard bien lointains. Je l'ai tenu contre ma poitrine un moment et puis je l'ai serré entre mes bras jusqu'à ce que je m'endorme.

18

Le trajet jusqu'à l'Hôpital des Enfants fut bizarre. Je tentai d'expliquer à Harold que c'était seulement pour un rendez-vous, que je ne l'y conduirais que deux fois par semaine, que je ne l'amenais pas là-bas pour le restituer, client mécontent de quelque grille-pain défectueux, mais il me fallait bien reconnaître que j'étais moi-même quelque peu refroidi à l'idée de lui faire refranchir ces portes en sens inverse.

Au départ, il était assis à côté de moi à l'avant mais au bout de cinq minutes de conduite, il regagna le siège arrière, puis le strapontin de Tina tout au bout et, là, se recroquevilla contre la vitre les mains appliquées contre la fenêtre, cherchant à sortir. J'eus l'impression de l'entendre chantonner « va te faire foutre va te faire foutre va te faire foutre... » et n'aurais pas songé à le lui reprocher, mais le break tira brutalement à gauche et je compris que le bruit était en fait le flip-flop d'un pneu crevé.

Je mis le cric en place et sortis la manivelle, le pneu arrière gauche n'avait plus de dessins du tout et un clou avait parachevé le travail. Des pneus rechapés, me dis-je. Toujours cette manie de faire quelque chose à partir d'autre chose — des pneus neufs à partir de vieux pneus.

Eussé-je su qu'elle était équipée de pneus rechapés que jamais je n'eusse acheté cette voiture. L'eussé-je achetée, que je l'eusse toujours conduite avec appréhension — qu'on sache au moins de quoi il faut se méfier !

Harold se tenait près de moi sur le bas-côté de la route, des automobiles passaient en trombe, nous expédiant du vent chargé de gravillons. Derrière nous, un champ se vautrait jusque dans la forêt. J'imaginai Harold courant s'y réfugier, s'y perdant et devant survivre désormais par ses propres moyens, sous les feuillages. L'idée semblait presque évidente. Quelles bêtes pouvaient se tapir dans cette jungle qui fussent pires que celles qui peuplaient son cerveau ? Un coup à ridiculiser le lion le plus féroce.

J'étais en train d'essayer la roue de secours en la faisant rebondir sur la route quand j'entendis des hurlements.

Harold était renversé contre l'aile du break et se frappait avec la manivelle, sa chemise jaune maculée de cambouis, le nez ensanglanté, les yeux fous. Je courus jusqu'à lui mais trébuchai sur le gravier et m'aplatis face contre terre. Des gravillons s'incrustèrent dans ma joue. Je me remis debout mais tombai encore deux fois avant de l'atteindre et, quand j'y parvins enfin, il s'était fatigué lui-même de son effort, l'outil pendant au bout de son poing. Il ne s'était pas fait aussi mal que je l'aurais cru en raison surtout de la forme bizarre de la manivelle qui gênait son geste. Je la lui arrachai, le fis remonter dans le break et, après avoir terminé l'opération de changement de roue, repris la route.

Je songeais à rebrousser chemin. L'idée me traversait constamment l'esprit à mesure que défilaient les kilomètres et que je voyais le visage de Harold enfler puis se ratatiner au rythme de ses intérieurs, indéterminés et inégaux. C'était

Mrs. Marie qui nous avait suggéré ce docteur Spige, disant que c'était le seul en qui elle pouvait avoir confiance pour Harold, encore que je n'aurais pu dire si elle exprimait ainsi son propre sentiment ou ce qu'elle croyait être le mien.

— Rien qu'une heure, Harold, dis-je, et puis on rentrera à la maison.

— Va te faire foutre va te faire foutre va te faire foutre.

C'est juste, songeai-je. Je devrais aller me faire foutre. On va être en retard de toute façon et les psychiatres on les connaît avec le compteur qui tourne, prêts à s'envoler pour les Bahamas sitôt après l'entretien. Pas une minute à perdre, pas le temps pas le temps pas le temps. Il m'avait bien fallu dix minutes sinon plus pour changer le pneu mais je n'avais pas de montre. Je n'en possède pas — ça me coupe la circulation.

Il m'a fallu tirer Harold jusqu'à l'hôpital, la manivelle me rebondissant contre la jambe. Je la lui laissai emporter. Quand j'étais petit, j'emportais toujours un maillet de croquet chez le dentiste. Je ne m'en suis jamais servi mais enfin je savais que je l'avais.

Une réceptionniste m'a indiqué la consultation du docteur Spige. Par là puis à gauche puis encore à gauche. Toujours à gauche, me dis-je. Plutôt encourageant.

Sur le bureau, il y avait une plaque avec un nom : Rosemary Luna et, derrière, un vieux type. Il était replet, les cheveux gris coupés en brosse, très drus et bas sur le front comme une espèce de bonnet de fourrure qu'il aurait ramené sur ses yeux. Il portait des lunettes noires très épaisses à travers lesquelles je distinguais à peine ses yeux, noirs eux aussi. Il n'a pas eu l'air de s'aviser le moins du monde de notre présence et a poursuivi ce qu'il faisait avec une extrême intensité, occupé qu'il était à dessiner quelque chose sur un bout de papier. Ce qu'il dessinait, c'était Nancy, le personnage de BD. Il l'avait déjà dessinée plusieurs fois, de différentes tailles et dans diverses positions sous des angles différents. Ses mains étaient de grosses pattes courtes qui semblaient vigoureuses. Il portait une cravate et une blouse de docteur, un très vieux pantalon et des escarpins tout neufs. Quand il a fini par lever les yeux du bureau de sa secrétaire, j'ai remarqué une longue cicatrice horizontale qui lui barrait la gorge. Du coup, j'ai fait deux pas en arrière.

Il a indiqué une chaise et il s'est remis à son dessin. Ses genoux remuaient sous le bureau et son front était tout plissé tant il dessinait méticuleusement ses Nancy.

Et puis, d'un seul coup, il a pivoté sur son siège, agrippé Harold par le poignet et l'a escamoté par une porte qui s'ouvrait au fond de l'antichambre et qu'il a claquée derrière lui, disparaissant avec mon gamin. J'ai gagné la porte. Elle était fermée à clé. Alors, j'ai remarqué qu'il y avait une autre porte juste à côté. Je l'ai ouverte et je me suis retrouvé dans une pièce minuscule dans laquelle il n'y avait qu'une chaise et une grande fenêtre teintée de bleu par laquelle j'apercevais le docteur Spige et Harold. C'était un miroir sans tain qui permettait d'observer le bureau du vieux type, pièce immense meublée seulement d'un petit bureau au beau milieu et quasiment de rien d'autre.

Spige s'assit presque aussitôt derrière son bureau, abandonnant Harold qui, la manivelle à la main, se mit à tourner sans but autour de la pièce.

Le toubib a croisé les bras et s'est perdu dans la contemplation des trois cadres qui ornaient son bureau et renfermaient, me suis-je dit, des photos de sa famille. Il ne regardait pas Harold. Il ne disait pas un mot.

Harold fit plusieurs fois le tour de la pièce en rasant les murs explosant en brefs accès pendant lesquels il se jetait violemment contre la paroi. Une fois, il courut jusqu'au bureau du docteur Spige et le menaça avec la manivelle, mais le vieux ne cilla pas et Harold s'éloigna.

J'avais le sentiment que des heures s'écoulaient et qu'il ne se passait rien. Et puis le vieux s'est levé et il a gagné un placard dans le mur opposé à son bureau et s'est mis à ouvrir et fermer des tiroirs, furibard de n'y pas trouver ce qu'il cherchait. Pour finir, il est revenu ouvrir le tiroir de son bureau et en a tiré un petit garçon de plastique, tout nu, d'une quarantaine de centimètres de haut. Il l'a posé sur son bureau et est retourné au placard. D'un petit tiroir tout en bas il a sorti un petit pantalon bleu et un morceau de tissu jaune, un chiffon on aurait dit. Il a enfilé le pantalon à la poupée et s'est rassis à son bureau avec le chiffon.

Je ne voyais pas ce qu'il faisait parce que les cadres photographiques me le masquaient, mais il avait l'air de s'activer fébrilement sur quelque chose d'assez petit, peut-être encore un dessin, courbé très bas sur son travail, ses lunettes ne cessant de glisser jusqu'au bout de son nez.

Harold s'était assis par terre et le dévorait des yeux, intrigué par cet être qui ne lui accordait pas la moindre attention et ne cillait pas quand on le menaçait.

De nouveau, j'ai eu l'impression que des heures s'écoulaient, mais quand Spige a fini par se lever, il tenait à la main une petite chemise jaune fort habilement taillée et cousue. Il l'enfila à la poupée puis, sur le visage de la poupée, il déposa une tache d'encre bleue qu'il lui frotta sur la joue avec le pouce là où Harold avait un bleu parce qu'il s'était donné un coup de manivelle.

Il a sorti de quelque part un miroir allongé qu'il est allé appuyer contre le mur, puis il a installé la poupée-Harold devant le miroir. Ensuite, il est allé à l'autre extrémité de la pièce et s'est lui-même assis par terre, sans rien dire.

Quand j'étais enfant, je lisais « Nancy » tous les jours à la page des BD du journal parce que c'était imprimé très gros. Je savais que les gros caractères étaient pour les enfants alors que les petits avec plein de mots étaient les BD pour adultes, des histoires de vedettes de cinéma et de pilotes de chasse. A mesure que j'ai grandi, j'ai pourtant continué à lire « Nancy » en premier alors même que je trouvais toujours ça complètement idiot. J'étais incapable de ne pas lire « Nancy ». Je me demandai pourtant quel genre d'homme pouvait bien créer une chose pareille, si puérile de A jusqu'à Z, si naïve jour après jour, quelle sorte d'intelligence imbécile pouvait fonder sa carrière sur de pareilles inepties jusqu'au jour — j'étais au lycée — où voulant essayer mon propre talent d'auteur de BD pour le journal de l'établissement, je décidai à la blague d'écrire une manière de « Nancy ». J'en fus incapable. Avec tout mon prétendu talent, mon verbiage, mon badinage et ma grande intelligence, j'étais parfaitement incapable de rédiger quelque chose d'aussi simple, malgré tous les efforts que je déployais.

A travers le miroir sans tain, je vis Harold s'approcher de la poupée. Comme le papillon par la flamme, il était attiré par elle et en même temps terrifié. Deux pas en avant, trois pas en arrière. Il s'assit. Il se leva. Il courut de toutes ses forces contre le mur opposé, celui dans lequel était découpé le miroir sans tain et le choc me fit sursauter.

Spige n'eut pas un mouvement. Son immobilité m'enrageait. Il semblait indifférent, il avait même l'air de s'ennuyer, comme s'il allait s'assoupir d'un instant à l'autre.

Harold se rapprochait lentement de la poupée, tendant une main hésitante, la touchant d'un doigt qu'il retirait aussitôt comme je l'ai vu faire à de grands singes.

Spige se leva et retourna lentement jusqu'au placard dont il tira un cintre. Il se rassit à son bureau et prit des pinces dans le tiroir pour se mettre à travailler le fil de fer — ses gestes échappant de nouveau à ma vue. Harold l'observait lui aussi, ses regards allant du vieux à la poupée, incapable qu'il était de décider lequel des deux était le plus bizarre et, toutes les cinq ou six minutes, il explosait de nouveau brièvement et se jetait la poitrine en avant contre le mur avant de revenir s'accroupir près du miroir.

La docteur Spige brandit enfin son œuvre tout contre ses lunettes pour l'examiner et je demeurai ébahi devant l'exactitude de ce qu'il venait de réaliser. Je reconnus d'emblée un lit de fer en miniature, reproduction fidèle jusqu'aux ressorts du sommier et aux quatre pieds trapus. Il l'emporta près du miroir. Tirant une ficelle de la poche de sa blouse il attacha la jambe de la poupée au lit et déposa le tout près de Harold.

Le docteur Spige avait évidemment le bout de tuyau de caoutchouc dans sa blouse depuis le début, avant même notre arrivée. Il s'était entièrement préparé à son entrevue avec Harold, alors que tout semblait indiquer le contraire — et l'opinion que je me faisais de lui changea du tout au tout. Quand il le sortit de sa poche, Harold se mua en cobra, il recula, les yeux écarquillés, tendu, tous les muscles en alerte, prêt à frapper ou à fuir. Spige le regardait en prenant tout son temps, ses propres yeux semblaient s'être agrandis eux aussi et je voyais depuis mon poste d'observation que leurs poumons à tous deux s'enflaient et retombaient à l'unisson tandis que la main du vieux, paume ouverte, s'approchait au ralenti du garçon, pour lui offrir le bout de tuyau d'arrosage.

L'explosion de Harold fut subite. Il se cabra comme un cheval, comme un lion blessé, bondit vers le plafond puis retomba à plat ventre par terre, ruant dans le vide, le front heurtant la moquette. Il détala en rampant et alla s'écraser la tête contre le mur, se précipitant comme une poupée de chiffon contre les fenêtres et le plancher.

Spige se tenait parfaitement immobile, la main toujours tendue et je ne pus m'empêcher de songer à quelque dresseur de cheval offrant le rituel morceau de sucre. Je ne parvenais pas à pénétrer le calme regard de ses yeux.

Harold se mit à griffer le mur puis à se cogner la tête en un spasme si prolongé que le sang surgit à la surface de son front en un vaste rectangle et commença à maculer la peinture. Je me précipitai hors de ma petite pièce, mais l'autre porte demeurait fermée à clé. Je la martelai de mes poings sans obtenir la moindre réaction et quand je regagnai le miroir, je vis que Spige n'avait même pas bougé.

Brusquement, Harold fut sur lui. Comme un animal déchaîné, il lui mordit le visage et du sang perla aux joues du vieil homme mais il ne bougeait toujours pas alors même que le poids seul de Harold aurait suffi à le basculer. Il gardait la main tendue paume ouverte, présentant le bout de caoutchouc, et alors, en un geste si preste qu'il fut presque imperceptible, Harold s'en saisit, courut jusqu'à la poupée et lui administra une correction démentielle qui lui arracha les bras, brisa la poitrine en trois morceaux, sa fureur, sa pure colère devenue littéralement tangible installant enfin son règne dans la pièce, Spige lui-même finissant par tressaillir et reculer devant l'incendie. Le gamin lâcha le tuyau et s'attaqua à la poupée avec ses mains et ses dents, lui arrachant la tête avec la bouche, piétinant les morceaux en poussant des cris perçants.

Il tomba de nouveau sur Spige et, cette fois, le médecin se contenta de se rouler en une espèce de boule, la tête entre les coudes, les genoux au sol tandis que Harold le battait à coups de tuyau et arrachait des morceaux de sa blouse avec les dents.

En dix minutes qui semblèrent encore des heures, Harold fut épuisé. Il s'effondra en tas par terre près du miroir, dégoulinant de sueur, les yeux révulsés, pantelant.

Ce fut alors que Spige bougea. A quatre pattes, il rassembla à la hâte tous les morceaux de la poupée éparpillés aux quatre coins de la pièce, leur faisant un berceau de ses deux mains en creux et il les apporta au garçon. Prenant les mains de Harold, il en fit un berceau qu'il emplit des morceaux brisés de son moi miniature tout en le regardant d'un regard que je n'avais encore jamais vu à un adulte, une expression qu'on peut seulement imaginer à l'intérieur de soi-même quand on prie. Et quand les yeux de l'enfant rencontrèrent les siens, ils s'immobilisèrent ensemble tandis que le docteur Spige, portant les deux mains tremblantes de Harold à ses lèvres, embrassait l'un après l'autre les morceaux brisés du petit garçon, puis les offrait ensuite aux lèvres de Harold et les laissait tomber un par un sur le plancher, de sorte qu'ils demeurèrent seuls, tête à tête, l'enfant et le vieillard. Ce dernier retira sa blouse et en enveloppa Harold et, lui passant le bras autour des épaules, l'attira contre lui. Harold laissa sa tête aller contre le cœur du vieux bonhomme et la brosse grise frottait doucement les oreilles du petit garçon et les vieilles lèvres embrassaient son cerveau, lui racontant des choses par des mouvements sans voix tandis que les yeux affolés et les poumons brûlants de Harold retrouvaient peu à peu le calme et que tout tremblement s'interrompit, car sa peur, ayant enfin rencontré son égale, disparut, terrifiée.

19

Tina était inscrite à l'école publique du quartier où elle avait commencé en troisième année, puis avait rapidement gravi les échelons pour se retrouver parmi les élèves de son âge trois mois après son inscription. Elle continuait aussi à la barre. Le soir, je lui massais les jambes, tandis qu'elle s'allongeait à plat ventre sur son lit.

Un soir, après le dîner, ayant déposé fort tôt sa fourchette et quitté la pièce avant la fin du repas, elle roula jusque dans le vestibule, le visage empreint de colère et d'angoisse. Je la suivis.

— Qu'est-ce qu'il y a?

— Rien, dit-elle, roulant jusqu'à la première fenêtre où la lumière du couchant rougit ses boucles blondes. C'est quelque chose que j'ai mangé, peut-être, qui ne passe pas.

— Mais vous avez un appétit d'oiseau. Vous n'avez rien mangé du tout. Qu'est-ce qu'il y a?

D'un air absent, elle étendit une jambe en un battement tendu, un doigt sur le menton.

— Il faut tourner à partir de la hanche, lui dis-je. Vous, vous le faites à partir du genou. Vous allez vous coller...

— Fichez-moi la paix.

Elle tourna ses regards vers sa chambre, à l'autre bout

du vestibule, puis vers moi, l'espace d'un instant inconfortable.

— C'est la danse ? demandai-je. Écoutez, Tina, il faut être raisonnable. Vous ne pouvez pas en espérer plus si vite. Il faut des années et des années de...

— Oh, Hoover !

Et elle roula à travers le vestibule jusqu'à la deuxième fenêtre, pivota pour y faire face et posa les coudes sur le rebord.

Les voisins d'en face avaient récemment refait leur jardin. Je ne m'en étais pas aperçu jusqu'alors et dans la lumière crépusculaire, presque horizontale du soleil, je vis de nouveaux meubles de jardin de fer forgé d'un côté et trois petites statues de l'autre, des canards de plâtre à la queue leu leu, une mère et deux canetons dont le bec jaune orangé se détachait sur l'herbe.

— Je me demande où sont les deux autres petits, dis-je pour moi-même. Ces trucs-là sont généralement livrés avec quatre canetons.

— Ils ont quitté le nid, dit Tina.

J'imaginais une partie de croquet sur cette pelouse, tout le monde en pantalon de golf avec ces chapeaux et ces gilets grotesques, cognant les boules pour leur faire franchir les arceaux de fil de fer, sirotant du sherry sur les chaises de jardin parmi les buissons taillés en forme de verre à orangeade pour la saison. Et peut-être un bassin.

— Ce n'est pas la danse, dit Tina.

— Mais alors, qu'est-ce que c'est ?

De l'autre côté de la rue, un jardinier qui semblait grec sortit d'une haie portant une énorme paire de ciseaux. L'idée me traversa l'esprit qu'il venait d'assassiner quelqu'un derrière les buis. D'ailleurs, il avait garé sa camionnette devant une borne d'incendie.

— Si je vous demande quelque chose pour me faire plaisir, Hoover, le ferez-vous ? demanda Tina. Une chose, rien qu'une ?

— Bien sûr, dis-je. Très vraisemblablement.

— Bah... commença-t-elle, et voilà qu'elle se mit à battre des coudes comme une espèce de gibier d'eau détendant ses muscles raidis par le rebord de la fenêtre. Quand vous me massez les jambes... — elle s'interrompit un instant — quand vous me massez les jambes et que je m'endors, laissez-moi dormir tout habillée, d'accord ? C'est-à-dire, ne me mettez plus en pyjama, d'accord ?

— Pourquoi ça ?

— Écoutez, Hoover, dit-elle en élevant la voix. Parce que je suis une fille enfin. Vous n'êtes pas censé...

— Mais tout de même, Tina, je suis votre père, bon sang de bois.

— Non, vous n'êtes pas mon père, dit-elle avant de rouler jusqu'à sa chambre dont elle referma la porte.

Je suis allé m'asseoir par terre dans la salle de séjour. Derrière moi, les tintements d'assiettes dans l'évier se mêlaient aux ordres de Miss Pistol qui aboyait contre Ralph dont l'éponge brandie était devenue une arme redoutable avec laquelle il mettait de la mousse sur tous les visages, affublant Mickey d'une barbe et déposant çà et là des montagnes neigeuses sur le sol. Elle est devenue plus patiente avec eux, me dis-je à propos de Miss Pistol. D'ailleurs, tous les membres de la maisonnée sont devenus plus ci ou ça sans que je sache pourquoi, mais moi-même j'en ai l'impression.

Ralph aussi faisait des progrès dans son école spécialisée : il apprit à se servir proprement d'une éponge. Et les techniques de Modification du Comportement permirent d'apprendre enfin à Mickey comment dire « Bonjour, enchanté de faire ta connaissance », d'une voix ni trop grave ni trop aiguë.

Moi, ça me rendait un peu malade... et de plus en plus. A croire que ce n'était plus moi — ni moi-même, ni mon histoire. Comme si les choses qui étaient depuis si longtemps dans ma tête, mais environnées de brume, avaient lentement accédé à toute leur clarté, toute leur réalité pour moi, quand bien même elles étaient artificielles. Ma paternité. La jolie fille du cours de danse. Se donner tant de mal pour créer des choses et en effacer d'autres. Substitution et remplacement. Est-ce qu'un philosophe n'a pas dit que tout est réel seulement dans l'esprit ? Mais que faisait-il de la souffrance et de tous les sentiments creux et de la quête du changement, de l'amélioration, du progrès ? Par terre, dans la salle de séjour, les jambes réunies étendues devant moi, les mains croisées dans mon giron à la manière d'un petit garçon, j'attendais ma famille, celle que je pensais avoir fini par créer, comme une espèce de moisson d'un genre nouveau tout autour de moi, me demandant de quoi serait faite la saison qui s'annonçait.

Du temps passa et Tina s'inscrivit au cours de danse de Mme Lasovitch, la petite mémé se montrant sous des couleurs que je ne lui avais jusqu'alors pas soupçonnées, la magnanimité étant le signe distinctif de bien des Russes d'opérette, ce que j'avais fini par croire qu'elle n'était pas. A vrai dire, elle était parfaite avec Tina, l'entourant de toute l'attention dont elle avait besoin sans pour autant la gâter, la critiquant sans la punir, sachant la cajoler et lui faire la leçon.

Après le cours, la jolie fille de la classe venait jusqu'à Tina et lui touchait le bras, la complimentant pour sa coiffure. Moi, j'observais de loin, envieux du bras. Mais elle m'aborda à mon tour :

— Vous avez une fille merveilleuse !

— ...

— Ça fait longtemps que je vous ai remarqué ; avant, vous veniez sans elle.

— ...

Je gardai les yeux fixés sur le sol. C'est fou ce qu'on pouvait mettre comme encaustique là-dessus ! Et puis je me suis éloigné sans rien dire. Mieux vaut sauvegarder le rêve, préserver le mystère.

Tina n'assistait évidemment qu'à la première moitié de chaque cours, les exercices à la barre, à laquelle elle s'accrochait comme une naufragée, ses béquilles appuyées contre le mur, sa chaise roulante désormais moins utile attendant à la maison. Tout le monde disait que c'était un miracle, mais nous savions tous les deux que personne n'avait encore rien vu, la nature des miracles étant ce qu'elle est, rien d'autre que la chrysalide qu'on a dans la tête, tissée là par la soie du cœur et nourrie jusqu'à devenir une créature insoupçonnable et qui vole.

— Vous savez, Hoover, vos pieds ne sont pas assez arqués pour les entrechats. Il faut vous tendre plus que ça.

Elle était assise à côté de moi dans la voiture qui nous ramenait à la maison, ses jambes faisant un angle curieux à côté d'elle sur le siège, se repliant comme elle devait le faire pour me regarder quand elle parlait.

— Merci quand même.

— Il faut que vous le sachiez, poursuivit-elle. J'estime

que Mme Lasovitch ne vous pousse pas assez fort. Elle vous passe tout. C'est ce que dit Myrna.

— Ah, si c'est Myrna qui le dit.

— Elle vous aime bien, Myrna, qu'est-ce que vous croyez.

— Enfin une bonne nouvelle.

— On va s'appuyer un spectacle samedi après-midi.

— S'appuyer un spectacle? On s'appuie une corvée, Tina, mais on va au spectacle. C'est Myrna qui essaie de vous enseigner l'argot?

— Sa cousine viendra avec nous, vous savez la chanteuse.

— Geneviève? C'est chouette.

— Vous étiez avec elle, non?

— Je suis sorti avec elle quelques fois, c'est vrai.

— Et qu'est-ce qui s'est passé?

— J'ai arrêté.

— Comme ça, et c'est tout?

— Mais qu'est-ce qu'il vous prend, vous écrivez un livre? C'est tout, oui.

— Et avec qui sortez-vous en ce moment?

— En ce moment, je sors avec vous.

— Et la fille du cours de danse?

— Quelle fille?

— Vous savez bien — vous vous mettez toujours derrière elle à la barre.

— Ah oui, eh bien?

— Je vois comment vous l'observez quand elle ne vous regarde pas.

— Il y a des tas de choses que j'observe quand elles ne regardent pas. En ce moment même j'observe la route quand elle ne regarde pas.

— Vous m'observez aussi. Quand je dors.
— Comment le savez-vous ?
— Je le sais. Une femme sait ce genre de choses.

Si j'observais Tina dans son sommeil, c'était qu'alors seulement elle cessait de se battre. Je m'arrêtais toujours pour un dernier coup d'œil avant de la quitter la nuit, depuis le seuil, me demandant si elle rêvait de pirouettes ou de course à pied. De be-bop. On dit que les rêves sont des souhaits, mais se pouvait-il qu'elle fût en train de réaliser ses souhaits si vite, les faisant accéder à la réalité à force de suer et de se donner du mal que bientôt elle n'en aurait plus, ayant vaincu l'espoir à la course.

— Pourquoi ne lui parlez-vous pas ?
— A qui ?
— La fille du cours de danse.

Dépasser l'espoir à la course. Dans mes souhaits elle était à moi, s'accordant à moi seul. Il ne dépendait que de moi de maintenir les choses en l'état par l'espoir. En marchant toujours d'un pas en retrait de son souhait, on le fait exister à jamais. En le rattrapant, on le fait disparaître pour toujours.

Pendant les semaines qui suivirent, Tina fréquenta beaucoup Myrna et Geneviève. Elles « s'appuyaient » des films ensemble et achetaient des fringues. (Sous leur égide, Tina avait négocié avec moi une certaine somme d'argent de poche.) Pour son treizième anniversaire, elles l'emmenèrent dans un bal où il y avait des garçons. On me rapporta qu'elle avait dansé avec quelques-uns, béquilles et tout, et qu'il y en avait même un qui avait essayé de l'embrasser. Elle s'acheta de nouvelles chansons pour son lecteur de cassettes. Un jour, je trouvai ses chansons de cow-boy dans la corbeille à papier.

Elle s'acheta des chaussures à talons qu'elle chaussa devant Myrna et Geneviève dans le vestibule. Elle essaya même le rouge à lèvres, mais je lui dis qu'elle était trop jeune. Elle se mit à lire des fanzines et me demanda encore une fois de lui acheter un téléviseur. Je ne voulais toujours pas. Alors Myrna et Geneviève lui en offrirent un petit, en noir et blanc, qu'elle mit dans sa chambre.

Quelques semaines plus tard, m'efforçant de mieux arquer les pieds pendant mes entrechats au cours de danse, je me reçus mal et me tordis si gravement la cheville qu'il me fallut une canne pour marcher. Je songeai à emprunter celle de Tina, celle qui était restée accrochée pendant des années à l'accoudoir de sa chaise roulante mais, en rentrant à la maison, je découvris qu'elle s'en servait désormais elle-même, les béquilles déjà dépassées et abandonnées derrière elle dans le cours de son ascension. Je me propulsai à travers la maison dans sa chaise roulante, manquant à plusieurs reprises d'écraser Miss Pistol dans le vestibule, incapable que j'étais d'en maîtriser le fonctionnement et je finis par rester assis sans bouger, près de la fenêtre, attendant le retour de Tina.

Ma guérison prit deux mois. Et ce fut au moment même où je me retrouvai capable de me tenir debout qu'on vint me reprendre Harold.

20

Le docteur Spige, ses « Nancy » et ses silences me faisaient pas màl gamberger. Deux fois par semaine, j'emmenais Harold le voir à l'Hôpital des Enfants et on aurait cru chaque fois que c'était une expérience différente. Deux fois il s'était contenté de rester assis par terre en face du gamin sans esquisser le moindre geste une heure durant. Une autre fois, il l'avait singé, tout à fait comme j'avais fait avec Mickey, et lorsque Harold s'était jeté contre un mur et que le médecin en avait fait autant, il s'était précipité avec une telle violence que je l'avais cru mort quand il était tombé à la renverse sur le plancher, du sang lui coulant de la bouche. J'avais voulu voler à son secours mais comme toujours la porte était fermée à clé.

Je pensais surtout au docteur Spige quand je m'asseyais dans l'escalier la nuit après avoir mis les enfants au lit et passé un petit moment avec chacun d'entre eux, leurs problèmes et les projets les concernant défilant dans ma tête comme des bandes d'actualité. Je posais au docteur Spige des questions auxquelles il ne répondait jamais. Je me disais qu'un type dans sa position n'avait pas le droit d'être désagréable, mais il est vrai qu'il me fallait l'être moi-même pour en juger ainsi. Je réfléchissais à la manière dont les gens opèrent des choix négatifs : la nature a horreur du vide. Ce sont les gens désagréables qu'on laisse dans leur coin. J'en étais un.

Il me visitait en rêve aussi, un cauchemar récurrent dans lequel il se dressait devant moi, silencieux, la bouche fermée d'une pince à linge, jusqu'à ce que la grande cicatrice rouge qui lui barrait la gorge s'ouvrît pour laisser passage à des serpents qui hurlaient d'une voix qui était la mienne.

Un jour, à l'Hôpital des Enfants, après une heure de déchaînement sauvage au cours de laquelle Harold n'avait cessé de le mordre, le vieux type l'avait pris à bras-le-corps et emporté tout au fond du hall jusqu'aux toilettes pour laver leurs plaies respectives. J'en avais profité pour me glisser par la porte de son bureau qu'il avait laissée légèrement entrouverte, et me jeter sur sa table de travail. Par terre, en dessous, je remarquai la manivelle abandonnée là depuis le premier jour. Je me baissai pour la ramasser et, en me relevant, j'aperçus les trois cadres photographiques qui me faisaient face sur son bureau. Ils ne contenaient pas, contrairement à ce que j'avais cru, des photos de sa famille. Ils étaient vides tous les trois.

Harold avait rencontré le docteur Spige bien des fois, mais contrairement aux trois autres enfants n'avait pas modifié son comportement de manière appréciable — encore que depuis mon poste d'observation derrière le miroir sans tain j'avais pu apprécier ses progrès. Quelle distance parcourait-il quand il fuyait un autre être humain avant de s'immobiliser sur place, de s'adoucir et de cesser de haleter ? Cette distance n'avait-elle pas raccourci au long des semaines ? Ne se jetait-il pas contre les murs avec moins de violence, désormais ? Ses contusions n'étaient-elles pas moins hideuses, ses hurlements moins angoissés ?

De tous les voyants et de tous les visionnaires du monde, de tous les diseurs de bonne aventure et de tous les médiums qui voient des énergies et des lumières que personne d'autre ne voit ; de tous les chasseurs de fantômes et de tous les démonophobes qui adorent ou maudissent les choses invisibles qui nous entourent tous, à quelle tribu particulière Harold appartenait-il, par qui avait-il été initié et pourquoi, lui qui ne l'avait jamais demandé et luttait si désespérément pour en sortir, pour échapper à ces choses qui sont si profitables et si délicieuses à tant d'autres ?

Miss Pistol avait peur de rester seule avec lui. Tant que je fus confiné à la chaise roulante, ce fut à elle de le conduire chez le docteur Spige et elle exigea d'être accompagnée de Tina, lui faisant manquer l'école pour l'après-midi.

Il se flanqua la tête à travers la fenêtre. La seconde fenêtre du vestibule, celle qui donnait directement sur le jardin de nos voisins d'en face ; comme ça sans raison un beau jour, passant la tête à travers la vitre avant de tomber à la renverse dans le vestibule, se griffant le crâne là où les petits éclats de verre s'étaient fichés, enfonçant ses ongles dans son cuir chevelu, creusant ses plaies, du sang partout, vociférant des invectives sadiques contre lui-même.

Quelqu'un suggéra que c'était peut-être les figurines de plâtre sur la pelouse des voisins qui l'avaient mis dans un tel état ; il avait toujours manifesté une véritable paranoïa à l'encontre des oiseaux de toutes sortes, à l'encontre de tout ce qui pouvait s'abattre d'en haut pour le tuer, imaginaire ou non.

La première séance à laquelle je fus de nouveau en mesure d'assister me laissa baba. Spige passa toute l'heure à faire bouger les mains de Harold pour lui, les refermant pour en faire des poings, puis les faisant marteler la grande photographie qu'il avait fixée sur une boîte en carton et collée au mur, le portrait d'un homme dans lequel je finis par reconnaître le père de Harold. Il le fit mettre en cent mille morceaux par le gamin. Harold commença par hurler et s'enfuir, ses poings perdant toute efficacité contre ce démon-là, si tangible, comme si le spectre de son père malgré tout le temps qui s'était écoulé minait encore ses forces jusqu'à le rendre inerte. Mais Spige ne l'entendait pas de cette oreille. Prenant les mains de Harold dans les siennes, il le contraignit à boxer la boîte, attisant peu à peu sa colère, lui permettant enfin de se déchaîner de lui-même, animé d'un esprit de vengeance si violent qu'il m'effraya de l'autre côté de mon miroir sans tain. Il finit par s'affaisser sur le sol en larmes, les confettis de la photographie lacérée éparpillés tout autour de lui. Le vieux le souleva dans ses bras et l'emporta dans le couloir pour lui donner à boire un peu d'eau. Je pénétrai alors dans la pièce dont la porte avait été laissée entrouverte.

C'était bizarrement calme et silencieux là-dedans en leur absence. Des bribes du père de Harold jonchaient le plancher, ici un œil, là une lèvre. Dans le placard, je découvris une pile de clichés, rien que des copies de la photo réduite en miettes. Peut-être cela constituait-il un programme de formation à long terme, je veux dire cette colère. Je le comprenais fort bien. La faire sortir. Peut-être le gamin renfermait-il réellement une quantité tangible, mesurable, de fureur que l'on pouvait donc faire diminuer. Le vieux devait s'être donné beaucoup de mal pour dénicher la photographie.

Avant de quitter la pièce, je m'arrêtai devant le bureau

du docteur. Je remarquai que l'un des trois cadres avait été rempli. Je m'immobilisai le temps de l'examiner. C'était un cliché représentant une certaine espèce de feuille. Sous la feuille, je crus remarquer ce qui semblait une minuscule boule d'une substance mousseuse.

Dans le corridor, je fus brusquement arrêté par un homme qui posa sa main sur mon épaule par-derrière. Je faillis bien lui balancer un coup de poing tant il m'avait fait sursauter, mais je reconnus en lui le directeur des relations publiques de l'hôpital, un homme que j'avais rencontré là voilà bien longtemps, le jour où j'avais vu mes enfants pour la première fois.

— Je n'étais pas tout à fait sûr de vous reconnaître, dit-il en montrant mon nez et en souriant. Sans le maquillage, vous comprenez, le truc de clown.

Je le regardai avec répugnance tandis que son sourire me vrillait les yeux et qu'il posait son index contre mon nez en faisant :

— Tu-tut !

Je tournai les talons pour le planter là, mais il m'emboîta le pas les mains dans les poches et me rattrapa en tricotant de toute la vitesse de ses courtes pattes.

— Une simple visite ? dit-il. Un membre de votre famille qui est malade, si je puis me permettre de vous le demander ?

— Oui, que je fis.

— Je serais enchanté de vous avoir de nouveau, vous savez. Le jour qui vous conviendra, pour une autre séance de clown avec les gosses ici. Ça nous ferait vraiment très plaisir. Cette fois-ci nous pourrions peut-être même envisager de vous payer.

Je ne répondis pas. Je m'arrêtai devant un distributeur et m'achetai une boîte de limonade que j'ouvris et avalai tout d'une traite. Puis j'écrasai la boîte dans mon poing pour la jeter.

Le type des relations publiques me suivit jusqu'au cabinet de Spige et se tint à côté de moi tant que je restai sur le seuil, mais il ne me suivit pas à l'intérieur, comme s'il redoutait d'y rencontrer quelque chose ou quelqu'un.

— Spige, hein ? me dit-il.
— Oui, dis-je, et alors ?
— Rien, dit-il, c'est un voisin à moi, c'est tout. Il habite à trois portes de chez moi, dans le même pâté de maisons, depuis des années, depuis la mort de sa femme. Une histoire affreuse.
— Quoi ? dis-je. Comment est-elle morte ?
— On l'a tuée. Lui aussi, enfin presque. En ville. Ils sortaient de l'opéra je crois, il y avait un opéra en ville, et une bande les a agressés. Ah, l'insécurité, je ne vous dis pas ! Bref, ils leur ont pris tout l'argent et ils s'en allaient mais il y a un jeune qui est resté en arrière et a tiré son couteau. Un drogué probablement. Il a tué sa femme et il a bien failli le tuer lui aussi. En lui ouvrant la gorge. Les flics ont fini par arriver. Ils ont mis le jeune en prison. Et, bien sûr, il n'a pas été question de drogue. On a dit qu'il était fou tout simplement. Et on l'a interné. Deux ans plus tard, il était dehors et depuis il se promène comme vous et moi. Les experts ont dit qu'il était fou au moment du crime, mais qu'il y avait peu de risques pour qu'il recommence. Vous vous rendez compte. Le pauvre Spige, lui, y a perdu sa femme et sa voix.

» Évidemment, ça l'a un peu changé. Il n'avait jamais

été du genre aimable et il ne frayait pas trop avec les voisins mais, à partir de cet accident, il a commencé à faire de drôles de trucs dans la maison, vous voyez. Il a laissé les mauvaises herbes envahir le jardin. C'était pas joli joli. Il s'est même mis à en planter, vous voyez le tableau. J'ai retrouvé un emballage un jour dans la poubelle. Des graines d'euphorbe ou un truc bizarre comme ça. Un drôle de type. Bon médecin ça, y paraît. D'ailleurs, s'il n'était pas bon médecin il y a longtemps qu'il aurait été viré.

Je ne répondis pas au type des relations publiques. Je ne le regardais même pas. Mon esprit était ailleurs.

— Enfin, quoi qu'il en soit, vous viendrez peut-être nous faire un autre spectacle de clown, hein, dit-il. Je crois bien qu'on pourra vous payer cette fois-ci.

Est-ce que j'ai hoché du chef ou est-ce que c'était seulement mon esprit qui se balançait d'avant en arrière ? Le type des relations publiques m'a serré la main et il s'est tiré en me faisant au revoir avec le bras. Je restai seul un instant et puis Harold est sorti et je l'ai remmené à la maison.

Tard ce soir-là, le téléphone a sonné et c'était Mrs. Marie.

La nouvelle m'est tombée sur la tête comme un plafond qui s'effondre. Conférence du groupe de tutelle aujourd'hui, étude du dossier, Harold, progrès insuffisants dans le cadre du placement à domicile, recommander sa réhospitalisation pour faciliter l'augmentation du nombre des séances de thérapie.

— Vous voulez me reprendre Harold ?

Sa voix s'est brisée au bout de la ligne. J'ai bien entendu qu'elle faisait des efforts pour la retrouver.

— J'aurais préféré venir en personne...

— Non !

— Écoutez Mr. Sears. Hoover, c'est mieux pour tout le monde. Harold est vraiment un cas. Le docteur Spige a besoin de...

— Non !

Mais je savais bien que c'était oui. L'appareil m'a glissé des doigts et a fini par tomber par terre et mes yeux, par-delà la cuisine, par-delà les fenêtres, prisons de verre qui enferment les condamnés à l'extérieur, se sont perdus dans le vague ; Harold bien en sécurité à l'intérieur, là-haut dans son lit, mais moi seul en bas. Sur le bureau du docteur Spige, le cliché d'une feuille d'euphorbe avec un œuf nouvellement pondu à son tendre revers, l'œuf d'un machaon, déposé là en vue d'un quelconque avenir en ce monde, première de trois étapes, une par cadre : œuf, chrysalide, papillon. Je savais que je me trompais. Ce n'était pas Harold qui avait tant besoin de moi. C'était moi qui avais besoin de lui.

L'hôpital envoya quelqu'un que je n'avais jamais vu pour le chercher, un type qui arriva au volant d'une voiture bleue et frappa si fort à la porte que je crus qu'il voulait la détruire — tel était bien le cas en un sens.

— Elle est ouverte, vociférai-je depuis l'étage. Elle ne reste jamais fermée de toute façon.

Cela faisait trois heures que j'étais assis devant Harold à le regarder parce que je n'arrivais pas à trouver quoi lui dire. Même en face de ceux qui savent parler, l'anglais normal ne suffit jamais quand il s'agit des affaires du cœur. Je le savais depuis si longtemps que je me sentais vraiment idiot d'en être une fois de plus victime. Qu'étais-je censé dire ? Quel genre d'explication pouvais-je bien lui fournir désormais ?

Et pourtant, au long des heures, je tentai de dire plusieurs choses.

Je t'aime.

J'aimerais mieux mourir que de faire ça.

J'aimerais mieux les tuer que de te donner à eux.

Eux et moi ne faisons qu'un.

Son haleine était régulière et j'ai fini par demeurer là, sans rien dire, un truc que le docteur Spige aurait pu faire, lui qui avait toujours raison. A un moment donné, Harold s'endormit même assis, quelque chose que je ne lui avais jamais vu faire, comme si un calme nouveau était descendu sur lui grâce à son destin, le coup du cimetière des éléphants, mais j'avais du mal à croire que ce fût vrai. Pendant quelques minutes, nos yeux demeurèrent fixés les uns sur les autres et je tentai de tout déverser dans ce regard, comme un véritable cycle de rinçage affectif, mais j'ignorais si la programmation de ma machine à laver fonctionnait ou pas.

— Mr. Sears ?

Le type de l'hôpital était entré et se tenait au bas des marches quand je descendis dans le vestibule pour le voir. Miss Pistol apparut à l'autre bout tenant Ralph et Mickey par la main. Tina était sortie avec Myrna et Geneviève pour acheter un sac.

— Mr. Sears, répéta le type.

— Quoi ?

— Je viens de...

— Je sais d'où vous venez. Pouvez-vous attendre une minute, je vous prie.

Il a regardé sa montre et puis moi de nouveau.

— Bah, mon emploi du temps est plutôt chargé. Pour combien de temps pensez-vous...

— Je ne sais pas.

Avec un haussement d'épaules, le type s'est mis à arpenter le vestibule de la démarche étudiée des gens qui attendent sans cesse. La démarche que j'ai vue aux petits livreurs de journaux devant les portes et aux dépanneurs de télé. Il me sembla lire de la colère dans les yeux de Miss Pistol quand elle le regardait. Qui l'eût cru ?

Dix minutes plus tard, je descendis avec Harold vêtu de ses meilleurs habits, tenant son sac de sport qui renfermait les autres ainsi que sa raquette de ping-pong et la manivelle au cas où... L'homme saisit le sac et tendit la main pour prendre celle de Harold.

— Je l'accompagne, dis-je.

— Vous l'ac...

— Je l'accompagne à l'hôpital. Je vais passer la première nuit avec lui, je dormirai par terre s'il le faut. Je repartirai demain matin.

— Puis-je me servir de votre téléphone ?

Il passa directement dans la cuisine. Les types de sa trempe savent toujours où est le téléphone. Harold me tenait la main tandis que j'entendais la voix de l'homme résonner derrière le mur.

— C'est bien ce que je pensais. Peut-être feriez-vous mieux de de... D'accord, je vais lui dire moi-même... oui... non. C'est entendu.

Je savais que la réponse était non. Je n'avais cessé de savoir qu'elle serait non. C'est une réponse que je m'attire fréquemment.

Il est sorti de la cuisine en disant qu'il était navré. Miss Pistol se tenait derrière lui.

Le type a tendu la main vers Harold, et Harold s'en est saisi de son plein gré. Je ne savais pas du tout si lui-même savait où il allait, voire s'il savait qu'il partait pour de bon. Mais je crus bien voir dans ses yeux une demi-lueur là où il y avait en général des éclairs et elle luisait plus doucement — appelez ça compréhension si vous voulez — quand il se détourna de moi.

Miss Pistol lâcha Ralph et Mickey, et les deux garçons tournicotèrent avant de venir se placer devant la porte pour bloquer le passage du type mais il était trop tard.

A l'instant même où Harold franchit le seuil, il s'immobilisa sur place et se retourna pour me regarder, puis il se libéra de l'étreinte du type et rebroussa chemin jusqu'à moi. Expulsant d'un seul coup tout l'air que contenaient ses poumons, il posa ses mains sur mes yeux. Quand il les retira, elles étaient trempées de larmes. Je rouvris les yeux et alors il les recouvrit de nouveau. Cette fois, je gardai les yeux fermés quand il retira ses mains pour franchir de nouveau la porte en compagnie du type. Je l'ai laissé partir ainsi puisque c'était son idée, les yeux fermés. Et je les ai gardés fermés pour retraverser le vestibule et remonter l'escalier, retrouvant à tâtons le chemin de ma chambre où je me suis laissé tomber sur mon lit et où j'ai pleuré jusqu'au sommeil.

21

Les semaines ont enflé puis sont passées, raccourcissant à mesure que je vieillissais, comme toute chose dans ma maison. Un simple accord avec le temps, dire oui à tout pour l'amour de mes enfants, l'acquiescement constituant ma seule défense contre ceux qui voulaient me les reprendre — renoncer au combat. Seul dans la salle de séjour, je gonflais des ballons, assis par terre, et les tortillais pour leur donner des formes inconnues dans lesquelles j'avais désormais appris à me reconnaître, les crevant peu à peu à mesure que la nuit s'écoulait, à mesure que je n'arrivais pas à trouver le sommeil. Tant à faire. Tant et tant à faire, Harold parti et les autres qui apprenaient si vite. Je n'avais en apparence qu'une seule envie, être avec eux, profiter d'eux autant que je le pouvais avant qu'il fût trop tard. Après les avoir bordés, je ne cessais de les border encore et de les reborder chaque nuit, la nuit durant.

Une nuit, le téléphone sonna. J'étais assis par terre adossé au sofa, occupé à répartir entre deux tas les chaussettes noires et les chaussettes blanches. Les noires sont généralement plus minces que les blanches, j'avais commencé à m'en apercevoir. Parfois, je m'en recouvrais les mains et m'adressais des discours avec elles. Je ne sais pas pourquoi. Pas plus que je ne sais pourquoi les pieds sentent comme ça — nulle autre partie du corps humain ne possède cette odeur. Et je ne sais pas non plus pourquoi les nuages sont plats en dessous. Ou encore pourquoi les Japonais prononcent les « r » « l » et vice versa, ce qui paraît constituer une curieuse perte de temps. Le téléphone a sonné cinq fois de suite et puis s'est arrêté.

J'entendais battre mon cœur le long de mes tempes, de la manière dont je l'entends parfois quand je suis couché et que mon oreille repose d'une certaine façon sur l'oreiller, son rythme de pompe à travers le duvet. Cela me tient parfois des heures durant, m'attendant à mourir s'il s'arrête. Mais il ne s'arrête pas et moi non plus.

Un jour, quand j'avais sept ans, Eddie et moi on a resquillé pour entrer au ciné sans payer. Au milieu du film, je suis parti explorer les lieux, tout seul. Dans un quelconque cagibi, j'ai découvert un vieux distributeur de limonade au rancart. Aucun des boutons n'était allumé mais j'en ai enfoncé un et un gobelet de carton est tombé de quelque part et s'est rempli de limonade. Un liquide transparent et gazeux. Jamais je n'avais rien goûté de plus délicieux. D'un parfum que je fus tout à fait incapable de reconnaître. A mon retour, quand j'ai dit à Eddie que j'avais découvert un goût tout neuf, il a refusé de me croire parce que j'étais incapable de le décrire avec des mots. Et puis, un après-midi, au drugstore j'ai demandé un soda orange et j'ai reconnu le goût que j'avais découvert — quel choc! La vieille machine était tout simplement à court de colorant.

Le téléphone a sonné de nouveau.

Un jour, un papillon de nuit est mort dans mes cheveux. Il s'y était emmêlé poussé par le vent et n'avait plus pu en sortir, prisonnier de l'enchevêtrement. En voulant le libérer, je l'avais écrasé et il était mort. J'en ai pleuré tout le long du trajet de retour à la maison. Aujourd'hui encore, il m'arrive de ressentir la présence d'une grosseur à l'endroit où mes cheveux se croisent derrière ma tête, là où c'est arrondi, et il me semble entendre un bruit d'ailes qui battent et se débattent.

Le téléphone a sonné sept fois avant de s'arrêter.

Dans la salle de séjour, j'ai porté une chaussette blanche à mes lèvres et j'ai soufflé dedans, la gonflant pour en faire un lapin blanc que j'ai regardé se dégonfler lentement et pendre tout flapi avant de le regonfler.

Je me suis levé écartant le panier et je suis passé dans le vestibule que les fenêtres illuminaient depuis que les voisins, de l'autre côté de la rue, ont installé des projecteurs dans la pelouse pour mettre en valeur leurs canards — leurs becs jaunes comme des taxis si brillants, si inévitables dans la nuit. J'ai monté l'escalier et me suis tenu sur le palier l'oreille tendue pour écouter Ralph et Mickey respirer. Un moment nos trois souffles ont été à l'unisson, puis ils se sont désaccordés.

En bas, j'ai entendu un cliquetis qui venait de la chambre de Tina où elle avait laissé son lecteur de cassettes tourner dans le vide à côté de son lit. Je suis redescendu l'éteindre. Je l'ai regardée dormir. Dans sa main, il y avait un prospectus du musée de cire de Hollywood. J'ignorais où elle avait bien pu le trouver.

Je ne l'ai pas entendue entrer. Nul besoin de sonnette puisque la porte ne restait jamais fermée et puis peut-être qu'il était trop tard pour sonner de toute manière, ce n'aurait pas été très civil ou civilisé et personne n'est plus civilisé qu'elle. Je l'ai d'abord vue dans la demi-pénombre du vestibule, dans les langues de lumière qui pénétraient par les fenêtres — je croyais toujours que c'était des anges — et elle s'éloignait de moi, inconsciente de ma présence derrière elle, sa chevelure nouée par un mouchoir blanc, un mouchoir d'homme, déplaçant de petites brises partout où elle passait. Je me suis immobilisé au pied de l'escalier devant la chambre de Tina, incapable de bouger, voyant son image se brouiller à mesure qu'elle s'éloignait de moi.

— ... Paula?

Elle a pivoté sur elle-même, surprise, et a marché dans ma direction. Mais elle s'est arrêtée à bonne distance.

— Le téléphone ne répondait pas, qu'elle a dit, alors j'ai décidé de passer. La porte était ouverte. Je n'ai pas oublié la disposition des pièces depuis ma visite avec la Commission. Vous ne retirez pas votre chaussette de la bouche en présence des dames?

Elle a réussi à sourire et, cette nuit-là, j'étais en mesure d'apprécier l'exploit.

— Elle est écossaise, ai-je expliqué, alors je ne sais pas trop dans quel tas la mettre.

Elle était toujours bien habillée. Elle a murmuré son assentiment mais, dans le noir, je n'aurais pu dire jusqu'où il allait.

— Il lui faudrait peut-être un tas particulier, a fini par dire Mrs. Marie. Elle est seule? D'ordinaire, elles vont par deux.

— Je me souviens qu'elles étaient deux autrefois, dis-je.

Je lui suis passé devant dans le vestibule où l'on voyait de moins en moins bien, pour gagner la salle de séjour où je me suis rassis par terre, le panier entre les genoux. J'avais encore bien du chemin à parcourir.

Mrs. Marie m'a suivi, regardant droit devant elle. De fait, elle ne regardait que moi et c'était comme si ses yeux m'aspiraient. Je les sentais sur ma nuque comme un merveilleux aspirateur vert et quand j'eus trié un peu plus de la moitié des chaussettes, j'ai relevé la tête.

Elle se tenait devant moi. La lumière de l'extérieur rebondissait sur ses boucles d'oreilles et jetait des petits éclats partout. Ses jambes étaient très droites, comme si elle avait été danseuse autrefois, une enfant prodige peut-être dans sa prime jeunesse, destinée au firmament des stars, ce don d'être plus qu'humaine par la beauté et la grâce. Une responsabilité qu'elle n'a pas osé affronter peut-être ou peut-être que ça l'avait ennuyée tout simplement à la longue.

— J'ai pensé à vous hier soir, dit-elle. Il y avait un film à la télévision qui m'a fait penser à vous.

— Je ne possède pas de téléviseur, que j'ai dit.

J'en ai mis deux noires ensemble mais l'une était en nylon et l'autre pas. Je les ai remises dans le panier toutes les deux.

— C'était un truc des années trente, l'histoire d'un singe géant, une espèce de King-Kong sur une île déserte. Quatre personnes débarquent qui ont peur de lui bien sûr et puis c'est l'inondation. Pour finir, le grand singe est perché tout en haut de l'unique colline qui demeure émergée et il tient les quatre personnes dans sa main au-dessus de sa tête. L'eau monte peu à peu, il ne reste plus que sa main qui dépasse. Il a juste le temps de laisser tomber le quatuor dans la chaloupe des sauveteurs et il meurt.

Plongeant la main dans le panier, j'en ai tiré une poignée

de chaussettes que j'ai brandies pour bien les voir. Mrs. Marie se tenait toute droite. Elle n'avait pas l'air de se fatiguer de cette posture, alors que moi qui l'ai adoptée la plupart du temps je suis très, très fatigué.

— Bien sûr, vous devriez être fier mais vous ne l'êtes pas, qu'elle a dit. Vous avez été merveilleux, vous savez.

J'ai hoché du chef sans relever les yeux.

— Ils ont fait de tels progrès, ils ont tellement changé, qu'elle a encore dit.

— Je les aimais bien comme ils étaient.

Elle a un peu cligné des yeux.

— Oui, je sais. Ils ont moins besoin de vous maintenant. Il se pourrait même qu'un jour ils n'aient plus besoin de vous du tout, sinon de la manière dont tous nous avons besoin des autres. Mais vous ne voyez pas les choses ainsi.

Si vous me disiez plutôt quelque chose que je ne sais pas, que je me suis pensé. Dites-moi pourquoi il y a des choses qui vous retournent l'estomac, dites-moi pourquoi le cœur humain rouille si facilement et n'est plus récupérable.

— C'est vous qui avez changé, vous savez, dit-elle.

Là, j'ai relevé les yeux.

— Oui, c'est vous qui avez le plus changé, mais vous ne comprenez pas.

Je l'ai regardée en écarquillant les yeux.

— Vous adorez qu'on ait besoin de vous, mais vous détestez avoir besoin de quiconque. Sans eux, vous seriez seul de nouveau. C'était bien ainsi que vous vouliez les choses autrefois, mais vous avez changé.

A l'intérieur de ma tête, derrière mon visage, j'ai senti monter des vagues, se creuser une houle, j'ai senti monter une chrysalide portée par la marée. Les vagues poussaient vers le haut vers mes yeux mais je refusais de les laisser entrer. Tu parles — elles sont entrées quand même. Je me suis mis à pleurer.

— Ils s'en tireront maintenant, qu'elle a encore dit. Même Harold. Ils seront capables de survivre désormais. Est-ce que ça ne représente pas déjà quelque chose ?

— Seul survit le cœur secret.

Mrs. Marie a plié les genoux pour la première fois et elle s'est frotté la figure avec un mouchoir tout fripé et maculé par l'usage. Elle s'est redressée et a recomposé les traits de son visage mais ses yeux avaient changé.

— Peut-être bien, qu'elle a dit. Mais vous n'êtes pas le seul.

J'ai laissé tomber la chaussette écossaise dans le panier avec les autres et j'ai levé les yeux sur elle. Et puis alors, poussé par quelque chose qui s'enfuyait, j'ai tendu la main pour la toucher mais à ce moment-là elle était déjà partie elle aussi.

22

J'étais encore assis par terre dans la salle de séjour le lendemain matin quand Tina est venue me le dire.

Je jouais à l'aspirateur avec Ralph et Mickey, les poursuivant à genoux à travers la pièce les mains tendues vers eux, faisant de drôles de bruits de succion avec ma bouche quand je les rattrapais et que je me collais à eux, les deux garçons qui me restaient, et que je les attirais tout contre moi, prisonniers de mes bras, où je les maintenais, les pressais jusqu'à ce qu'ils glapissent de rire et que je les lâche pour les laisser courir en cercle de nouveau, quelques instants, et puis, n'y tenant plus, je leur donnais de nouveau la chasse, aspirateur rampant en quête d'adhérence, débordant de sentiments accessoires, sac vide sans eux.

Mickey hurlait « Bonjour, enchanté de faire ta connaissance ! Bonjour, enchanté de faire ta connaissance ! » à l'infini en chahutant sur le divan, les bras battant l'air dans toutes les directions, sa main trouvant de temps à autre le chemin de sa braguette mais s'arrêtant à temps, de même qu'il portait parfois à sa bouche un pan de sa chemise, un souvenir, qui sait, mais la laissait vite retomber, l'autodiscipline croissant lentement sous sa chevelure noire de sauvageon, la fusion des habitudes acquises qui finissent par constituer une personnalité enfin présente en lui, peut-être pour de bon, peut-être même dans la paix. Fred trouvait qu'il riait encore trop, et ça me faisait franchement marrer. La fierté s'exprime parfois ainsi.

Ralph grimpa sur le divan et commença à sauter dessus à quatre pattes, vociférant de sa voix suraiguë quand je l'attrapais puis redevenant grave un instant pour me dire « non, non » et terminer par un vrai de vrai, un gros câlin des familles, les bras autour de mon cou, le front contre mes yeux, avant de partir pour l'école.

Tina est entrée, se servant seulement de la canne pour marcher, une canne neuve que Geneviève lui avait offerte avant de partir pour Hollywood. Elle s'est assise par terre devant moi. Tina! Assise par terre! Elle avait toujours le chic pour me surprendre.

Sur son visage, je percevais la confusion qui entre en conflit avec la détermination quand elle se mélange avec la peur pour couronner la passion. Les larmes ne sont pas rares dans ce genre de cas. Elle sut retenir les siennes. Moi pas.

— Il faut que je m'en aille, a-t-elle dit.

Ses dents faisaient de petites marques sur sa lèvre inférieure, taches blanches quand le sang fuyait avant d'y revenir à toute vitesse.

Moi, je la regardais. Je n'ai rien dit du tout. Ce n'était pas la peine. Et puis parfois les mots ne viennent pas un point c'est tout, et puis parfois c'est eux et puis parfois c'est vous. Notre espèce qui est née du langage, de la sélection naturelle, débusquant les ennemis qu'elle a elle-même engendrés, quand les mots deviennent ce qui tue, il ne nous reste que les mots pour espérer la sauver. Alors à la rescousse, courez-y donc de tout votre cœur en espérant que les victimes seront encore là pour vous tenir compagnie quand vous arriverez et que c'est vous-même que vous aurez sauvé à la fin.

Cette nuit-là, j'ai dormi dans la chambre des autres enfants mais pas dans la sienne. Debout derrière sa porte, je l'écoutais respirer, tentant de mettre nos souffles à l'unisson, mais sans y parvenir. Et je ne suis pas entré. Parce que le sommeil est une espèce d'adieu en lui-même et qu'il faudrait être con franchement pour en rajouter.

Quatre jours plus tard, le taxi est venu, un taxi jaune comme un bec de canard avec son chauffeur, une vraie armoire, debout sur le perron. Il avait reçu pour instruction de venir attendre jusqu'à la porte. Décidément, ça voulait dire qu'elle serait en de bonnes mains. Mrs. Marie m'a dit que c'était une famille qui faisait dans l'électroménager.

J'ai porté sa valise dehors et je lui ai ouvert et tenu la portière. Elle s'était mise sur son trente et un. Ses cheveux étaient très, très propres.

Je l'ai embrassée et je l'ai serrée très fort contre moi, très fort, alors peut-être quelque chose d'elle est-il demeuré avec moi, il y avait une tache sur ma chemise à la hauteur de ses yeux. Après ça, elle n'a pas eu un regard en arrière.

J'ai regardé le taxi s'éloigner. Sur le trottoir devant ma maison je l'ai vu tourner le coin après la maison des voisins d'en face et disparaître. Il emportait Tina là-bas où sont les ciné et les restau. Les commissariats de police, les grands magasins, les garages, les bibliothèques, les supermarchés, les pharmacies, les postes, les stations-service, les bars, les bordels, les terrains de sport, les studios de danse, les réverbères, les décharges, les fleuristes et les cimetières. Et puis encore des plombiers, des médecins, des comédiens, des électriciens, des mécaniciens, des loufiats, des Indiens, des nourrissons, des sadiques et des laitiers. Des gens qui marchent. Des gens qui se battent. Qui rient qui mangent qui dégueulent qui chantent qui baisent qui courent et qui bavardent qui bavardent.

Une heure que je suis resté là à regarder, et la lune montait et s'attardait sur ma tête et elle a commencé à redescendre dans mon dos et je regardais toujours le monde dans lequel était Tina désormais. Dans mon dos, il y avait ma maison avec Ralph, avec Mickey et Miss Pistol. Je ne savais plus dans quelle direction aller. Pogo — oui c'est un opossum — a dit un jour que nous avons identifié l'ennemi : c'est nous.

J'ai tourné les talons et je suis rentré chez moi. J'ai claqué la porte dans mon dos. Elle est restée fermée. Alors, vite, vite, sans me demander pourquoi, j'ai couru la rouvrir, comme ça, pour qu'elle reste entrouverte.

IMPRIMERIE BUSSIÈRE À SAINT-AMAND
DÉPÔT LÉGAL SEPTEMBRE 1989. N° 10889 (8947)

Collection Points

SÉRIE POINT-VIRGULE

V1. Manuel de savoir-vivre à l'usage des rustres et des malpolis
    par Pierre Desproges
V2. Petit Fictionnaire illustré
    par Alain Finkielkraut
V3. Quand j'avais cinq ans, je m'ai tué,
    par Howard Buten
V4. Lettres à sa fille (1877-1902),
    par Calamity Jane
V5. Café Panique, *par Roland Topor*
V6. Le Jardin de ciment, *par Ian McEwan*
V7. L'Age-déraison, *par Daniel Rondeau*
V8. Juliette a-t-elle un grand Cui ?
    par Hélène Ray
V9. T'es pas mort !, *par Antonio Skarmeta*
V10. Petite Fille rouge avec un couteau
    par Myrielle Marc
V11. Manuel à l'usage des enfants qui ont des parents difficiles
    par Jeanne Van den Brouck
V12. Le A nouveau est arrivé
    par Pierre Ziegelmeyer et Jean-Renoît Thirion
V13. Comment faire l'enfant (17 leçons pour ne pas grandir)
    par Delia Ephron
V14. Zig-Zag, *par Alain Cahen*
V15. Plumards, de cheval, *par Groucho Marx*
V16. Bleu, je veux, *par Gisèle Bienne*
V17. Moi et les Autres, *par Albert Jacquard*
V18. Au vrai chic anatomique, *par Frédéric Pagès*
V19. Le Petit Pater illustré, *par Jacques Pater*
V20. Cherche souris pour garder chat, *par Hélène Ray*
V21. Un enfant dans la guerre, *par Saïd Ferdi*
V22. La Danse du coucou, *par Aidan Chambers*
V23. Mémoires d'un amant lamentable
    par Groucho Marx
V24. Le Cœur sous le rouleau compresseur
    par Howard Buten
V25. Le Cinéma américain. Les années cinquante
    par Olivier-René Veillon

V26. Voilà un baiser, *par Anne Perry-Bouquet*
V27. Le Cycliste de San Cristobal, *par Antonio Skarmeta*
V28. Tchao l'enfance, craignos l'amour, *par Delia Ephron*
V29. Mémoires capitales, *par Groucho Marx*
V30. Dieu, Shakespeare et Moi, *par Woody Allen*
V31. Dictionnaire superflu à l'usage de l'élite et des bien nantis
par Pierre Desproges
V32. Je t'aime, je te tue, *par Morgan Sportès*
V33. Rock-Vinyl (Pour une discothèque de rock)
par Jean-Marie Leduc
V34. Le Manuel du parfait petit masochiste
par Dan Greenburg
V35. L'Oiseau Canadèche, *par Jim Dodge*
V36. Des sous et des hommes, *par Jean-Marie Albertini*
V37. De l'univers à nous, *par Robert Clarke*
V38. Pour en finir une bonne fois pour toutes avec la culture
par Woody Allen
V39. Le Gone du Chaâba, *par Azouz Begag*
V40. Le Cinéma américain. Les années trente
par Olivier-René Veillon
V41. Mistral gagnant, chansons et dessins, *par Renaud*
V42. Les Aventures d'Adrian Mole, 15 ans, *par Sue Townsend*
V43. Le Palais des claques, *par Pascal Bruckner*
V44. La Cuisine cannibale, *par Roland Topor*
V45. Le Livre d'Étoile, *par Gil Ben Aych*
V46. Les Dingues du nonsense, *par Robert Benayoun*
V47. Le Grand Cerf-volant, *par Gilles Vigneault*
V48. Comment choisir son psychanalyste, *par Oreste Saint-Drôme*
V49. Slapstick, *par Buster Keaton*
V50. Chroniques de la haine ordinaire, *par Pierre Desproges*
V51. Cinq Milliards d'Hommes dans un vaisseau
par Albert Jacquard
V52. Rien à voir avec une autre histoire, *par Griselda Gambaro*
V53. Comment faire son alyah en vingt leçons, *par Moshé Gaash*
V54. A rebrousse-poil, *par Roland Topor et Henri Xhonneux*
V55. Vive la sociale !, *par Gérard Mordillat*
V56. Ma gueule d'atmosphère, *par Alain Gillot-Pétré*
V57. Le Mystère Tex Avery, *par Robert Benayoun*
V58. Destins tordus, *par Woody Allen*
V59. Comment se débarrasser de son psychanalyste
par Oreste Saint-Drôme
V60. Boum !, *par Charles Trenet*

V61. Catalogue des idées reçues sur la langue
par *Marina Yaguello*
V62. Mémoires d'un vieux con, *par Roland Topor*
V63. Le Cinéma américain. Les années quatre-vingt
par *Olivier-René Veillon*
V64. Le Temps des noyaux, *par Renaud*
V65. Une ardente patience, *par Antonio Skármeta*
V66. A quoi pense Walter?, *par Gérard Mordillat*
V67. Les Enfants, oui! L'Eau ferrugineuse, non
par *Anne Debarède*
V68. Dictionnaire du français branché
suivi du Guide du français tic et toc, par Pierre Merle
V69. Béni ou le paradis privé, *par Azouz Begag*
V70. Idiomatics français-anglais, *par Initial Groupe*
V71. Idiomatics français-allemand, *par Initial Groupe*
V72. Idiomatics français-espagnol, *par Initial Groupe*
V73. Abécédaire de l'ambiguïté, *par Albert Jacquard*
V74. Je suis une étoile, *par Inge Auerbacher*
V75. Le Roman de Renaud, *par Thierry Séchan*
V76. Bonjour Monsieur Lewis, *par Robert Benayoun*
V77. Monsieur Butterfly, *par Howard Buten*
V78. Des femmes qui tombent, *par Pierre Desproges*